哲学开始于仰望天穹

周国平散文精选

周国平 著

序

俞敏洪

"东方名家经典"系列中的散文精选集推出来了,我特别开心。开心,不仅因为这一想法的最初创意我积极参与了,而且我本人对于散文这种表达方式也情有独钟。同时,这一创意,也能够成为我和那些著名作家和散文家联结和交流的桥梁。

小说、诗歌、散文三种文体,我都很喜欢。高中之前读小说比较多,稚嫩的心灵需要故事的滋养,小说中的人物人格对读者品格和个性的塑造,常常会产生重大的影响,所以我们说:少不读水浒,老不读三国!从高中到大学,我更多地阅读诗歌,当然主要是现当代诗歌,不仅读,自己也学着写。二十世纪八十年代,诗歌的阅读和写作风靡全国,那种青年的朦胧情感和激情,需要从诗歌中汲取营养和寻找出口。当少年的幻想和青年的激荡开始退潮,我们开始面临的,是平凡的日常和绵延的岁月,这时候，我们的心灵，更加需要润物细无声的滋养。从大学毕业开始，阅读散文就成了我的习惯，并且一直持续到今天。

其实，我们从上学伊始，就一直在得到散文的滋养。十二年的中小学岁月，我们几乎每一个人，应该都或多或少背诵过一些散文，从古文的《爱莲说》《岳阳楼记》《醉翁亭记》，到现代散文《绿》《背影》《雪》，我们大部分人都耳熟能详。我们大部分人的表达能力和写作能力，也是从写作散文训练开始的。散文，尽管不如小说扣人心弦，也不如诗歌慷慨激昂，但却如涓涓细流，滋润心田。一盏茶、一杯酒，孤灯相伴，没有比反复阅读精美的散文更加能够让人心平气和的了。

散文读多了，我自己也尝试着写作。初中的时候我尝试写过小说，事实证明我的想象力太贫乏，根本成不了小说家。大学时候我尝试着写诗歌，希望通过诗歌打动心上人的芳心，结果芳心在读完我写的诗歌后瞬间枯萎。我终于发现我是一个从生活到情感都很朴素平凡的人，用朴素平凡的语言来记录自己的生活和思想，才是最适合的方式。创立新东方后，我一头扎进了新东方生死存亡的经营之中，有很长一段时间既不怎么阅读，也不怎么写作。等到终于意识到生命比生意更加重要，已经人到中年。终于重新拿起书，拿起笔，开始了只求意会的阅读和随心随意的记录。我一直认为，生命中的一些事情和情感，是需要记录的，而记录最好的方式，当然就是散文。记录，不是为了出版，不是为了宣传，而是为了自己，为了自己一生走来，能够回头去寻找过来的路径。这几年，我也出版了几本散文集，可惜由于文笔和思想欠佳，始终没有什么大气的文字出现。

每每当我阅读到优秀的散文时，我就爱不释手，到今天我还有意无意会去背诵一些特别优秀的散文段落。周围也总有朋友和家长问我，我们的孩子怎样找到优秀的散文阅读。这些询问，终于激发我产生了收集优秀的散文，并且结集出版的想法。新东方有自己的编辑队伍，现在又有了以东方甄选为主要平台的推广业务，很多现在在中国活跃的作家和散文家还和我有私交，有了这些条件，我觉得要是不做这件事情，都对不起自己。于是，我跟一些作家谈了我的想法，结果得到了他们的鼎力支持！

大部分作家都著作等身，我们从什么角度来选取作家的散文，变成一本精选集，就成了一个问题。最后，我们决定以"成长"为切入角度。我们希望，这套"东方名家散文选"，更多的是为青少年进行编辑，让青少年通过阅读这些名家散文和他们的成长回忆，得到启发和励志，帮助青少年更加美好地成长。通过阅读这些文字，这些著名的作家不再是一个个神一样的存在，而是还原成一个个有血有肉的人，有欢笑有眼泪，有成功也有失落。追寻这些优秀作家的成长脚步和他们对于人生的思考，我们不仅在品味他人的人生发展，更是在潜移默化地设计自己的人生之路。也许，在不知不觉之中，我们走上了一条更加明亮的发展道路。

在我们被忙忙碌碌的日常事务所淹没的今天，我们更加需要阅读来拯救自我的心灵。新东方在过去的几年中，一直在努力推广阅读。去年一年，在东方甄选、新东方直播间和我个人的平台上，销售出去的图书就超过五百万本。其中不光包含市面上一些耳熟能详的畅销品类，还有很多平时稍显冷门的纯文学类的甚至哲学类的图书。由此我们感受到，越来越多的读者正在回归阅读的本质，越发注重阅读带来的精神上和心灵上的愉悦与滋养。因此，我们新东方的这套散文集，也是本着这样一种使命感与责任感，精心梳理编辑，推给广大读者。

在这套散文集之后，我们还会陆续推出越来越多的好作家的好作品。我们希望自己能通过大众阅读与更多的人建立联结。去年一年，我还做了一件事，就是开了一家新书店，叫"新东方·阅读空间"。买书和读书这两件事，我自己一直没有中断过。现在，我又开始写书、做书和卖书。不过，这个阅读空间作为一个实体书店，我希望它不以卖书为主，而以阅读为主。

人生在世，总要做一些绝对不会后悔的事情，而阅读，就是你怎么做都不会后悔的事情，尤其是当你阅读的是文笔和内容俱佳的散文。

让我们一起打开"东方名家经典"，开启一次愉快的精神之旅吧。

目 录

第一辑
未经省察的人生没有价值

未经省察的人生没有价值 / 003

苦难的精神价值 / 007

生命的苦恼和创造的欢欣 / 010

哲学与文学批评（论纲）/ 023

杞人是一位哲学家 / 032

思考死：有意义的徒劳 / 035

临终的苏格拉底 / 056

康德、胡塞尔和职称 / 059

从"多余的人"到"局外人" / 062

尼采与现代人的精神危机 / 068

纪念所掩盖的 / 075

哲学开始于仰望天穹 / 079

哲学与精神生活 / 081

世界究竟是什么 / 092

能问"世界究竟是什么"这个问题吗 / 095

感觉可靠吗 / 097

庄周梦蝶的故事 / 100

感觉能否证明对象的存在 / 103

思维能否把握世界的本质 / 105

第二辑
经典和我们

勇气证明信仰 / 111

精神生活的哲学 / 116

人不只属于历史 / 123

麻木比瘟疫更可怕 / 127

小说的智慧 / 131

沉重的轻：虚无与偶然 / 159

灵魂的在场 / 165

活着写作是多么美好 / 170

人性、爱情和天才 / 179

智慧和信仰 / 188

人生边上的智慧 / 194

幸福的悖论 / 201

理想主义的绝唱 / 211

经典和我们 / 225

私人写作 / 229

与书结缘 / 239

人和书之间 / 243

读永恒的书 / 247

直接读原著 / 250

第三辑
人所能及的神圣

每个人都是一个宇宙 / 257

悲观·执着·超脱 / 266

智慧的诞生 / 273

自我二重奏 / 284

点与面 / 294

人生的三个觉醒 / 302

人的高贵在于灵魂 / 307

人所能及的神圣 / 310

与世界建立精神关系 / 313

孩子和哲人——忆念铁生 / 316

有所敬畏 / 326

婚姻的悖论与现代的困境 / 329

被废黜的国王 / 335

丰富的安静 / 338

记住回家的路 / 341

为自己写，给朋友读 / 344

我判决自己诚实 / 351

第一辑

未经省察的人生没有价值

未经省察的人生没有价值

有两种哲学家。一种人把哲学当作他的职业,即谋生的手段。另一种人把哲学当作他的生命,甚至是比生命更宝贵的东西。在公元前五世纪的希腊,智者属于前者,用苏格拉底的话说,他们是"智慧的出卖者";而苏格拉底自己则堪为后者的典范,他也许是哲学史上因为思想而被定罪并且为了思想而英勇献身的最早也最著名的一位哲学家了。

苏格拉底的经历和他在西方思想史上的地位,与孔子之于中国有某种相似之处。他们生活的年代相近,两人毕生都以教育为主要事业,在哲学思想上都重人生伦理而轻形而上学,分别成为中西人文思想的始祖。

我发现,直接用政治的分野来判断一位真正的哲学家,往往不得要领。苏格拉底诚然是在雅典民主派当权期间被处死的,但这并不能证明他站在贵族派一边。事实上,无论在民主政体还是贵族政体下，他都曾经甘冒杀身之险，独自一人与民众大会或寡头政府相对抗，以坚持他心目中的正义。对于苏格拉底来说，还有比当时奴隶主两派的政治更高的东西，这就是他的哲学所追求的合理的人生。

现在，人们在追溯西方哲学中人本主义思潮的源头时，一般追溯到苏格拉底。诚然，苏格拉底以前的希腊哲人，例如赫拉克利特与德谟克利特[1]，他们的著作残篇中也不乏人生智慧的格言，但苏格拉底确实是自觉地把哲学对象限制在人生问题范围内的第一人。他在法庭申辩时所说的"未经省察的人生没有价值"一语，在我看来是道出了哲学的根本使命。这就是探索人生的意义，过一个有意义的人生。哲学家是一些把生命的意义看得比生命本身更重要的人，他们一生孜孜于思考、寻求和创造这种意义，如果要他们停止这种寻求，或者寻求而不可得，他们就活不下去。用苏格拉底的话来说，就是"必须追求好的生活远过于生活"（《克力同》）。所以，当法庭以抛弃哲学为条件赦他的罪时，他拒绝了。哲学的本义是爱智慧，爱智慧甚于爱一切，包括甚于爱生命。

商务印书馆相继出版了柏拉图的《游叙弗伦 苏格拉底的申辩 克力同》和色诺芬的《回忆苏格拉底》的中译本，为我们了解苏格拉底其人和其思想提供了方便。研究者们一般认为，前者

---

[1] 德谟克利特（Democritus，约前460年—约前370年），古希腊唯物主义哲学家，原子论创始人之一。——本书注解均为编者注，后同。

有把苏格拉底理想化的倾向，后者更符合历史真实。我倒觉得，作为哲学家的柏拉图，比作为军人的色诺芬，更能理解他们的这位哲学家老师。在柏拉图笔下，苏格拉底更像一位哲学家。在色诺芬笔下，苏格拉底却显得有些平庸。例如，苏格拉底认为智慧即美德，这在前者笔下突出的是理想人格的锻造和心灵的自我享受，在后者笔下则往往把美德归结为节制，又把节制归结为获取最大快乐的手段。又如，苏格拉底之所以从容就义，色诺芬举出两点非常实际的考虑：免去老年的痛苦与死后的声誉。柏拉图笔下的苏格拉底则以他特有的机智方式做出一番推论：死后或毫无知觉，如无梦之夜一样痛快；或迁居彼界，得以和古来志士仁人相处，不必与为思想而杀人者打交道，实为无限幸福。他的结束语是："分手的时候到了，我去死，你们去活，谁的去路好，唯有神知道。"哲学家的幽默和达观，跃然眼前。

我并不主张对苏格拉底哲学作过高评价。他把哲学的注意力移向人生，诚然是一大功绩，但他进而把人生问题归结为伦理道德，视野又未免狭窄了。其实，人生意义问题的提出，是以绝对为背景的，哲学的智慧不在于就人生论人生，而在于以绝对为背景对人生意义作出说明。赫拉克利特说，智慧不等于知识，智慧在于认识——绝对和永恒。苏格拉底却把智慧与知识等同起来，又把知识与美德等同起来，尽管他强调的是"关心自己的灵魂"，但是，如果像他那样把对于绝对的渴望从灵魂中排除出去，视为无用无谓之事，那么，灵魂就不成其为灵魂，而智慧也降为一种道德知识和处世之道了。在这个意义上,我认为苏格拉底比起赫拉克利特来又是某种退步。不过,尽管如此,苏格拉底的"未经省察的人生没有价值"一语仍不失为至理名言,是一个真诚的哲学家应有的信念,只是我们应该以更加广阔的眼光去省察人生。

苦难的精神价值

维克多·弗兰克尔是意义治疗法的创立者,他的理论已成为弗洛伊德、阿德勒之后,维也纳精神治疗法的第三学派。第二次世界大战期间,他曾被关进奥斯维辛集中营,受尽非人的折磨,九死一生,侥幸地活了下来。在《活出生命的意义》这本小书中,他回顾了当时的经历。作为一名心理学家,他并非像一般受难者那样流于控诉纳粹的暴行,而是尤能细致地捕捉和分析自己的内心体验以及其他受难者的心理现象,许多章节读来饶有趣味,为研究受难心理学提供了极为生动的材料。不过,我在这里想着重谈的是这本书的另一个精彩之处,便是对苦难的哲学思考。

对意义的寻求是人的最基本的需要。当这种需要找不到明确的指向时,人就会感到精神空虚,弗兰克尔称之为"存在的空虚"。这种情形普遍地存在于当今西方的"富裕社会"。当这种需要有明确的指向却不可能实现时，人就会有受挫之感，弗兰克尔称之为"存在的挫折"。这种情形发生在人生的各种逆境或困境之中。

寻求生命意义有各种途径，通常认为，归结起来无非两点：一是创造，以实现内在的精神能力和生命的价值；二是体验，借爱情、友谊、沉思、对大自然和艺术的欣赏等美好经历获得心灵的愉悦。那么，倘若一个人落入了某种不幸境遇，基本上失去了积极创造和正面体验的可能，他的生命是否还有一种意义呢？在这种情况下，人们一般是靠希望活着的，即相信或至少说服自己相信厄运终将过去，然后又能过一种有意义的生活。然而，第一，人生中会有一种可以称作绝境的境遇，所遭遇的苦难是致命的，或者是永久性的，人不复有未来，不复有希望。

这正是弗兰克尔曾经陷入的境遇，因为对于奥斯维辛集中营的战俘来说，煤气室和焚尸炉几乎是不可逃脱的结局。我们还可以举出绝症患者，作为日常生活中的一个相关例子。如果苦难本身毫无价值，则一旦陷入此种境遇，我们就只好承认生活没有任何意义了。第二，不论苦难是否是暂时的，如果把眼前的苦难生活仅仅当作一种虚幻不实的生活，就会如弗兰克尔所说，忽略了苦难本身所提供的机会。他以狱中亲历指出，这种态度是使大多数俘虏丧失生命力的重要原因，他们正因此而放弃了内在的精神自由和真实自我，意志消沉，一蹶不振，彻底成为苦难环境的牺牲品。

所以，在创造和体验之外，有必要为生命意义的寻求指出第三种途径，即肯定苦难本身在人生中的意义。一切宗教都很重视苦难的价值，但认为这种价值仅在于引人出世——通过受苦，人得以救赎原罪，进入天国（基督教），或看破红尘，遁入空门（佛教）。与它们不同，弗兰克尔的思路属于古希腊以来的人文主义传统，他是站在肯定人生的立场上来发现苦难的意义的。他指出，即使处在最恶劣的境遇中，人仍然拥有一种不可剥夺的精神自由，即可以选择承受苦难的方式。一个人不放弃他的这种"最后的内在自由"，以尊严的方式承受苦难，这种方式本身就是"一项实实在在的内在成就"，因为它所显示的不只是一种个人品质，还是整个人性的高贵和尊严，证明了这种尊严比任何苦难更有力，是世间任何力量不能将它剥夺的。正是由于这个原因，在人类历史上，伟大的受难者如同伟大的创造者一样，受到世世代代的敬仰。也正是在这个意义上，陀思妥耶夫斯基说出了这句耐人寻味的话："我只担心一件事，就是怕我配不上我所受的苦难。"

我无意颂扬苦难。如果允许选择，我宁要平安的生活，得以自由自在地创造和享受。但是，我赞同弗兰克尔的见解，相信苦难的确是人生的必含内容，一旦遭遇，它也的确提供了一种机会。人性的某些特质，唯有借此机会才能得到考验和提高。一个人通过承受苦难而获得的精神价值是一笔特殊的财富，由于它来之不易，就绝不会轻易丧失。而且我相信，当他带着这笔财富继续生活时，他的创造和体验都会有一种更加深刻的底蕴。

生命的苦恼和创造的欢欣

一

我在埋头撰写那些应景交差的"哲学"文章时,常常会有一种突如其来的不安攫住心房,使我几乎喊出声来:我在干什么呀?这是哲学吗?这就是我视之为生命的哲学吗?

哲学曾经并将继续为人类孕育和分娩出一门门新的学科。当某些学科尚寄居在哲学的母腹之中,并以哲学自命时,不妨对之持宽容的态度。但是,哲学不只是多产的母亲,她首先是智慧女神雅典娜,用她的智慧保护人类的幸福,抚慰生命的创痛。哲学的本义是爱智慧,种种知识不过是寻求智慧途中的副产品罢了。

赫拉克利特说:"博学不能使人智慧。"智慧与知识是两回事。知识是认识多,而智慧则是认识多中的一。用赫拉克利特的话说,就是认识那驾驭一切的东西,认识一切是一。从古希腊到近代,哲学孜孜于寻求这个一,全,绝对,普遍,永恒。哲学一开始就是一种寻求绝对本体的努力。

人为何要如此执拗地寻求一种超越时间变化的绝对本体呢？人的这种对于绝对的渴望缘何而生？

追溯哲学的源头，可以发现，希腊人对智慧还有另一种理解，这就是刻在德尔菲的阿波罗神殿内的箴言："认识你自己。"希腊的第一个哲人泰勒斯[1]就十分重视这句箴言，有人问他什么事情最难，他回答："认识你自己。"苏格拉底更是把"认识你自己"明确规定为哲学的任务。

认识自我，认识绝对本体，构成了智慧的两端，而两端实在是相通的。

在个人身上，自我意识和死亡意识总是同时觉醒并且成正比发展。当自我的边缘从混沌中清晰地分离出来时，自我化为乌有的前景就显得触目惊心了。反过来说，意识到了死亡的不可避免和万劫不复，也就意识到了自我的独一无二和不可重复。然而，什么是死亡意识呢？死亡意识不就是对于永恒和绝对的意识吗？因而不就是以绝对为对象的理性吗？人正是以否定的方式，即通过自我的绝对不存在而获得关于绝对的概念的。因此，自我意识的成熟就意味着理性的成熟。因为个体的有限，所以憧憬无限的本体。当人既意识到自我，又意识到绝对之时，生命的苦恼就开始折磨他了。他开始寻求智慧，即寻求把自我与绝对、小我与大

---

[1] 泰勒斯（Thales，约前624年—约前547年），古希腊思想家、科学家、哲学家，创立了古希腊最早的哲学学派。

我结合起来的途径了。他要参透他所从来的混沌，回到混沌中去，但是又不丧失自我。这是人的二律背反处境。

古希腊是人类的童年，是人类的自我意识和绝对理性觉醒的时代。我相信，古希腊人如此热心地讨论世界的始基和本原是什么，绝非出于纯粹的好奇心，为人生提供指导始终是潜在的动因。事实上，没有一个希腊哲学家只谈自然哲学问题，在赫拉克利特和德谟克利特的著作残篇里，我们可以读到许多体现人生智慧的隽语。细心的读者还会发现，希腊哲学家们喜欢谈论的话题是如何克服对于死亡的恐惧，从而快乐地或宁静地度过人生。在希腊人看来，这正是人生智慧的集中体现。

追求绝对，原是一种植根于人性之中的不寻常的激情，哲学家把这种激情转变成深沉的思考。然而，原动力仍然是激情。倘非出于对人生的爱，追求绝对有何意义？而且，绝对是不可能在有朝一日求得的，它只存在于追求的过程之中，而追求是不能没有激情做动力的。哲学只是爱智慧，而不是智慧本身，智慧永远是寻求的对象。可惜我们常常看到，历史上的大哲学家，尽管他们年轻时都是受了激情的推动而走向哲学，可是一旦形成了自己的体系，便自以为达到了绝对，丧失了追求的热情。这种情形在黑格尔身上尤为明显。当然，在黑格尔的著作中，尤其是在他的早期著作中，不乏生命的激情。可是，当他宣布绝对在他那一套概念的逻辑演绎中实现了自身之时，哲学在他手中便失去了生气，用尼采的话说，成了概念的木乃伊。尼采之所以厌恶以黑格尔为代表的德国体系哲学，就是因为在他看来，这种哲学远离了生命的源头，违背了哲学诞生时爱智慧的真话，走上了歧路。他要正本清源，使哲学重新关心人生，对人生的种种根本问题作出回答。为此他创立了他的富有诗意的生命哲学兼文化哲学——酒神哲学。酒神精神成为贯穿尼采一生全部哲学创作的主旋律。

二

要理解酒神精神，我们首先得记住，把尼采推上哲学思考之路的，并非单纯的学术兴趣，而是对人生意义的苦苦寻求。青春未必全是甜吻和鲜花。有这样一些敏感的心灵，对于它们，青春意味着平生第一次精神危机，意味着某种幻灭和觉醒。似乎毫无来由，青年尼采突然对周围那种喧闹而又单调的大学生活产生了隔膜感，他也绝不能忍受摆在他面前的做一个古典语言学学者的前途。不，他不能被某一种专门学问占有，在一个小角落里畸形地生长。他热爱人生，他要解这个人生之谜！——正是在这样的心情下，他接触到了叔本华的哲学。如果说有的书会影响一个人的一生，那么，叔本华的《作为意志和表象的世界》对于尼采就是这样。这本书试图解释人生之画的全部画意，正合尼采对哲学的要求，因而于尼采有了不可抵御的魅力。

人生自有其悲剧性方面，一种深刻的人生观是不应加以掩盖或回避的。可是，许多世纪以来，悲剧意识似乎在欧洲消失了。欧洲人的精神世界，依仗着基督教和科学两大支柱，似乎平静而乐观。基督教用灵魂不死的信仰来掩盖人生必有一死的悲剧性质，用彼岸世界来为尘世生活提供虚幻的目标和意义。科学则引导人们注重外部物质世界，浮在人生的表面，回避人生的悲剧性方面和对人生意义的根本性发问。

文艺复兴以来，欧洲人的基督教信仰已逐渐解体。上帝死了，宗教的慰藉不再能把我们带进绝对的境界，生命的苦恼重新折磨欧洲人的心灵，要求哲学加以正视。叔本华是近代德国第一个正视生命的苦恼的哲学家，他认为要摆脱生命的苦恼，非抛弃生命本身不可，自我与绝对相结合的唯一方式是自我的绝对不存在。这实际上是否认哲学在人生根本问题上能够提供智慧。

当尼采以研究希腊悲剧开始他的哲学生涯时，他正是受了叔本华的影响，自觉地把生命的苦恼作为他的哲学思考的主题。但是，他不满意于叔本华否定人生的消极答案。以寻求人生意义为使命的哲学，却教导人们否定人生，这不是对于哲学智慧的讽刺吗？他第一要承认人生的悲剧性，从而与基督教的虚假乐观主义和科学至上的肤浅乐观主义相反对；第二要战胜人生的悲剧性，从而与叔本华式的悲观主义相反对。他从"希腊悲剧起源于酒神祭"这样一个艺术史事实中，引申出了他的根本性结论：用酒神的智慧来战胜生命的苦恼。

酒神祭是从色雷斯[1]传入希腊的一种神秘仪式。据传说，酒

---

[1] 色雷斯是东南欧的历史学和地理学上的概念，涵盖今天的希腊北部（西色雷斯）、保加利亚南部（北色雷斯）和土耳其的欧洲部分（东色雷斯）。

神原名查格留斯,是宙斯和他女儿乱伦的产儿,后被泰坦肢解火煮,雅典娜救出了他的心。宙斯把它交给自己的一名情妇,该情妇食后怀孕,第二次生出酒神,取名狄奥尼索斯。在酒神祭,女信徒们排成狂野的行列漫游,狂歌乱舞,滥饮纵欲。整个仪式的高潮是捕获一头山羊,或一头公牛,或一个男人,作为神的化身,将其裂为碎片,然后饮其血、食其肉,以纪念酒神的肢解和复活,并借这种仪式与神结为一体,达于永恒。

对于尼采来说,酒神祭的重要性在于那种个人解体而同宇宙的生命本体相融合的神秘陶醉境界,在于酒神肢解然后又复活所表示的生命不可摧毁的象征意义。他以此来解释悲剧,认为悲剧的快感实质上就是个体通过自身毁灭而感受到的、与永恒宇宙生命合为一体的酒神祭式陶醉。

《悲剧的诞生》谈的是作为艺术种类的悲剧,然而悲剧艺术仅仅是尼采解决人生问题的实验室。他由此提炼出来的酒神精神,是他的全部哲学的灵魂。其主旨是肯定生命,而为了肯定生命,就必须把生命本身所固有的痛苦和悲剧也一并加以肯定。生命的苦恼类似于爱情的苦恼。尼采常常把生命喻为一个妩媚而又不驯的女子,她引诱我们,使我们迷恋,和她难舍难分,可是到头来她又抛弃我们。那么,我们就因此不爱她了吗?不会的。"对生命的信任已经消失,生命本身成为问题。但不要以为一个人因此成为忧郁者!对生命的爱仍然可能,只不过用另一种方式爱,就像爱一个使我们怀疑的女子。"其实,生命的苦恼正来源于对生命的爱，越是热爱，此种苦恼必定就越深。叔本华要我们放弃对生命的爱，灭绝生存意志，以此免除生命的苦恼。尼采却主张出于对生命的爱而接受生命固有的苦恼，通过高扬生命意志来战胜生命的苦恼。这是两个人根本不同之处。

更进一步，生命的苦恼本身未尝不是生命欢乐的一种体现。没有痛苦，人只能有卑微的幸福。伟大的幸福正是与巨大的痛苦相对抗所产生的崇高感。世上没有比那些无所用心的幸运儿更可怜的了，相反，像拜伦、贝多芬这样的悲剧性灵魂，尽管比一般人感受了更多、更强烈的痛苦，可是他们所感受的生命的巨大欢乐又岂是一般人所能想象？在人身上，琐屑的烦恼总是与渺小的欢乐结伴而行，伟大的痛苦则与伟大的欢乐如影随形。天才都是一些对于生命的苦恼有着深切感受的人，这是一种形而上的苦恼，最独特的自我对于绝对抱着最热烈的憧憬，没有比这种渴望更折磨人的了。然而，似乎作为一种补偿，正是这种渴望驱使天才从事创造，在创造中品尝到了自我与绝对相融合的欢欣。创造的欢欣是生命最高的欢乐，是一种形而上的欢乐。在天才身上，自我与绝对之间的对立发展到了极点，终于又奇迹般地达到统一。所以，天才的作品既有最独特的个性，又有永恒的魅力。

热爱生命与贪生怕死不可同日而语。一个真正热爱生命并且对于生命的苦恼有着深切体验的人，反而会升到一种超凡入化的境界。

既然个人的生命迟早要失去，你就不要把它看得太重要。你要站在你自己的生命之上，高屋建瓴地俯视它，把它当作你的一次艺术创造试验，这样你反而能真正地体验它，享受它，尽你所能地使它过得有意义。生命的伟大不在于活得长久，而在于活得有气魄。战胜生命的苦恼的途径既不是宗教的解脱，也不是长寿的诀窍，而是文化和艺术的创造。

如果说尼采的酒神精神的出发点是肯定生命连同它所包含的苦恼，那么，其归宿点便是以创造的欢欣来战胜生命的苦恼。他说："创造是痛苦的大救济和生命的慰藉。但是要做一个创造者，痛苦和许多变故又是不可缺少的。唯一的幸福在于创造。"尼采把整个宇宙生生不息的生成变化过程看作大自然本身的创造活动，在这过程中，大自然一会儿创造出个体生命，一会儿又把它毁灭掉。但是，大自然并不因个体生命的毁灭而悲哀，它的生命力太旺盛了，只从这无休止的创造和毁坏中得到快乐。在尼采看来，这就是宇宙本体即生命意志本身的酒神冲动。倘若我们秉承大自然的酒神冲动，不去介意个体生命的毁灭，而只是从创造中体会大自然本身的创造欢欣，我们便在一定意义上战胜了生命的苦恼，达到了自我与绝对的融合。

三

尼采是个诗人气质的哲学家，或者说是个哲人气质的艺术家。他生前忍受不了刻板的学院生涯，辞去教职，孤独地漂泊在南欧的群山之中。"他的伴侣是——绵亘的高原和弯曲的峡谷。"

在漂泊中，他写下了两百多首诗歌和无数隽永的警句格言。这个世纪末的漂泊者又自命是"新世纪的早生儿"，他被他的时代所放逐，独自伫立在无人攀登的山巅眺望远方，眺望他心目中的新世纪，他相信他在新世纪将被人理解和接受。

然而，正是在新世纪到来之后，尼采一度遭到了最惊人的误解。也许，二十世纪前半叶的欧洲是过于政治化了，两次世界大战、激烈的政治变动、阶级斗争、政权交替，使得人们习惯于以政治的眼光去理解一切。倘若没有这个背景，尼采妹妹的曲解，纳粹文人的利用，都不可能造成如此长久和普遍的对尼采的误解。

毫无疑问，阶级社会即是政治社会，在这样的社会中，任何一个哲学家都不可能完全脱离政治，他的政治见解必定会在他的哲学思想中反映出来。但是，哲学与政治毕竟属于不同的层次。哲学面对永恒，政治则面对一时一地的阶级利益和党派利益。尤其是尼采这样一个具有强烈非政治倾向的哲学家，长期以来被涂抹上最浓烈的政治色彩，结果只能是面目全非了。尼采自称是"最后一个反政治的德国人"。他之所以厌恶政治，是因为在他看来，政治与文化是势不两立的。他写道："任何人的花费归根到底不能超过他所拥有的，个人如此，民族也如此。一个人把自己花费在权力、政治、经济、世界贸易、议会、军事利益上，一个人向这些方面付出了理解、认真、意志、自我超越的能量（他就是这种能量），那么在其他方面就必有短缺。文化和国家——在这一点上不要欺骗自己——是敌对的：'文化国家'纯属现代观念。两者互相分离，靠牺牲对方而生长。一切伟大的文化时代都是政治颓败的时代：在文化意义上伟大的事物都是非政治的，甚至是反政治的……"（《尼采全集》第8卷第111页）

我在这里所以要大段摘引尼采的话，是为了说明，正确理解尼采的关键是不要忘记，尼采是一个真正的哲学家，尼采要解决的是存在问题，即生命的意义问题，而"每一种相信存在的问题可以由一个政治事件来改变或解决的哲学，都是一种开玩笑的假哲学"——这恰恰是尼采的看法。

政治是社会发展一定阶段上的现象，它毕竟是人性异化的领域。凡是"突出政治"的时代和民族，人性必遭到扭曲。社会进步的趋势是非政治化，一切政治归于消亡……

尼采的着眼点是文化。为了文化，他反对突出政治。为了文化，他也反对科学至上和物质主义。他指出，科学只关心知识问题，不关心人的内心痛苦，不能为人生提供意义和目标；物质至上更使社会成为财富的堆积场所和文化的沙漠。

可以把尼采的酒神哲学归结为生命和文化两大口号。生命是人生之树的根本，文化是人生之树的花果。第一要肯定生命，为此尼采反对宗教和伦理的人生态度。尼采认为，宗教本身就是一种伦理，因为它把生命视为恶；伦理本身也是一种宗教，因为它以某种绝对命令为前提。两者的共同立场是否定生命。第二要创造文化，为此尼采反对功利的人生态度，政治至上、科学至上、物质利益至上的人生态度均属此列,它们都危害了文化的发展。

宗教和伦理用虚假的绝对(神、善的观念)来抹杀自我,通过否定生命本身来解脱生命的苦恼。科学和政治既不关心绝对,也不关心自我,无视生命的苦恼。所以,它们都与哲学的智慧不沾边。在尼采看来,唯有文化的创造才能沟通自我与绝对,救济生命的苦恼。可是,这种非宗教、非伦理、非政治、非科学的文化究竟是什么呢?

四

尼采寻求哲学的智慧,他找到的是诗。艺术和审美,便是他心目中唯一足以战胜生命的苦恼的力量,便是他所珍视的文化。

把本体艺术化,或者说把艺术本体化,是德国浪漫派的传统。谢林说,艺术本身就是绝对的流溢。诺瓦利斯[1]说:"诗才是真正绝对的实在。"尼采继承了这一传统,他说:"艺术是生命的最高使命和生命本来的形而上活动。"思辨哲学往往通过逻辑手段推演出绝对,结果自我消融在全与永恒之中了,这使浪漫派不满。浪漫哲学试图在个体身上达到绝对,把自我扩展为全与永恒。为了达到这个目的,艺术是唯一的途径。因为只有在诗意的直观和陶醉之中,在瞬时的体验之中,个体才可能产生与绝对相沟通的感觉。

---

[1] 诺瓦利斯(Novalis,1772年—1801年),德国浪漫主义诗人。

诚然，用实际生活的眼光来看，诗和艺术是没有任何价值的。尼采也承认，艺术只是梦和醉，甚至只是"谎言"。问题在于如何看待梦、醉乃至艺术的"谎言"在人生中的意义。在尼采看来，如果仅仅以科学的眼光看待人生，便只好承认人生是有根本缺陷的，人生的要务仅在于安排好有生之年的实际利益，而对于绝对的向往则应予根绝。这种人生观当然可以被芸芸众生接受，然而，一个人一旦心怀对于绝对的憧憬，便不可能再满足于如此散文味的人生了。这时候，唯有艺术才能抚慰他的生命的苦恼。正是通过艺术对存在的美化，我们会感到"我们负载着渡过生成之河的不再是永恒的缺陷，我们倒以为自己负载着一位女神，因而自豪而又天真地为她服务"。也许梦和陶醉都是虚幻的，但是它们在人生中却具有并不虚幻的功用和价值。弗洛伊德说，如果没有梦的替代的满足，恐怕人人都要患神经官能症了。尼采也说，如果没有艺术的慰藉，人就会厌世和自杀。

尼采说过，他之所以喜欢叔本华，是因为叔本华的真诚，叔本华是为自己而写作，关心人生的痛苦并且力图找出补救的方法来。我喜欢尼采也是这个原因。不过，正像尼采不满意叔本华的结论一样，我也不能满意尼采的结论。他像一个做梦的人，内心深处却醒着，知道自己在做梦，并且鼓励自己把梦做下去。这样的梦太不踏实了，太容易破灭了。我总觉得，叔本华的阴魂已经缠住了尼采，尼采骨子里是一个悲观主义者。所以，他的振奋带有一种病态的性质。也许，世上并无酒中仙，一切醉都是借酒浇愁，尼采的酒神精神也不例外。

在寻求智慧的道路上，永远没有现成的答案。知识可以传授，智慧不能转让。哲学所梦寐以求的那个绝对，不是已经存在于某处仅仅有待发现的东西，它永远要靠每一个人自我独立地去把它创造出来。追问生命的意义，是人的一种形而上的需要，但是需要与能力总是互为条件的，而通过创造赋予生命以意义，正是人的一种形而上的能力。通过文化价值的创造，人为自己创造了一个意义世界。这个世界仅仅用自然界的眼光来看才是虚幻的，用人的眼光来看，它是完全真实的，唯有生活在其中，人才觉得自己是人。人的精神是光，文化是精神的光照在人的生命上呈现的绚丽色彩。难道光和色彩都是虚幻的，只有黑暗才是真实的？难道智慧不是要创造出光和色彩来，反倒是要追根究底地去追问光和色彩背后的黑暗？尼采把叔本华看作一个颓废者，我嫌尼采仍不够健康。在他那里，创造的欢乐实质上只是麻痹和遮盖了生命的苦恼。可是，在我看来，创造赋予生命的意义是真实的，因而它对生命的苦恼的战胜也是真实的。

一个人通过承受苦难而获得的精神价值是一笔特殊的财富,由于它来之不易,就绝不会轻易丧失。

《夜游者》

爱德华·霍珀，1942 年

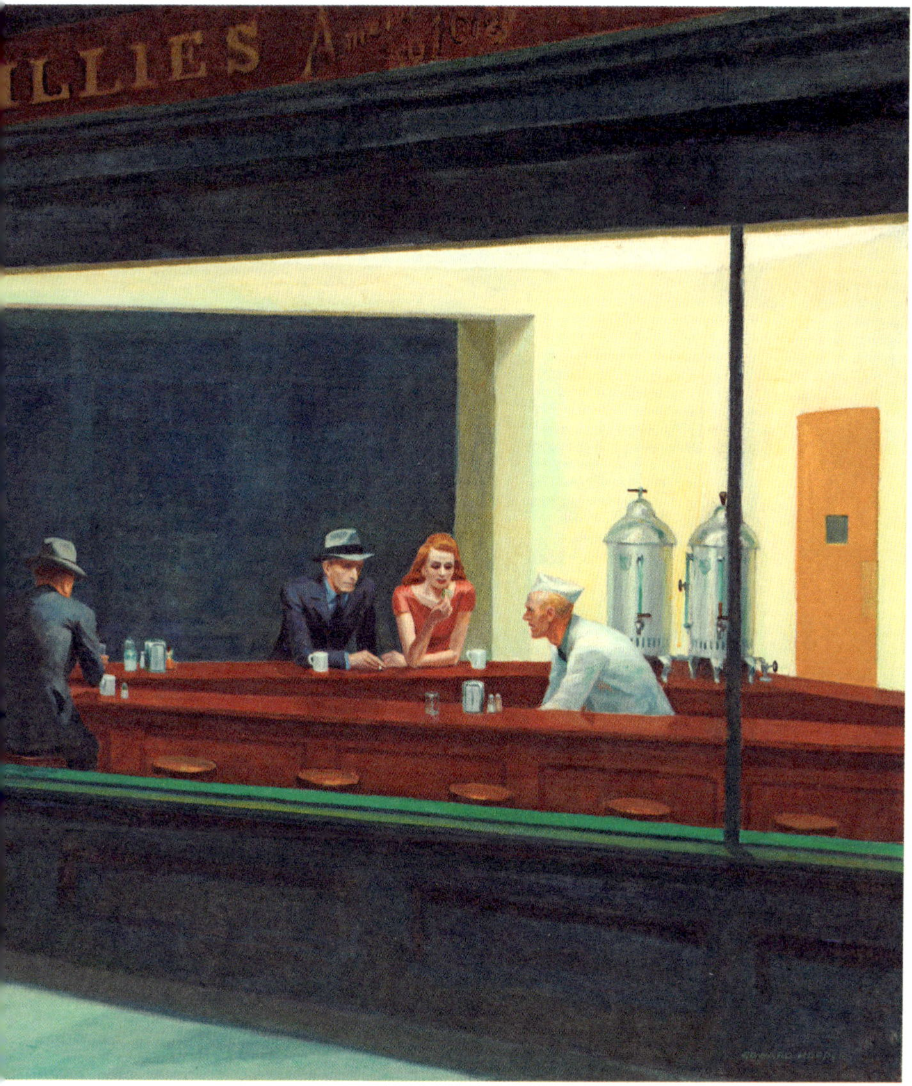

尼采常常把生命喻为一个妩媚而又不驯的女子,她引诱我们,使我们迷恋,和她难舍难分,可是到头来她又抛弃我们。那么,我们就因此不爱她了吗?不会的。

哲学与文学批评（论纲）

一

关于哲学与批评的关系，我们可以听到两种相反的意见。一种意见认为，批评应该完全立足于艺术，排除一切哲学观点的干扰。另一种意见认为，任何批评必定受某一种或某一些哲学观点的支配，在本质上是应用哲学。

我认为，批评之与哲学发生关系是一个不言而喻的事实。凡学院派批评家往往建立或者运用一定的批评理论，由这些批评理论固然可以追溯到相应的哲学理论。即使是那些非学院派的所谓业余批评家，在他们的印象式批评中也不难发现一种哲学态度。因此，真正的问题不是哲学在批评中的存在是否合法，而是以怎样的方式存在才合法。也就是说，我们所要寻求的是哲学与批评的正确关系。

二

当今批评界的时髦做法是,在批评文章中食洋不化地贩运现代西方某些哲学性批评理论,堆砌各种哲学的、准哲学的概念。这类文章的共同特点是对所要批评的作品本身不感兴趣,读了以后,我们丝毫不能增进对作品的了解,也无法知道作者对作品的真实看法和评价是什么。在多数情况下,它们只是把作品当作一个实例,用来对某一种哲学理论作了多半是十分生硬的转述和注解。在我看来,这样的批评既不是哲学的,更不是艺术的,甚至根本就不是批评,不过是冒充成批评的伪哲学和冒充成哲学的伪批评罢了。

这种情形的发生恐怕并非偶然。透过现代西方文学批评理论的繁荣景象,我们看到的也是文学批评的阙如。在文学批评的名义下,真正盛行的一方面是文化批评、社会批评、政治批评、性别批评等,另一方面是语言学、符号学、人类学、神话学、知识社会学的研究等。凡是不把作品当作目的而仅仅当作一种理论工具的批评,其作为文学批评的资格均是可疑的。

三

批评总是对某一具体作品的批评。因此,一切合格的批评的前提是,第一,批评者对该作品本身真正感兴趣,从而产生了阐释和评价它的愿望。他的批评冲动是由作品本身激发的,而不是出自应用某种理论的迫切心情。也就是说,他应该首先是个读者,知道自己究竟喜欢什么。第二,批评者具有相当的鉴赏力和判断力,他不是一个普通读者,而是巴赫金所说的那种"高级接受者",即一个艺术上的内行。作为一个专家,他不妨用理论的术语来表述自己的见解,但是,在此表述之前,他对作品已经有了一种直觉的把握,知道是作品中的什么东西值得自己一评了。

一个批评者对作品有无真正的兴趣,他是否具有鉴赏力和判断力,这两者都必然体现在他的批评之中,因此是容易鉴别的。人们可以假装自己懂某种高深的理论,却很难在这两方面作假。

四

现代哲学对于批评的作用,最明显地表现于推动各种批评理论之建立。批评若要不停留于批评家们的个别行为,而试图成为一门在同行之间可以交流的普遍性学科,就有必要对批评的概念、原则、任务、标准、规范、方法等问题进行探讨,这种探讨构成了批评理论的基本内容。很显然,对于这些问题的解答皆取决于对文学之本质的认识,因而可以追溯到某种美学和哲学的立场。凡是系统的,亦即真正具备理论形态的批评理论,无不都是自觉地以一种哲学理论为其出发点,是那种哲学理论向批评领域的伸展。二十世纪以来最流行的批评理论,包括马克思主义、存在主义、精神分析、形式主义、结构主义、现象学和解释学各家,皆自报家门,旗帜鲜明地亮出了它们的哲学谱系。

然而,哲学之能够指导批评理论的建立,并不表明它能够指导成功的批评实践。批评是批评家的整体素质作用的产物，在具体的批评实践中，理论教条所起的作用十分有限。每一次真正有价值的批评都是一个独立的事件，是批评家与作品之间的一种独特的感应和一次幸运的相遇，而绝非某个理论的派生物。对于一个素质良好的批评家，合适的理论或许可以成为有效的表述工具。可是，倘若一个批评家缺乏此种素质，对于作品并无自己的感觉和见解，仅靠某种批评理论来从事批评，那么，他实际上对作品本身无话可说，他的批评就必定不是在说作品，而是在借作品说这种理论。事实上，研究批评理论的学者很少是好的批评家，就像研究文学理论的学者很少是好的作家一样，这种情形肯定不是偶然的。

五

批评的任务是阐释作品的意义和判断作品的价值。有一些批评理论主张批评应该排除评价，仅限于阐释。然而，一个批评家选择作品中的什么成分作为自己所要阐释的意义之所在，其实已经包含了一种价值立场，他事实上按照作品满足他对意义的理解的程度对作品进行了评价。对意义的理解是一个真正的哲学问题，它基本上决定了一个批评家对作品的阐释的角度和评价的标准。

文学作品中的什么成分构成了意义，对这个问题的回答取决于对文学的本质的认识，在相当程度上还取决于对世界和人性的认识。每一部作品皆涉及作者、所言说的事物、读者三个方面。

意图说和传情说曾经十分盛行，前者把作者的意图当作意义的源泉，后者把读者所获得的教诲、感动、娱乐视为意义的真正体现。这两种立场皆因明显地脱离文本自身的阐释而已显得陈旧。但是，同样是从作品本身的内容中寻找意义，站在不同的哲学立场上，也会认为作品是在言说不同的事物。例如，马克思主义者会认为这事物是社会生活，弗洛伊德主义者会认为是作者个人或人类的深层心理，存在主义者会认为是对人的生存境遇的体验和思考。这些立场所关注的方向虽然各异，但仍然是试图用文学之外的东西来阐释文学作品的意义，因而在当代也受到了特别激烈的批判。倘若仅仅根据这些立场从事阐释，这样的阐释是否还是文学批评的确就成了问题，甚至可以说更是社会学、心理学、哲学的批评，等等。

然而，作品的内容无非就是作品所言说的事物之总和，撇开了所有这些社会的、心理的、思想的内容等，作品所剩下的便只有语言形式了。这样一来，对意义的阐释只有两条路可走。一是分析作品中的语词和句子的逻辑意义，如英美语义分析学派之所为，其不属于文学批评的性质当是更加不言而喻的。另一是分析作品的形式结构，目的不是阐释某一具体作品的意义，而是以这一具体作品为标本来建立语言符号如何由其组合方式而产生意义的一般模型，如结构主义学派之所为。这种批评是否属于文学批评也是值得怀疑的，或许它更是一种对文学作品的语言学的和符号学的研究。一种更彻底的立场是否认文学作品中意义的存在，断然拒绝释义。一步步排斥所指，最后能指就必然会成为不问意义的符号游戏，因此结构主义之发展为解构主义几乎是不可避免的。解构主义批评声称要排除与文本无关的一切因素，然而，事实上，它在文本上进行的随心所欲的嬉戏，并不比印象主义的主观批评离文本更近。还有一些批评理论也倾向于拒绝释义，而主张把批评的任务限制于研究作品的艺术技巧。这种研究在技术上的细致入微足以使人惊叹，但因撇开作品的精神内涵而不免流于琐碎。

六

批评涉及某些重要的哲学难题，有必要检视一下现代哲学及其指导下的批评理论所提出的解决这些难题的方案。

例如，文本有无它本来的意义，如果有，如何划清该"客观"的意义与批评者的"主观"的理解之间的界限？这一主观与客观的关系问题始终纠缠着批评理论。现代许多批评理论（如俄国形式主义、结构主义、美国新批评派、现象学批评）都试图建立起一套分析的技术或标准，以求排除批评者的"主观"之干扰，使"客观"意义的获取成为可操作和可检验的科学程序。但是，这样做的代价必定是缩减意义的范围，事实上把它限制在那些可以形式化的东西上了。我认为，到目前为止，哲学解释学为此问题的解决指出了最可取的方向。哲学解释学对理解的本体论结构的揭示表明，理解必定是理解者视域与文本视域的融合。因此，批评不必再纠缠于主观与客观之区分，反而应以两者视域的最大限度的融合为目标，使批评成为一种富有成果的对话。

批评者所要阐释的意义是在作品的内容之中，还是在形式之中？这一内容与形式的关系问题是纠缠着批评理论的另一个难题。如果撇开艺术形式而只看思想内容，批评就不再是文学性质的了。如果撇开思想内容而只看艺术形式，批评就不再是意义的阐释而只成了技巧的分析。在这个问题上，结构主义的方略是破除内容与形式的二分法，将两者融入结构的概念。它不再问作品的一个成分是内容还是形式，只问是否为审美的目的服务，所有为审美目的服务的成分都依照不同的层次组织成一个完整的符号体系。我认为，结构主义把一切内容都形式化了的做法未必可取，但破除内容与形式的二分法无疑是解决这一难题的正确方向。在文学作品中，唯有被艺术地言说的事物才真正构成为内容，而事物之被艺术地言说即所谓形式，两者所指的原是同一件事，本来就不可截然分开。

七

哲学与文学都是人类精神生活的形式，在本质上是相通的。因此，哲学之进入文学作品的权利是不容置疑的，问题仅在进入的方式。有不同的进入方式，例如：一、在文学作品中插入哲学的议论，这些议论与作品的文学性内容（情节等）只在主题上相关，在形式上却彼此脱节，如同一种拼贴；二、用文学的形式表达哲学性的思考和体悟，此种意图十分明确，因而譬如说可以用哲理诗、玄学诗、哲学小说、思想小说等来命名相关的作品；三、自觉地应用某种新潮的哲学思想来创作文学作品，从事文体的实验，譬如罗勃-格里耶的新小说之于结构主义哲学；四、作品本身完全是文学性的，哲学并不在其中的任何部分出场，但作品的整体却有一种哲学的底蕴，传达了对世界和人生的一种基本理解或态度。

一般来说，哲学应该以文学的方式存在于文学作品之中，它在作品中最好隐而不露，无迹可寻，却又似乎无处不在。作品的血肉之躯整个儿是文学的，而哲学是它的心灵。哲学所提供的只是一种深度，而不是一种观点。卡夫卡的作品肯定是有哲学的深度的，但我们在其中找不到哪怕一个明确的哲学观点。哲学与文学的最差的结合是，给文学作品贴上哲学的标签，或者给哲学学说戴上文学的面具。不能排除还存在着像《查拉图斯特拉如是说》这样的作品，几乎无法给它归类，从外到里都是哲学也都是文学，既是哲学著作又是文学精品。所以，说到底，哲学与文学的区分也不是那么重要，一切伟大的作品必定是一个精神性的整体。

八

据此我们可以来探讨哲学与批评相结合的方式了。依据某种哲学观点从事批评，热衷于在作品中寻找这种观点的相似物，或者寻找合适的作品来阐释这种观点，这肯定是最糟糕的结合方式。在最好的情形下，这种批评也只能算作哲学批评而非文学批评。一个批评家或许也信奉某种哲学观点，但是，当他从事文学批评时，他绝不能仅仅代表这种观点出场，而应力求把它悬置起来，尽可能限制它的作用。他真正应该调动的是两样东西：一是他的艺术鉴赏力和判断力，一是他的精神世界的经验整体。文学首先是语言艺术，因此，不言而喻，从事文学批评的人必须要能够欣赏语言艺术。判断力的来源，除了艺术直觉之外，还有艺术修养，即对于人类共同艺术遗产的真正了解，因此有能力判断当下这部作品与全部传统的关系，善于发现那种改变了既有经典所构成的秩序，从而自身也成为经典的作品。但文学不仅仅是语言艺术，在最深的层次上也是人类精神生活的形式。正是在这一层次上，文学与哲学有了最深刻的联系。也是在这一层次上，哲学以最自然的方式参与了批评。当批评家以他的内在经验的整体面对作品时，哲学已经隐含在其中。这个哲学不是他所信奉的某一种哲学观念，而是他的精神整体的基本倾向，他的真实的世界观和生活态度。批评便是他的精神整体与作品所显示的作者的精神整体之间的对话，这一对话是在人类精神史整体的范围里展开的，并且成了人类精神史整体的一个有机部分。

九

本论纲对于文学批评所做的思考，在基本原则上也适用于一般的艺术批评。

杞人是一位哲学家

河南有个杞县，两千多年前出了一个忧天者，以此而闻名中国。杞县人的这位祖先，不好好地过他的太平日子，偏要胡思乱想，竟然担忧天会塌下来，令他渺小的身躯无处寄存，为此而睡不着觉，吃不进饭。他的举止被当时某个秀才记录了下来，秀才熟读教科书，一眼便看出忧天的违背常识，所以笔调不免带着嘲笑和优越感。靠了秀才的记录，这个杞人从此作为庸人自扰的典型贻笑千古。听说直到今天，杞县人仍为自己有过这样一个可笑的祖先而感到羞耻，仿佛那是一个笑柄，但凡有人提起，便觉几分尴尬。还听说曾有当权者锐意革新，把"杞人忧天"的成语改成了"杞人胜天"，号召县民们用与天奋斗的实际行动洗雪老祖宗留下的忧天之耻。

可是，在我看来，杞县人是不应该感到羞耻，反而应该感到光荣的。他们那位忧天的祖先哪里是什么庸人，恰恰相反，他是一位哲学家。试想,当所有的人都在心安理得地过日子的时候,他却把眼光超出了身边的日常生活,投向了天上,思考起了宇宙生灭的道理。诚然,按照常识,天是不会毁灭的。然而,常识就一定是真理吗?哲学岂不就是要突破常识的范围,去探究常人所不敢想、未尝想的宇宙和人生的根本道理吗?我们甚至可以说,哲学就是从忧天开始的。在古希腊,忧天的杞人倒是不乏知己。亚里士多德告诉我们,赫拉克利特和恩培多克勒[1]都认为天是会毁灭的。古希腊另一个哲学家阿那克萨哥拉[2]则根据陨石现象断言,天由石头构成,剧烈的旋转运动使这些石头聚在了一起,一旦运动停止,天就会塌下来。不管具体的解释多么牵强,关于天必将毁灭的推测却是得到了现代宇宙学理论的支持的。

也许有人会说,即使天真的必将毁灭,那日子离杞人以及迄今为止的人类还无限遥远,所以忧天仍然是可笑而愚蠢的。说这话的意思是清楚的,就是人应当务实,更多地关心眼前的事情。人生不满百,亿万年后天塌不塌下来,人类毁不毁灭,与你何干?但是,用务实的眼光看,天下就没有不可笑不愚蠢的哲学了,因为哲学本来就是务虚,而之所以要务虚,则是因为人有一颗灵魂,使他在务实之外还要玄思,在关心眼前的事情之外,还

---

[1] 恩培多克勒(Empedocles,前495年—约前435年),古希腊哲学家。比起同时代的哲学家,他在科学上有更多发现。

[2] 阿那克萨哥拉(Anaxagoras,约前500年—约前428年),古希腊哲学家、原子论的思想先驱。

要追问所谓"终极"的存在。当然，起码的务实还是要有的，即使哲学家也不能不食人间烟火，所以，杞人因为忧天而"废寝食"倒是大可不必。

按照《列子》的记载，经过一位同情者的开导，杞人"舍然大喜"，不再忧天了。唉，咱们总是这样，哪里出了一个哲学家，就会有同情者去用常识开导他，把他拉扯回庸人的队伍里。中国之缺少哲学家，这也是原因之一吧。

思考死：有意义的徒劳

一

死亡和太阳一样不可直视。然而，即使掉头不去看它，我们仍然知道它存在着，感觉到它正步步逼近，把它的可怕阴影投罩在我们每一寸美好的光阴上面。

很早的时候，当我突然明白自己终有一死时，死亡问题就困扰着我了。我怕想，又禁不住要想。周围的人似乎并不挂虑，心安理得地生活着。性和死，世人最讳言的两件事，成了我青春期痛苦的秘密。读了一些书，我才发现，同样的问题早已困扰过世世代代的贤哲了。"要是一个人学会了思想，不管他的思想对象是什么，他总是在想着自己的死。"读到托尔斯泰这句话，我庆幸觅得了一个知音。

死之迫人思考，因为它是一个最确凿无疑的事实，同时又是一件最不可思议的事情。既然人人迟早要轮到登上这个千古长存的受难的高岗，从那里被投入万劫不复的虚无之深渊，一个人怎么可能对之无动于衷呢？然而，自古以来思考过、抗议过、拒绝过死的人，最后都不得不死了，我们也终将追随而去，想又有何用？世上别的苦难，我们可小心躲避，躲避不了，可咬牙忍受，忍受不了，还可以死解脱。唯独死是既躲避不掉，又无解脱之路的，除了接受，别无选择。也许，正是这种无奈，使得大多数人宁愿对死保持沉默。

金圣叹对这种想及死的无奈心境做过生动的描述："细思我今日之如是无奈，彼古之人独不曾先我而如是无奈哉！我今日所坐之地，古之人其先坐之；我今日所立之地，古之人之立者，不可以数计矣。夫古之人之坐于斯，立于斯，必犹如我之今日也。而今日已徒见有我，不见古人。彼古人之在时，岂不默然知之？然而又自知其无奈，故遂不复言之也。此真不得不致憾于天地也，何其甚不仁也！"

今日我读到这些文字，金圣叹作古已久。我为他当日的无奈叹息，正如他为古人昔时的无奈叹息；而毋须太久，又有谁将为我今日的无奈叹息？无奈，只有无奈，真是夫复何言！

想也罢，不想也罢，终归是在劫难逃。既然如此，不去徒劳地想那不可改变的命运，岂非明智之举？

二

在雪莱的一篇散文中，我们看到一位双目失明的老人在他女儿搀扶下走进古罗马克洛西姆竞技场的遗址。他们在一根倒卧的圆柱上坐定，老人听女儿讲述眼前的壮观，而后怀着深情对女儿谈到了爱、神秘和死亡。他听见女儿为死亡啜泣，便语重心长地说："没有时间、空间、年龄、预见可以使我们免于一死。让我们不去想死亡，或者只把它当作一件平凡的事来想吧。"

如果能够不去想死亡，或者只把它当作人生司空见惯的许多平凡事中的一件来想，倒不失为一种准幸福境界。遗憾的是，愚者不费力气就置身于其中的这个境界，智者（例如这位老盲人）却须历尽沧桑才能达到。一个人只要曾经因想到死亡感受过真正的绝望，他的灵魂深处从此便留下了几乎不愈的创伤。

当然，许多时候，琐碎的日常生活分散了我们的心思，使我们无限想及死亡。我们还可以用消遣和娱乐来转移自己的注意力。事业和理想是我们的又一个救主，我们把它悬在前方，如同美丽的晚霞一样遮盖住我们不得不奔赴的那座悬崖，于是放心向深渊走去。

可是，还是让我们对自己诚实些吧。至少我承认，死亡的焦虑始终在我心中潜伏着，时常隐隐作痛，有时还会突然转变为尖锐的疼痛。每一个人都必将迎来"没有明天的一天"，而且这一天随时会到来，因为人在任何年龄都可能死。我不相信一个正常人会从来不想到自己的死，也不相信他想到时会不感到恐惧。把这恐惧埋在心底，他怎么能活得平静快乐，一旦面临死又如何能从容镇定？不如正视它，有病就治，先不去想能否治好。

自柏拉图以来，许多西哲都把死亡看作人生最重大的问题，而把想透死亡问题视为哲学最主要的使命。在他们看来，哲学就是通过思考死亡而为死亡预作准备的活动。一个人只要经常思考死亡，且不管他如何思考，经常思考本身就会产生一种效果，使他对死亡习以为常起来。中世纪修道士手戴刻有骷髅的指环，埃及人在宴会高潮时抬进一具木制木乃伊，蒙田在和女人做爱时仍默念着死的逼近……凡此种种，依蒙田自己的说法，都是为了"让我们不顾死亡的怪异面孔，常常和它亲近、熟识，心目中有它比什么都多吧！"。如此即使不能消除对死的恐惧，至少可以使我们习惯于自己必死这个事实，也就是消除对恐惧的恐惧。主动迎候死，再意外的死也不会感到意外了。

我们对于自己活着这件事实在太习惯了，而对于死却感到非常陌生——想想看，自出生后，我们一直活着，从未死过！可见从习惯于生到习惯于死，这个转折并不轻松。不过，在从生到死的过程中，由于耳闻目染别人的死，由于自己所遭受的病老折磨，我们多少在渐渐习惯自己必死的前景。习惯意味着麻木，芸芸众生正是靠习惯来忍受死亡的。如果哲学只是使我们习惯于死，未免多此一举了。问题恰恰在于，我不愿意习惯。我们期待于哲学的不是习惯，而是智慧。也就是说，它不该靠唠叨来解除我们对死的警惕，而应该说出令人信服的理由来打消我们对死的恐惧。它的确说了理由，让我们来看看这些理由能否令人信服。

三

死是一个有目共睹的事实，没有人能否认它的必然性。因此，哲学家们的努力便集中到一点，即是找出种种理由来劝说我们——当然也劝说他自己——接受它。

理由之一：我们死后不复存在，不能感觉到痛苦，所以死不可怕。这条理由是伊壁鸠鲁首先明确提出来的。他说："死与我们无关。因为当身体分解成其构成元素时，它就没有感觉，而对其没有感觉的东西与我们无关。""我们活着时，死尚未来临；死来临时，我们已经不在。因而死与生者和死者都无关。"卢克莱修[1]也附和说："对于那不再存在的人，痛苦也全不存在。"

在我看来，没有比这条理由更缺乏说服力的了。死的可怕，恰恰在于死后的虚无，在于我们将不复存在。与这种永远的寂灭相比，感觉到痛苦岂非一种幸福？这两位古代唯物论者实在是太唯物了，他们对于自我寂灭的荒谬性显然没有丝毫概念，所以才会把我们无法接受死的根本原因当作劝说我们接受死的有力理由。

令人费解的是，苏格拉底这位古希腊最智慧的人，对于死也持有类似的观念。他在临刑前谈自己坦然赴死的理由："死的境界二者必居其一：或是全空，死者毫无知觉；或是如世俗所云，灵魂由此界迁居彼界。"关于后者，他说了些彼界比此界公正之

---

[1] 提图斯·卢克莱修·卡鲁斯（Titus Lucretius Carus，约前99年—约前55年），罗马共和国末期的诗人和哲学家，以哲理长诗《物性论》（*De Rerum Natura*）著称于世。

类的话，意在讥讽判他死刑的法官们，内心其实并不相信灵魂不死。前者才是他对死的真实看法："死者若无知觉，如睡眠无梦，死之所得不亦妙哉！"因为"与生平其他日夜比较"，无梦之夜最"痛快"。

把死譬作无梦的睡眠，这是一种常见的说法。然而，两者的不同是一目了然的。酣睡的痛快，恰恰在于醒来时感到精神饱满，如果长眠不醒，还有什么痛快可言？

我是绝对不能赞同把无感觉状态说成幸福的。世上一切幸福，皆以感觉为前提。我之所以恋生，是因为活着能感觉到周围的世界、自己的存在，以及我对世界的认知和沉思。我厌恶死，正是因为死永远剥夺了我感觉这一切的任何可能性。我也曾试图劝说自己：假如我睡着了，未能感觉到世界和我自己的存在，假如有些事发生了，我因不在场而不知道，我应该为此悲伤吗？那么，就把死当作睡着，把去世当作不在场吧。可是无济于事，我太明白其间的区别了。我还曾试图劝说自己：也许，垂危之时，感官因疾病或衰老而迟钝，就不会觉得死可怕了。但是，我立刻发现这推测不能成立，因为一个人无力感受死的可怕，并不能消除死的可怕的事实，而且这种情形本身更其可怕。

据说，苏格拉底在听到法官们判他死刑的消息时说道："大自然早就判了他们的死刑。"如此看来，所谓无梦之夜的老生常谈也只是自我解嘲，他的更真实的态度可能是一种宿命论，即把死当作大自然早已判定的必然结局加以接受。

四

顺从自然,服从命运,心甘情愿地接受死亡,这是斯多葛派的典型主张。他们实际上的逻辑是,既然死是必然的,恐惧、痛苦、抗拒全都无用,那就不如爽快接受。他们强调这种爽快的态度,如同旅人离开暂居的客店重新上路(西塞罗),如同果实从树上熟落,或演员幕落后退场(奥勒留[1])。塞涅卡[2]说,只有不愿离去才是被赶出,而智者愿意,所以"智者绝不会被赶出生活"。颇带斯多葛气质的蒙田说:"死说不定在什么地方等候我们,让我们到处都等候它吧。"仿佛全部问题在于,只要把不愿意变为愿意,把被动变为主动,死就不可怕了。

可是,怎样才能把不愿意变为愿意呢?一件事情,仅仅因为它是必然的,我们就愿意了吗?死亡岂不正是一件我们不愿意的必然的事?必然性意味着我们即使不愿意也只好接受,但并不能成为使我们愿意的理由。乌纳穆诺[3]写道:"我不愿意死。不,我既不愿意死,也不愿意愿意死。我要求这个'我',这个能使我感觉到我活着的可怜的'我',能活下去。因此,我的灵魂的持

---

[1] 马可·奥勒留(Marcus Aurelius,121年—180年),罗马帝国政治家、军事家、哲学家,罗马帝国五贤帝时代最后一位皇帝(161年—180年在位)。

[2] 塞涅卡(Lucius Annaeus Seneca,约前4年—后65年),古罗马政治家、斯多葛派哲学家、悲剧作家、雄辩家。

[3] 乌纳穆诺(Miguel de Unamuno,1864年—1936年),西班牙作家、哲学家,20世纪西班牙文学重要人物之一。代表作有小说《迷雾》《亚伯·桑切斯》《殉教者圣曼奴埃尔·布埃诺》,哲学论著《生命的悲剧意识》。

存问题便折磨着我。""不愿意愿意死"——非常确切！这是灵魂的至深的呼声。灵魂是绝对不能接受寂灭的，当肉体因为衰病而"愿意死"时，当心智因为认清宿命而"愿意死"时，灵魂仍然要否定它们的"愿意"！但斯多葛派哲学家完全听不见灵魂的呼声，他们所关心的仅是人面对死亡时的心理生活而非精神生活，这种哲学至多只有心理策略上的价值，并无精神解决的意义。

当然，我相信，一个人即使不愿意死，仍有可能坚定地面对死亡。这种坚定性倒是与死亡的必然性不无联系。拉罗什富科曾经一语道破："死亡的必然性造就了哲学家们的全部坚定性。"在他口中这是一句相当刻薄的话，意思是说，倘若死不是必然的，人有可能永生不死，哲学家们就不会以如此优雅的姿态面对死亡了。这使我想起了荷马讲的一个故事。特洛伊最勇敢的英雄赫克托耳这样动员他的部下："如果避而不战就能永生不死，那么我也不愿冲锋在前了。但是，既然迟早要死，我们为何不拼死一战，反把荣誉让给别人？"毕竟是粗人，说的是大实话，不像哲学家那样转弯抹角。事实上，从容赴死绝非心甘情愿接受寂灭，而是不得已退求其次，注意力放在尊严、荣誉等仍属尘世目标上的结果。

五

死亡的普遍性是哲学家们劝我们接受死的又一个理由。

卢克莱修要我们想一想，在我们之前的许多伟人都死了，我们有什么可委屈的？奥勒留提醒我们记住，有多少医生在给病人下死亡通知之后，多少占星家在预告别人的忌日之后，多少哲学家在大谈死和不朽之后，多少英雄在横扫千军之后，多少暴君在滥杀无辜之后，都死去了。总之，在我们之前的无数世代，没有人能逃脱一死。迄今为止，地球上已经发生过太多的死亡，以至于如一位诗人所云，生命只是死亡的遗物罢了。

与我们同时以及在我们之后的人，情况也一样。卢克莱修说："在你死后，万物将随你而来。"塞涅卡说："想想看，有多少人命定要跟随你死去，继续与你为伴！"蒙田说："如果伴侣可以安慰你，全世界不是跟你走同样的路吗？"

人人都得死，这能给我们什么安慰呢？大约是两点：第一，死是公正的，对谁都一视同仁；第二，死并不孤单，全世界都与你为伴。

我承认我们能从人皆有死这个事实中获得某种安慰，因为假如事情倒过来，人皆不死，唯独我死，我一定会感到非常不公正，我的痛苦将因嫉妒和委屈而增添无数倍。除了某种英雄主义的自我牺牲之外，一般来说，共同受难要比单独受难易于忍受。然而，我仍然要说，死是最大的不公正。这种不公正并非存在于人与人之间，而是存在于人与神之间。上帝按照自己的形象造人，却不让人像自己一样永生。他把人造得一半是神，一半是兽，将渴望不朽的灵魂和终有一死的肉体同时放在人身上，再不可能有比这更加恶作剧的构思了。

至于说全世界都与我为伴，这只是一个假象。死本质上是孤单的，不可能结伴而行。我们活在世上，与他人共在，死却把我们和世界、他人绝对分开了。在一个濒死者眼里，世界不再属于他，他人的生和死都与他无关。他站在自己的由生入死的出口上，那里只有他独自一人，别的濒死者也都在各自的出口上，并不和他同在。死总是自己的事，世上有多少自我，就有多少独一无二的死，不存在一个一切人共有的死。所谓死后的虚无之境，也无非是这一个独特的自我的绝对毁灭，并无一个人人共赴的归宿。

六

那么——卢克莱修对我们说——"回头看看我们出生之前那些永恒的岁月，对于我们多么不算一回事。自然把它作为镜子，让我们照死后的永恒时间，其中难道有什么可怕的东西？"

这是一种很巧妙的说法，为后来的智者所乐于重复。

塞涅卡说："这是死在拿我做试验吗？好吧，我在出生前早已拿它做过一次试验了！""你想知道死后睡在哪里？在那未生的事物中。""死不过是非存在，我已经知道它的模样了。丧我之后正与生我之前一样。""一个人若为自己未能在千年之前活着而痛哭，你岂不认为他是傻瓜？那么，为自己千年之后不再活着而痛哭的人也是傻瓜。"

蒙田认为："老与少抛弃生命的情景都一样。没有谁离开它不正如他刚走进去。""你由死入生的过程无畏也无忧，再由生入死走一遍吧。"

事实上，在读到上述言论之前，我自己就已用同样的理由劝说过自己。扪心自问，在我出生之前的悠悠岁月中，世上一直没有我，我对此确实不感到丝毫遗憾。那么，我死后世上不再有我，情形不是完全一样吗？

但真的完全一样吗？总觉得有点不一样。不，简直是大不一样！我未出生时，世界的确与我无关。可是，对于我来说，我的出生是一个决定性的事件，由于它，世界就变成了一个和我息息相关的、属于我的世界。即使是那个存在于我出生前无穷岁月中的世界，我也可以把它作为我的对象，从而接纳到我的世界中来。我可以阅读前人的一切著作，了解历史上的一切事件。尽管它们产生时尚没有我，但由于我今天的存在，便都成了供我阅读的著作和供我了解的事件。而在我死后，无论世上还会（一定会的！）诞生什么伟大的著作，发生什么伟大的事件，都真正与我无关，我永远不可能知道了。

譬如说，尽管曹雪芹活着时，世上压根儿没有我，但今天我却能享受到读《红楼梦》的极大快乐，真切感觉到它是我的世界的一个组成部分。倘若我生活在曹雪芹以前的时代，即使我是金圣叹，这部作品和我也不会有丝毫关系了。

有时我不禁想，也许，出生得愈晚愈好，那样就会有更多的佳作、更悠久的历史、更广大的世界属于我了。但是，晚到何时为好呢？难道到世界末日再出生，作为最后的证人得以回顾人类的全部兴衰，我就会满意？无论何时出生，一死便前功尽弃，留在身后的同样是那个与自己不再有任何关系的世界。

自我意识强烈的人本能地把世界看作他的自我的产物，因此他无论如何不能设想，他的自我有一天会毁灭，而作为自我的产物的世界却将永远存在。不错，世界曾经没有他也永远存在过，但那是一个为他的产生做着准备的世界。生前的无限时间中没有他，却在走向他，终于有了他。死后的无限时间中没有他，则是在背离他，永远不会有他了。所以，他接受前者而拒绝后者，又有什么可奇怪的呢？

七

迄今为止的劝说似乎都无效，我仍然不承认死是一件合理的事。让我变换一下思路，看看永生是否值得向往。

事实上，最早沉思死亡问题的哲学家并未漏过这条思路。卢克莱修说："我们永远生存和活动在同样事物中间，即使我们再活下去，也不能铸造出新的快乐。"奥勒留说："所有来自永恒的事物作为形式是循环往复的，一个人是在一百年还是两千年或无限的时间里看到同样的事物，这对他是一回事。"总之，太阳下没有新东西，永生是不值得向往的。

我们的确很容易想象出永生的单调，因为即使在现在这短促的人生中，我们也还不得不熬过许多无聊的时光。然而，无聊不能归因于重复。正如健康的胃不会厌倦进食,健康的肺不会厌倦呼吸,健康的肉体不会厌倦做爱一样,健全的生命本能不会厌倦日复一日重复的生命活动。活跃的心灵则会在同样的事物上发现不同的意义,为自己创造出巧妙的细微差别。遗忘的本能也常常助我们一臂之力,使我们经过适当的间隔重新产生新鲜感。即使假定世界是一个由有限事物组成的系统,如同一副由有限棋子组成的围棋,我们仍然可能像一个入迷的棋手一样,把这盘棋永远下下去。仔细分析起来,由死造成的意义失落才是无聊的至深根源,正是因为死使一切成为徒劳,所以才会觉得做什么都没有意思。一个明显的证据是,由于永生信念的破灭,无聊才成了一种典型的现代病。

可是,对此也可提出一个反驳:"没有死,就没有爱和激情,没有冒险和悲剧,没有欢乐和痛苦,没有生命的魅力。总之,没有死,就没有了生的意义。"——这正是我自己在数年前写下的一段话。波伏瓦在一部小说中塑造了一个不死的人物,他因为不死而丧失了真正去爱的能力。的确,人生中一切欢乐和美好的东西因为短暂更显得珍贵,一切痛苦和严肃的感情因为牺牲才更见出真诚。如此看来,最终剥夺了生的意义的死,一度又是它赋予了生以意义。无论寂灭还是永生,人生都逃不出荒谬。不过,有时我很怀疑这种悖论的提出,乃是永生信念业已破灭的现代人的自我安慰。对于希腊人来说,这种悖论并不存在,荷马传说中的奥林匹斯众神丝毫没有因为不死而丧失恋爱和冒险的好兴致。

好吧，让我们退一步，承认永生是荒谬的，因而是不值得向往的，但这仍然不能证明死的合理。我们最多只能退到这一步：承认永生和寂灭皆荒谬，前者不合生活现实的逻辑，后者不合生命本能的逻辑。

八

何必再绕弯子呢？无论举出多少理由都不可能说服你，干脆说出来吧，你无非是不肯舍弃你那可怜的自我。

我承认。这是我的独一无二的自我。

可是，这个你如此看重的自我，不过是一个偶然，一个表象，一个幻相，本身毫无价值。

我听见哲学家们异口同声地说。这下可是击中了要害。尽管我厌恶这种贬抑个体的立场，我仍愿试着在这条思路上寻求一个解决之道。

我对自己说：你是一个纯粹偶然的产物，大自然产生你的概率几乎等于零。如果你的父母没有结合（这是偶然的），或者结合了，未在那个特定的时刻做爱（这也是偶然的），或者做爱了，你父亲释放的成亿个精子中不是那个特定的精子使你母亲受孕（这更是偶然的），就不会有你。如果你父母各自的父母不是如此这般，就不会有你的父母，也就不会有你。这样一直可以推到你最早的老祖宗，在不计其数的偶然中，只要其中之一改变，你就压根儿不会诞生。难道你能为你未曾诞生而遗憾吗？这岂不就像

- 048 -

为你的父母、祖父母、外祖父母等在某月某日未曾做爱而遗憾一样可笑吗？那么，你就权作你未曾诞生好了，这样便不会把死当一回事了。无论如何，一个偶然得不能再偶然的存在，一件侥幸到非分地步的礼物，失去了是不该感到委屈的。滚滚长河中某一个偶然泛起的泡沫，有什么理由为它的迸裂愤愤不平呢？

然而，我还是委屈，还是不平！我要像金圣叹一样责问天地："既已生我，便应永在；脱不能尔，便应勿生。如之何本无有我……无端而忽然生我；无端而忽然生者，又正是我；无端而忽然生一正是之我，又不容之少住……"[1] 尽管金圣叹接着替天地开脱，说既为天地，安得不生，无论生谁，都个个自以为我，其实未尝生我，我固非我，但这一番逻辑实出于不得已，只是为了说服自己接受"我之必死"的事实。

一种意识到自身存在的存在按其本性是不能设想自身的非存在的。我知道我的出生纯属偶然，但是，既已出生，我就不再能想象我将不存在。我甚至不能想象我会不出生，一个绝对没有我存在过的宇宙是超乎我的想象力的。我不能承认我只是永恒流变中一个可有可无旋生旋灭的泡影，如果这样，我是没有勇气活下去的。大自然产生出我们这些具有自我意识的个体，难道只是为了让我们意识到我们仅是幻象，而它自己仅是空无？不，我一定要否认。我要同时成为一和全，个体和整体，自我和宇宙，以此

---

[1] 出自《金圣叹评点〈西厢记〉》。

来使两者均获得意义。也就是说，我不再劝说自己接受死，而是努力使自己相信某种不朽。正是为了自救和救世，不肯接受死亡的灵魂走向了宗教和艺术。

九

"信仰就是愿意信仰；信仰上帝就是希望真有一个上帝。"乌纳穆诺的这句话点破了一切宗教信仰的实质。

我们第一不能否认肉体死亡的事实，第二不能接受死亡，剩下的唯一出路是为自己编织出一个灵魂不死的梦幻，这个梦幻就叫作信仰。借此梦幻，我们便能像贺拉斯[1]那样对自己说："我不会完全死亡！"我们需要这个梦幻，因为如惠特曼所云："没有它，整个世界才是一个梦幻。"

诞生和死亡是自然的两大神秘。我们永远不可能真正知道，我们从何处来，到何处去。我们无法理解虚无，不能思议不存在。这就使得我们不仅有必要而且有可能编织梦幻。谁知道呢，说不定事情如我们所幻想的，冥冥中真有一个亡灵继续生存的世界，只是因为阴阳隔绝，我们不可感知它罢了。当柏拉图提出灵魂不死说时，他就如此鼓励自己："荣耀属于那值得冒险一试的

---

[1] 昆图斯·贺拉斯·弗拉库斯（Quintus Horatius Flaccus，前65年—前8年），罗马帝国奥古斯都统治时期著名的诗人、批评家、翻译家，代表作有《诗艺》等。

事物！"帕斯卡[1]则直截了当地把关于上帝是否存在的争论形容为一场赌博，理智无法决定，唯凭抉择。赌注下在上帝存在这一面，赌赢了就赢得了一切，赌输了却一无所失。反正这是唯一的希望所在，宁可信其有，总比绝望好些。

可是，要信仰自己毫无把握的事情，又谈何容易。帕斯卡的办法是，向那些盲信者学习，遵循一切宗教习俗，事事做得好像是在信仰着的那样。"正是这样才会自然而然使你信仰并使你牲畜化。"他的内心独白："但，这是我所害怕的。"立刻反问自己："为什么害怕呢？你有什么可丧失的呢？"非常形象！说服自己真难！对于一个必死的人来说，的确没有什么可丧失的。也许会丧失一种清醒，但这清醒正是他要除去的。一个真正为死所震撼的人要相信不死，就必须使自己"牲畜化"，即变得和那些从未真正思考过死亡的人（盲信者和不关心信仰者均属此列）一样。对死的思考推动人们走向宗教，而宗教的实际作用却是终止这种思考。从积极方面说，宗教倡导一种博爱精神，其作用也不是使人们真正相信不死，而是在博爱中淡忘自我及死亡。

我姑且假定宗教所宣称的灵魂不死或轮回是真实的，即使如此，我也不能从中获得安慰。如果这个在我生前死后始终存在着的灵魂，与此生此世的我没有意识上的连续性，它对我又有何意义？而事实上，我对我出生前的生活确实懵然无知，由此可以推

---

[1] 布莱士·帕斯卡（Blaise Pascal，1623年—1662年），法国数学家、物理学家、哲学家、散文家。

知我的亡灵对我此生的生活也不会有所记忆。这个与我的尘世生命全然无关的不死的灵魂，不过是如同黑格尔的绝对精神一样的抽象体。把我说成是它的天国历程中的一次偶然堕落，或是把我说成是大自然的永恒流变中的一个偶然产物，我看不出两者之间究竟有何区别。

乌纳穆诺的话是不确的，愿意信仰未必就能信仰，我终究无法使自己相信有真正属于我的不朽。一切不朽都以个人放弃其具体的、个别的存在为前提。也就是说，所谓不朽不过是我不复存在的同义语罢了。我要这样的不朽有何用？

十

现在无路可走了。我只好回到原地，面对死亡，不回避但也不再寻找接受它的理由。

肖斯塔科维奇[1]拒绝在他描写死亡的《第十四交响乐》的终曲中美化死亡，给人廉价的安慰。死是真正的终结，是一切价值的毁灭。死的权力无比，我们接受它并非因为它合理，而是因为非接受它不可。

这是多么徒劳：到头来你还是不愿意，还是得接受！

但我必须作这徒劳的思考。我无法只去注意金钱、地位、名声之类的小事，而对终将使自己丧失一切的死毫不关心。人生只

---

[1] 德米特里·德米特里耶维奇·肖斯塔科维奇（Dmitriy Dmitriyevich Shostakovich, 1906年—1975年），苏联作曲家。

是瞬间，死亡才是永恒，不把死透彻地想一想，我就活不踏实。

一个人只要认真思考过死亡，不管是否获得使自己满意的结果，他都好像是把人生的边界勘察了一番，看到了人生的全景和限度。如此他就会形成一种豁达的胸怀，在沉浮人世的同时也能跳出来加以审视。他固然仍有自己的追求，但不会把成功和失败看得太重要。他清楚一切幸福和苦难的相对性质，因而快乐时不会忘形，痛苦时也不致失态。

奥勒留主张"像一个有死者那样去看待事物"，"把每一天都作为最后一天度过"。例如，你渴望名声，就想一想你以及知道你的名字的今人后人都是要死的，便会明白名声不过是浮云。你被人激怒了，就想一想你和那激怒你的人都很快将不复存在，于是会平静下来。你感到烦恼或悲伤，就想一想曾因同样事情痛苦的人们哪里去了，便会觉得为这些事痛苦是不值得的。他的用意仅在始终保持恬静的心境，我认为未免消极。人生还是要积极进取的，不过同时不妨替自己保留着这样一种有死者的眼光，以便在必要的时候甘于退让和获得平静。

思考死亡的另一个收获是使我们随时做好准备，即使明天就死也不感到惊慌或委屈。尽管我始终不承认死是可以接受的，我仍赞同许多先哲的这个看法：既然死迟早要来，早来迟来就不是很重要的了。在我看来，我们应该也能够做到的仅是这个意义上的不怕死。

古希腊最早的哲人之一比阿斯认为，我们应当随时安排自己的生命，既可享高寿，也不虑早折。卢克莱修说："尽管你活满多少世代的时间，永恒的死仍在等候着你；而那与昨天的阳光偕逝的人，比起许多月许多年以前就死去的，他死而不复存在的时间不会是更短。"奥勒留说："最长寿者将被带往与早夭者相同的地方。"因此，"不要把按你提出的许多年后死而非明天死看成什么大事。"我觉得这些话都说得很在理。面对永恒的死，一切有限的寿命均等值。在我们心目中，一个古人，一个几百年前的人，他活了多久，缘何而死，会有什么重要性吗？漫长岁月的间隔使我们很容易扬弃种种偶然因素，而一目了然地看到他死去的必然性：怎么着他也活不到今天，终归是死了！那么，我们何不置身遥远的未来，也这样来看待自己的死呢？这至少可以使我们比较坦然地面对突如其来的死亡威胁。我对生命是贪婪的，活得再长久也不能死而无憾。但是既然终有一死，为寿命长短忧虑便是不必要的，能长寿当然好，如果不能呢，也没什么，反正是一回事！萧伯纳高龄时自拟墓志铭云："我早就知道无论我活多久，这种事情迟早总会发生的。"我想，我们这些尚无把握享高龄的人应能以同样达观的口吻说：既然我知道这种事情迟早总会发生，我就不太在乎我能活多久了。一个人若能看穿寿命的无谓，他也就尽其所能地获得了对死亡的自由。他也许仍畏惧形而上意义上的死，即寂灭和虚无，但对于日常生活中的死，即由疾病或灾祸造成的他的具体的死，他已在相当程度上克服了恐惧之感。

死是个体的绝对毁灭，倘非自欺欺人，从中绝不可能发掘出用务实的眼光看,天下就没有不可笑不愚蠢的哲学了,因为哲学本来就是务虚,而之所以要务虚,则是因为人有一颗灵魂,使他在务实之外还要玄思。

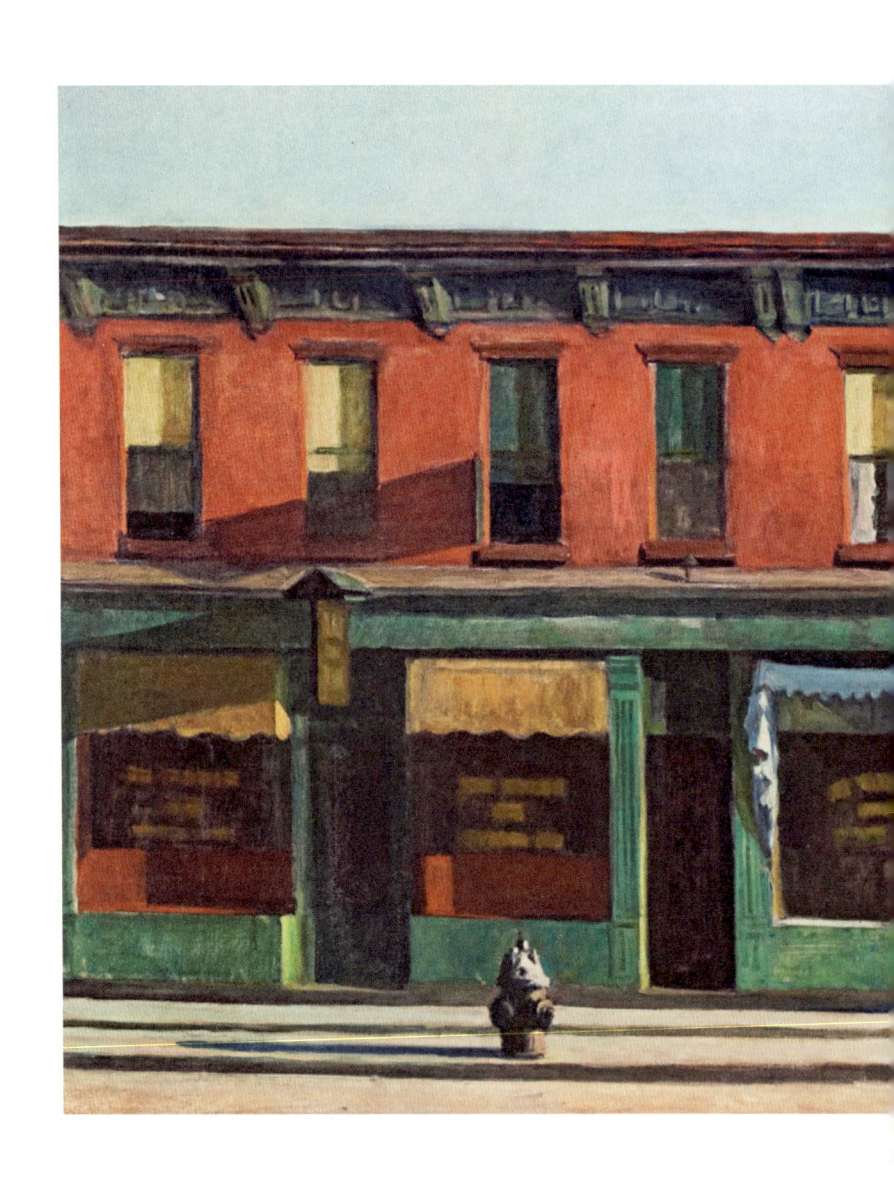

《星期天清晨》

爱德华·霍珀，1930 年

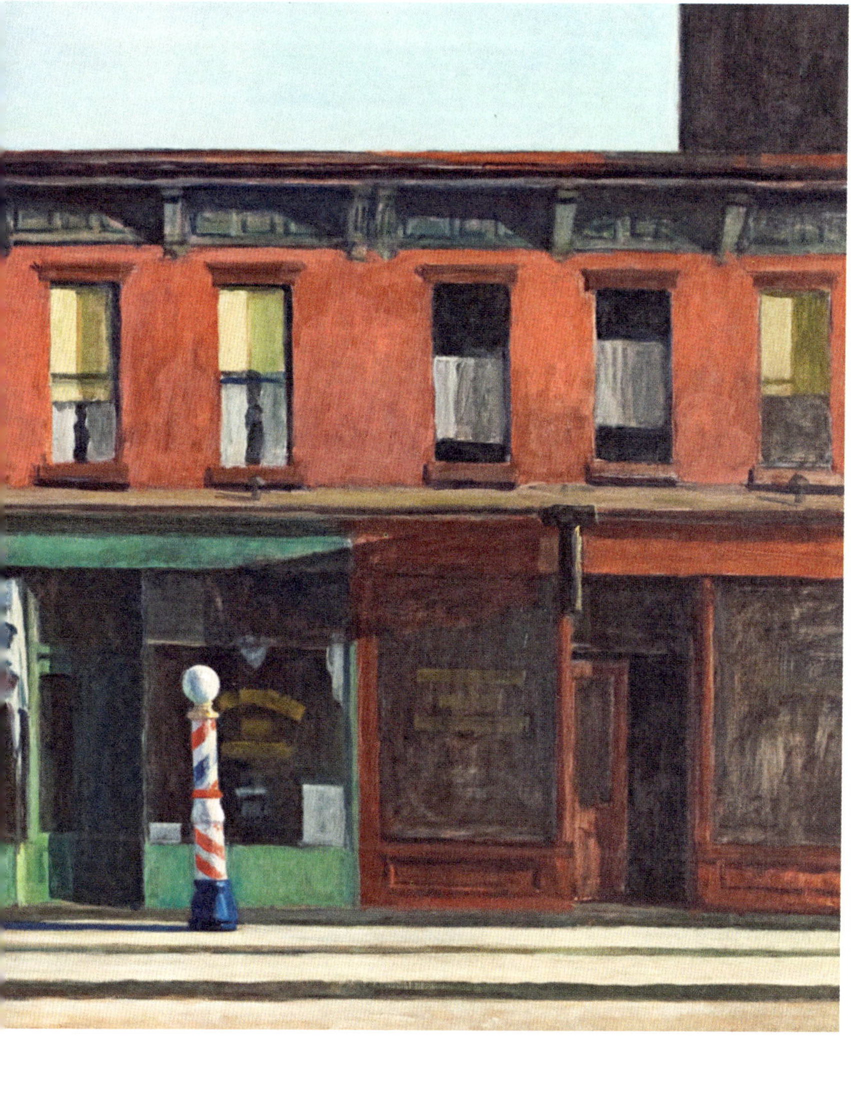

健全的生命本能不会厌倦日复一日重复的生命活动。活跃的心灵则会在同样的事物上发现不同的意义,为自己创造出巧妙的细微差别。

正面的价值来。但是，思考死对于生却是有价值的，它使我能以超脱的态度对待人生一切遭际，其中包括作为生活事件的现实中的死。如此看来，对死的思考尽管徒劳，却并非没有意义。

临终的苏格拉底

《儒林外史》中有一个著名的情节：严监生临死之时，伸着两个指头，总不肯断气，众人猜说纷纭而均不合其意。唯有他的老婆赵氏明白，他是为灯盏里点了两茎灯草放心不下，恐费了油，忙走去挑掉一茎。严监生果然点一点头，把手垂下，登时就没了气。

奇怪的是，我由这个情节忽然联想到了苏格拉底临终前的一个情节。据柏拉图的《斐多篇》记载，苏格拉底在狱中遵照判决饮了鸩毒，仰面躺下静等死亡，死前的一刹那突然揭开脸上的遮盖物，对守在他身边的最亲近的弟子说："克里托，我还欠阿斯克勒庇俄斯一只公鸡，千万别忘了。"这句话成了这位西方第一大哲的最后遗言。包括克里托在内，当时在场的有十多人，只怕没有一个人猜得中这句话的含意，一如赵氏之善解严监生的那两个指头。

在生命的最后一天，苏格拉底过得几乎和平时没有什么不同。他仍然那样诲人不倦，与来探望他的年轻人从容谈论哲学，只是由于自知大限在即，谈话的中心便围绕着死亡问题。《斐多篇》通过当时在场的斐多之口，详细记录了他在这一天的谈话。谈话从清晨延续到黄昏，他反复论证着哲学家之所以不但不怕死，而且乐于赴死的道理。这道理归结起来便是：哲学所追求的目标是使灵魂摆脱肉体而获得自由，而死亡无非就是灵魂彻底摆脱了肉体，因而正是哲学所要寻求的那种理想境界。一个人如果在有生之年就努力使自己淡然于肉体的快乐，专注于灵魂的生活，他的灵魂就会适合于启程前往另一个世界，这是真正意义上的哲学活动，也是把哲学称作"预习死亡"的原因所在。

这一番论证有一个前提，就是相信灵魂不死。苏格拉底对此好像是深信不疑的。在一般人看来，天鹅的绝唱表达了临终的悲哀，苏格拉底却给了它一个诗意的解释，说它是因为预见到死后另一个世界的美好而唱出的幸福之歌。可是，诗意归诗意，他终于还是承认，所谓灵魂不死只是一个"值得为之冒险的信念"。

凡活着的人的确都无法参透死后的神秘。依我之见，哲人之为哲人，倒也不在于相信灵魂不死，而在于不管灵魂是否不死，都依然把灵魂生活当作人生中唯一永恒的价值看待，据此来确定自己的生活方式，从而对过眼云烟的尘世生活持一种超脱的态度。那个严监生临死前伸着两个指头，众人有说为惦念两笔银子的，有说为牵挂两处田产的，结果却是因为顾及两茎灯草费油，委实吝啬得可笑。但是，如果他真是为了挂念银子、田产等而不肯瞑目，就不可笑了吗？凡是死到临头仍然看不破尘世利益而为遗产、葬礼之类操心的人，其实都和严监生一样可笑，区别只在于他们看到的灯草也许不止两茎，因而放心不下的是更多的灯油罢了。苏格拉底眼中却没有一茎灯草，在他饮鸩之前，克里托问他对后事有何嘱托，需要为孩子们做些什么，他说只希望克里托照顾好自己，智慧地生活，别无嘱托。又问他葬礼如何举行，他笑道："如果你们能够抓住我，愿意怎么埋葬就怎么埋葬吧。"在他看来，只有他的灵魂才是苏格拉底，他死后不管这灵魂去向何方，那具没有灵魂的尸体与苏格拉底已经完全不相干了。

那么，苏格拉底那句奇怪的最后遗言究竟是什么意思呢？阿斯克勒庇俄斯是希腊神话中的医药之神，蔑视肉体的苏格拉底竟要克里托在他的肉体死去之后，替他向这个司肉体之病痛及治疗的神灵献祭一只公鸡，这不会是一种讽刺吗？或者如尼采所说，这句话喻示生命是一种疾病，因而暴露了苏格拉底骨子里是一个悲观主义者？我曾怀疑一切超脱的哲人胸怀中都藏着悲观的底蕴，这怀疑在苏格拉底身上也应验了吗？

康德、胡塞尔和职称

我正在啃胡塞尔的那些以晦涩著称的著作。哲学圈子里的人都知道，胡塞尔是二十世纪最重要的哲学家之一。作为现代现象学之父，他开创了一个半分天下、影响深广的哲学运动。可是，人们大约很难想到，这位大哲学家在五十七岁前一直是一个没有职称的人，在哥廷根大学当了十六年编外讲师。而在此期间，他的两部最重要的著作——《逻辑研究》和《观念》第一卷，事实上都已经问世了。

有趣的是，德国另一位大哲学家，近现代哲学史上当之无愧的第一人康德，也是一个长期评不上职称的倒霉蛋，直到四十七岁才当上柯尼斯堡大学的正式教授。在此之前，尽管他在学界早已声誉卓著，无奈只是"墙内开花墙外香"，教授空缺总也轮不上他。

这两位哲学家并非超脱得对这种遭遇毫不介意的。康德屡屡向校方递交申请，力陈自己的学术专长、经济拮据状况，最后是那一把年纪，以表白他的迫切心情。当哥廷根大学否决胡塞尔的教授任命时，这位正埋头于寻求哲学的严格科学性的哲学家一度深感屈辱，这种心境和他在学术上的困惑掺和在一起，竟至于使他怀疑起自己做哲学家的能力了。

一个小小的疑问：且不说像斯宾诺莎这样靠磨镜片谋生的贫穷哲人，他的命运是太特殊了，只说在大学这样的学术圣地，为什么学术职称和真实的学术成就之间也会出现如此巨大的偏差？假设我是康德或胡塞尔的同时代人，某日与其中一位邂逅，问道："您写了这么重要的著作，怎么连一个教授也当不上？"他会如何回答？我想他也许会说："正因为这些著作太重要了，我必须全力以赴，所以没有多余精力去争取当教授了。"胡塞尔的确这样说了，在一封信中，他分析自己一直是个编外讲师的原因说，这是他出于紧迫的必然性自己选择自己的课题，走自己的道路，而不屑费神于主题以外的事情，讨好有影响的人物。也许，在任何时代，从事精神创造的人都面临着这个选择：是追求精神创造本身的成功，还是追求社会功利方面的成功？前者的判官是良知和历史，后者的判官是时尚和权力。在某些幸运的场合，两者会出现一定程度的一致，时尚和权力会向已获得显著成就的精神创造者颁发证书。但是，在多数场合，两者往往偏离甚至背道而驰，因为它们毕竟是性质不同的两件事，需要花费不同的功夫。即使真实的业绩受到足够的重视，决定升迁的还有观点异同、人缘、自我推销的干劲和技巧等其他因素，而总是有人不愿意在这些方面浪费宝贵的生命的。

以我们后人的眼光看，对于康德、胡塞尔来说，职称实在是太微不足道的小事，丝毫无损于他们在哲学史上的伟人地位。就像在莫里哀死后，法兰西学院在提到这位终生未获院士称号的大文豪时怀着自责的心情所说的："他的荣誉中什么都不缺少，是我们的荣誉中有欠缺。"然而，康德、胡塞尔似乎有点看不开，那默想着头上的星空和心中的道德律的智慧头脑，有时不免为虚名的角逐而烦躁，那探寻着真理的本源的敏锐眼光，有时不免因身份的卑微而暗淡。我不禁想对他们说：如此旷世大哲，何必、何苦、何至于在乎许多平庸之辈也可轻易得到的教授称号？转念一想，伟人活着时也是普通人，不该求全责备。德国的哲学家多是地道的书斋学者，康德、胡塞尔并不例外。既然在大学里教书，学术职称几乎是他们唯一的世俗利益，有所牵挂也在情理之中。何况目睹周围远比自己逊色的人一个个捷足先登，他们心中有委屈，更属难免。相比之下，法国人潇洒多了。萨特的职称只是中学教师，他拒做大学教授，拒领诺贝尔奖金，视一切来自官方的荣誉富贵如粪土。不过，他的舞台不是在学院，而是在社会，直接面向大众。与他在大众中的辉煌声誉相比，职称当然不算什么东西。人毕竟难以完全免俗，这是无可厚非的吧。

可是，小事终究是小事，包括职称，包括在学术界、在社会上、在历史上的名声地位。什么是大事呢？依我之见，唯一的大事是把自己真正喜欢做的事做好。

从"多余的人"到"局外人"

自古以来，人一直在向世界发出呼唤，并且一直从世界得到回答。事实上，人是把自己的呼唤的回声听成了世界的回答。可是，直到一个多世纪前，人才对此如梦初醒。于是，一个新的历史时代拉开了序幕。

一个能够回答人的呼唤的世界，实际上就是一个上帝。现在，世界沉默了，上帝死了。

当人的呼唤第一次得不到世界的回答，世界第一次对之报以毛骨悚然的沉默的时候，人发现自己遭到了遗弃。他像弃妇一样恸哭哀号，期望这号哭能打动世界的冰冷的心。但是，覆水难收，世界如此绝情，只有凄厉的哭声送回弃妇自己耳中。

这时候走来一位哲学家，他劝告人类：命运不可违抗，呼唤纯属徒劳，人应当和世界一同沉默，和上帝一同死去。

另一位哲学家反驳道：在一个沉默的世界上无望地呼唤，在一片无神的荒原上孤独地跋涉，方显出人的伟大。

渴求意义的人突然面对无意义的世界，首先表现出这两种心态：颓废和悲壮。它们的哲学代言人就是叔本华和尼采。

还有第三种心态：厌倦。

如果说颓废是听天由命地接受无意义，悲壮是慷慨激昂地反抗无意义，那么，厌倦则是一种既不肯接受又不想反抗的心态。颓废者是奴隶，悲壮者是英雄，厌倦者是那种既不愿做奴隶又无心当英雄的人，那种骄傲得做不成奴隶又懒惰得当不了英雄的人。

厌倦是一种混沌的情绪，缺乏概念的明确性。所以，它没有自己的哲学代言人。它化身为文学形象登上十九世纪的舞台，这就是俄国作家笔下的一系列"多余的人"的形象。"多余的人"是拜伦的精神后裔，这位英国勋爵身上的一种气质通过他们变成了一个清楚的文学主题。

我把厌倦看作无聊的一种形态。这是一种包含激情的无聊。"多余的人"是一些对于意义非常在乎的人，但他们在这个世界上找不到他们所寻求的意义。当世人仍然满足于种种既有的生活价值时，他们却看透了这些价值的无价值。因此，他们郁郁寡欢，落落寡合，充满失落感，仿佛不是他们否定了既有的意义，倒是他们自己遭到了既有意义的排斥。这个世界是为心满意足的人准备的，没有他们的位置。所以，他们觉得自己是"多余的人"。

从莱蒙托夫的《当代英雄》出版、第一个"多余的人"形象皮却林[1]诞生之日起,恰好过了一个世纪,加缪的《局外人》问世。如果把主人公默索尔对于世间万事的那种淡漠心态也看作一种无聊,那么,这已经是一种不含激情的无聊了。从"多余的人"到"局外人",无聊的色调经历了由暖到冷的变化。

人一再发出呼唤,世界却固执地保持沉默。弃妇心头的哀痛渐渐冷却,不再发出呼唤。这个世界不仅仅是一个负心汉,因为负心犹未越出可理解的范围。这个世界根本就不可理解,它没有心,它是一堆石头。人终于发现自己面对的是一个荒谬的世界。

笼罩十九世纪的气氛是悲剧性的,人们在为失落的意义受难。即使是叔本华式的悲观哲学家,对于意义也并非不在乎,所以才力劝人们灭绝生命的激情,摆脱意义的困惑。然而,悲观主义又何尝不是一种激情呢。到了二十世纪,荒诞剧取代了悲剧。对于一个荒谬的世界,你有什么可动感情的?"局外人"不再是意义世界的逐儿,他自己置身于意义世界之外,彻底看破意义的无意义,冷眼旁观世界连同他自己在这个世界上的一切遭际。不能说"局外人"缺乏感情,毋宁说他已经出离感情范畴的评判了。

试以皮却林和默索尔为例作一个比较。

爱情从来是最重要的生活价值之一。可以相当有把握地断定,厌倦爱情的人必定厌世。皮却林确实厌倦了。他先是厌倦了交际场上那些贵妇人的爱情。"我熟悉这一切——而这便是使我

---

[1] 出版于1840年的长篇小说《当代英雄》的主人公,在不同版本中译为"毕巧林""彼乔林"等。

感到枯燥乏味的原因。"后来他和一个土司的女儿相爱,但也只有几天新鲜。"这蛮女的无知和单纯,跟那贵妇人的妖媚同样使人厌倦。"他在爱情中寻求新奇,感到的却总是重复。他不可能不感到重复。厌食症患者吃什么都一个味儿。

然而,这个厌食症患者毕竟还有着精神的食欲,希望世上有某种食物能使他大开胃口。对于皮却林来说,爱情是存在的,只是没有一种爱情能使他满足而已。默索尔却压根儿不承认有爱情这回事。他的情妇问他爱不爱她,他说这话毫无意义。皮却林想做梦而做不成,默索尔根本不做梦。

皮却林对于爱情还只是厌倦,对于结婚则简直是深恶痛绝了:"不论我怎样热烈地爱一个女人,只要她使我感到我应当跟她结婚——再见吧,爱情!——我的心就变成一块顽石,什么都不会再使它温暖。"这种鲜明态度极其清楚地表明,皮却林还是在守卫着什么东西,他内心是有非常执着的追求的。他厌倦爱情,是因为爱情不能满足这种追求。他痛恨结婚,是因为结婚必然扼杀这种追求。他终究是意义世界中的人。

默索尔对结婚抱完全无所谓的态度。他没有什么要守卫的,也没有什么可失去的。他的情妇问他愿不愿结婚,他说怎么都行,如果她想,就可以结。情妇说结婚可是件大事,他斩钉截铁地回答:"不。"由于他否认爱情的存在,他已经滤净了结婚这件事的意义内涵,剩下的只是一个可有可无的空洞形式。在他眼里,他结不结婚是一件和他自己无关的事情。他是他自己婚姻的

"局外人"。

其实,何止婚姻,他的一切生活事件,包括他的生死存亡,都似乎和他无关。他甚至是他自己的死的"局外人"。他糊里糊涂地杀了一个人(因为太阳晒得他发昏!),为此被判死刑。在整个审判过程中,他觉得自己在看一场别人的官司,费了一番力气才明白他自己是这一片骚动的起因。检察官声色俱厉地控诉他,他感到厌烦,只有和全局无关的某些片言只语和若干手势才使他感到惊奇。律师辩护时,他注意倾听的是从街上传来的一个卖冰棍小贩的喇叭声。对于死刑判决,他的想法是:"假如要死,怎么死,什么时候死,这都无关紧要。"他既不恋生,也不厌生,既不惧怕死,也不渴求死,对生死只是一个无动于衷。

皮却林对于生死却是好恶分明的。不过,他不是贪生怕死,而是厌生慕死。他的朋友说:"迟早我要在一个美好的早晨死去。"他补上一句:"在一个极龌龊的夜晚我有过诞生的不幸。"他寻衅和人决斗,抱着这样的心情等死:"我就像一个在跳舞会上打呵欠的人,他没有回家睡觉,只是因为他的马车还没有来接他罢了。"对死怀着一种渴望的激情,正是典型的浪漫情调。和默索尔相比,皮却林简直是个乳臭未干的理想主义者。

皮却林说:"一切在我都平淡无味。"他还讲究个味儿。他心中有个趣味标准,以之衡量一切。即使他厌倦了一切,至少对厌倦本身并不厌倦。莱蒙托夫承认,在他的时代,厌倦成了一种风尚,因而"大多数真正厌倦的人们却努力藏起这种不幸,就像藏起一种罪恶似的"。可见在"多余的人"心目中，真正的厌倦是很珍贵的，它是"当代英雄"的标志，他们借此而同芸芸众生区别开来了。这多少还有点在做戏。"局外人"则完全脱尽了戏剧味和英雄气。默索尔只是淡漠罢了，他对自己的淡漠也是淡漠的，从未感到自己有丝毫的与众不同。

"多余的人"厌倦平静和同一，渴求变化和差异。对于他们来说，变化和差异是存在的，他们只是苦于自己感觉不到。"局外人"却否认任何变化和差异，所以也谈不上去追求。默索尔说："生活是无法改变的，什么样的生活都一样。"本来，意义才是使生活呈现变化和差异的东西。在一个荒谬的世界里，一切都没有意义，当然也就无所谓变化和差异了。他甚至设想，如果让他一辈子住在一棵枯树干里，除了抬头看流云之外无事可干，他也会习惯的。这棵枯树干不同于著名的第欧根尼的桶，它不是哲人自足的象征，而是人生无聊的缩影。在默索尔看来，住在枯树干里等白云飘来，或者住在家里等情人幽会，完全是一回事。那么，"局外人"是否就全盘接受世界的无意义了呢？在他的淡漠背后，当真不复有一丝激情了吗？不，我不相信。也许，置身局外这个行为把无意义本身也宣判为无意义了，这便是一种反抗无意义的方式。也许，淡漠是一种寓反抗于顺从的激情。世上并无真正的"局外人"，一切有生终归免不了有情。在一个荒谬的世界上，人仍然有可能成为英雄。我们果然听到加缪赞美起"荒谬的英雄"西西弗斯以及他的激情和苦难了。

尼采与现代人的精神危机

一

当我在一九八五年初写作那本论尼采的小册子时，我不曾料到，两年后会在中国出现一小阵子所谓"尼采热"。据我所知，真正对尼采思想发生共鸣，从中感受到一种发现的喜悦的，是一些关心人生问题、在人生意义探求中感到迷惘痛苦的青年学生和青年艺术家。尼采思想是西方社会精神危机的哲学表达，它之引起强烈共鸣，的确反映了当代中国青年知识分子的一种危机心态。这里我首先要为精神危机"正名"。人们常常把精神危机当作一个贬义词，一说哪里发生精神危机，似乎那里的社会和人已经腐败透顶。诚然，与健康相比，危机是病态。但是，与麻木相比，危机却显示了生机。一个人、一个民族精神上出现危机，至少表明这个人、这个民族有较高的精神追求，追求受挫，于是才有危机。如果时代生病了，一个人也许就只能在危机与麻木二者中作选择，只有那些优秀的灵魂才会对时代的疾病感到切肤之痛。

精神危机最严重的形态是信仰危机，即丧失了指导整个人生的根本信仰，一向被赋予最高价值的东西丧失了价值，人生失去了总体的意义和目标。用尼采的话说，就是虚无主义。

这里所说的信仰，是指形而上意义上的信仰，即为人生设置一个终极的、绝对的根据，相信人的生命的某种永恒性和神圣性。基督教就是这样一种信仰，其精神的解体从根本上动摇了西方人安身立命的基础。中国的情况有所不同。我们历来缺少那种形而上和宗教意义上的信仰，只有社会伦理和社会政治意义上的信仰，不是寻求人生与某种永恒神圣本体的沟通，而是把人生与一定的社会理想联系起来。社会层次上的信仰不但不涉及，而且还限制了对人生终极根据的探究，掩盖了形而上层次上的信仰的欠缺。因此，社会信仰一旦失去统摄力，形而上信仰的欠缺就暴露出来了。这正是当今这一代青年所面临的情况。

当今时代已经不存在一种既定的权威人生模式，每个人的命运都投入了未定之中，因而不得不从事独立的思考和探索。与此同时，社会的商业化使人的精神在一定时期内不可避免地出现平庸化趋势，这种情形即便使有高贵精神趣味的人感到孤独，却也异常增加了他们的精神追求的紧张度。

荣格曾区分"伪现代人"和"真正的现代人"：前者喜欢以现代人自命，后者则往往自称老古董。事实上，现代思潮的代表绝非那些追求时髦的浅薄之辈，反倒是一些不合时宜的理想主义者。正像在任何一种信仰体制下，真正有信仰的人仅属少数一样，在任何一个出现精神危机的时代和民族，真正感受和保持着危机张力的也只是少数人。而且，这往往是同一类灵魂，正因为在信仰问题上认真严肃，才真切感觉到失去信仰的悲哀。

所以，如果说中国现在有所谓"尼采热"的话，我愿对它持积极的评价。半个多世纪前，中国思想界的先进分子曾经对尼采的思想产生强烈兴趣，当时主要是社会层次上的共鸣，旨在改造卑弱的国民性，争取民族自强。与之相比，这一次也许预示着形而上层次上的觉醒，表明我们的民族精神可能正在朝更加深刻的方向发展。

二

我们也许很难理解基督教精神的解体在西方人精神中引起的灾难性震荡。西方精神中始终贯穿着一种形而上的冲动，即企图超越生命的暂时性而达到不朽，超越生命的动物性而达到神性。受这一冲动驱策，始自柏拉图的西方古典哲学致力于寻求某种能够赋予人的生命以不朽神性的本体，终于在基督教的"上帝"观念中找到其归宿。因此，长期以来，"上帝"观念成了西方人的精神支柱，有了它，终有一死的个体生命从灵魂不死中获得了安慰，动物性的人从上帝的神性中发现了自身完善的根据。基督教诚然贬低了人的尘世价值，却在幻想中赋予了人生以某种永恒价值。上帝的灵光使人显得渺小，但同时也给人生罩上了一圈神圣的光环。基督教世界观实质上是人类中心论，它借上帝的名义把人置于万物之上，为人安排了一种目的论的世界秩序。由此我们可以设想，一旦失去上帝，便会产生两方面的后果。其一，人的生命失去了不朽性。没有了灵魂不死，人的死就成了无可挽救的死。其二，人的生命也失去了神圣性。上帝创造的那个目的论宇宙崩溃了，人不再是中心，而只是宇宙永恒生成变化过程中的偶然产物。总之，人的肉体和灵魂似乎都丧失了根本价值。

正是有感于此，尼采喊出了惊世骇俗的一声："上帝死了！"并且宣告："一个时代正在来临，我们要为我们当了两千年之久的基督徒付出代价了：我们正在失去那使我们得以生存的重心——一个时期内我们不知何去何从。"据尼采估计，这个没有信仰的虚无主义时代将笼罩西方社会二百年之久。

当然，在许多人身上，虚无主义并非一种自觉的意识，而只是表现为种种征兆。例如，现代人生活得极匆忙，如尼采所形容的，总是行色匆匆地穿过闹市，手里拿着表思考，吃饭时眼睛盯着商业新闻，不复有闲暇沉思，越来越没有真正的内心生活。现代人的娱乐也无非是寻求刺激和麻醉，沉湎于快速的节奏、喧嚣的声响和色彩的魔术，那种温馨宁静的古典趣味似乎已经一去不复返。现代人无论在财富的积聚上还是在学术的攻求上，都表现出一种前所未有的贪婪，现代文化不过是搜集无数以往文化碎片缝制而成的"一件披在冻馁裸体上的褴褛彩衣"。凡此种种，都表明了丧失信仰引起的内在焦虑和空虚，于是急于用外在的匆忙和喧嚣来麻痹内心的不安，用财产和知识的富裕来填补精神的贫困。

在信仰沦丧的时代，真诚的人如何能生活下去？这是尼采苦苦思索并试图解决的问题。所谓真诚，首先是在信仰问题上不苟且，不盲从，也不伪饰。尼采对于人们用匆忙的世俗生活或虚假的信仰回避无信仰的事实极其不满，不懈地揭露了时代的颓废倾向。但是，真诚会使人陷入悖论。一方面，它要求对人生追根究底，把生命的意义看得高于生命本身。另一方面，对根据的无穷追究又必然使任何终极根据都站不住脚，生命意义的丧失使生命本身成了问题。这时候，真诚就要求一个人敢于正视其追根究底的结果，"确信生存是绝对没有根据的"。尼采说："真诚的人——我如此称呼在无神的沙漠上跋涉和虔敬之心破碎的人。"尼采曾绝望地祈求上帝赐他以疯狂，因为只有疯狂才能使他继续信仰上帝。但是，疯狂没有如期而来，于是他就决心把无信仰的命运承担起来，不靠任何宗教的、形而上的安慰生活下去。在一个有病的时代，尼采公开承认自己是一个病人，并且以病人的身份对病因进行了探根溯源的诊察。为人生寻求一种信仰的形而上冲动驱使他走上哲学探索的道路，探索的结果却是否定一切既有信仰连同整个欧洲形而上学，成了"欧洲第一个虚无主义者"和"反形而上学者"。应该说，尼采是真诚的。

三

不过，在尼采看来，彻底的虚无主义仅是从旧信仰沦丧到新信仰建立的一个过渡。那么，尼采心目中的新信仰是什么呢？一言以蔽之，就是"艺术拯救人生"。这里的"艺术"是广义的，指一种审美的人生态度。它包括日神精神和酒神精神两个方面。日神精神就是要我们生活在美的外观中，爱生命的过程，而不去追究它的实质和归宿。酒神精神的含义，尼采的解释前后有所变化。早期指从个人的痛苦和毁灭中获得与宇宙生命本体相融合的悲剧性陶醉。后来尼采嫌这层含义太形而上学气，虽仍倡导酒神精神，却是指从生命的绝对无意义性中获得悲剧性陶醉：人生是幕悲剧，最大的悲剧就在于它没有终极根据，但生命敢于承担自身的无意义而并不消沉衰落，这正是生命的骄傲！

显然，严格说来，无论日神精神还是酒神精神，都不能成为真正的信仰，因为它们都未解决人生的终极根据问题，都不能为人生提供可信赖的不朽和神圣。但有什么办法呢？人类的神话时代和宗教时代毕竟都已经成为过去，现代人不可能再认真地相信客观意义上的不朽和神圣了，而艺术至少能在我们的主观体验中使瞬时永恒化，使本能神圣化。尼采主张的审美的人生态度是与伦理和功利的人生态度相对立的。伦理失去了宗教的根据，可归入广义的功利。因此，现代人实际上只能在艺术和功利二者之间进行选择。艺术的生存方式注重对生命的体验和灵魂愉悦，功利的生存方式注重对物质的占有和官能享乐，两相比较，艺术终究为没有信仰的现代人提供了一种真正的精神补偿。现在，越来越多的西方思想家主张靠艺术来解决现代人的精神危机，疗治技术时代的弊病。我不太相信形形色色的艺术救世论，但是我相信，对于热爱人生却又为终极关切苦恼着的人们来说，艺术的确是最好的慰藉。

常常听到有人说，中国需要的是科学和理性，不需要尼采或存在主义式的醉醺醺的非理性。比较宽容的人则表示，西方非理性主义哲学家所讨论的问题不无价值，但事情有个轻重缓急，我们等到现代化实现之后再来关心也不迟。使我惊诧的是，这些论者完全不理解当代中国青年的精神苦闷，把人的灵魂生活看得如此无足轻重。似乎在现代化实现之前，几代人的灵魂是无须关心的！西方现代化的进程业已表明，单纯的物质繁荣并不能使人真正幸福，中国式的现代化难道不正应该借取前车之鉴，一开始就重视人的精神生活问题？当然，与西方人相比，我们的问题性质有所不同。西方的精神危机是形而上学发展到顶点之后的崩溃，于是出现信仰沦丧的局面。对于我们来说，也许必须首先经历形而上学，然后才能超越形而上学。但是，我们毕竟生活在现代，形而上的要求一旦觉醒，很可能同时就遭到幻灭。唯其如此，西方哲人的思考也许能给我们以正反两方面的启发。当然，真正的出路还要我们自己来寻找。

纪念所掩盖的

在尼采逝世一百周年的日子来临之际,世界各地的哲学教授们都在筹备纪念活动。对于这个在哲学领域产生了巨大影响的人物,哲学界当然有纪念他的充足理由。我的担心是,如果被纪念的真正是一位精神上的伟人,那么,任何外在的纪念方式都可能与他无关,而成了活着的人的一种职业性质的或者新闻性质的热闹。

我自己做过一点尼采研究,知道即使从学理上看,尼采的哲学贡献也是非常了不起的。

打一个比方,西方哲学好像一个长途跋涉的寻宝者,两千年来苦苦寻找着一件据认为性命攸关的宝物——世界的某种终极真理,康德把这个人唤醒了,喝令他停下来,以令人信服的逻辑向他指出,他所要寻找的宝物藏在一间凭人类的能力绝对进入不了的密室里。于是,迷途者一身冷汗,颓然坐在路旁,失去了继续行走的目标和力量。这时候尼采来了,向迷途者揭示了一个更可怕的事实:那件宝物根本就不存在,连那间藏宝物的密室也是康德杜撰出来的。但是,他接着提醒这个绝望的迷途者:世上本无所谓的宝物,你的使命就是为事物的价值立法,创造出能够神化人类生存的宝物。说完这话,他越过迷途者,向道路尽头的荒野走去。迷途者望着渐渐隐入荒野的这位先知的背影,若有所悟,站起来跟随而行,踏上了寻找另一种宝物的征途。

在上述比方中,我大致概括了尼采在破和立两个方面的贡献,即一方面最终摧毁了始自柏拉图的西方传统形而上学,另一方面开辟了立足于价值重估对世界进行多元解释的新方向。不能不提及的是,在这破和立的过程中,他充分显示了自己的哲学天才。譬如说,他对现象是世界唯一存在方式的观点的反复阐明,他对语言在形而上学形成中的误导作用的深刻揭露,表明他已经触及了二十世纪两个最重要的哲学运动——现象学和语言哲学——的基本思想。

然而,尼采最重要的意义还不在于学理的探讨,而在于精神的示范。他是一个真正把哲学当作生命的人。我始终记着他在投身哲学之初的一句话:"哲学家不仅是一个大思想家,而且也是一个真实的人。"这句话是针对康德的。康德证明了形而上学作为科学真理的不可能,尼采很懂得这一论断的分量,指出它是康德之后一切哲学家都无法回避的出发点。令他不满甚至愤慨的是,康德对自己的这个论断抱一种不偏不倚的学者态度,而康德之后的绝大多数哲学家也就心安理得地放弃了对根本问题的思考，只满足于对枝节问题的讨论。在尼采看来，对世界和人生的某种最高真理的寻求乃是灵魂的需要，因而仍然是哲学的主要使命，只是必须改变寻求的路径。因此，他一方面是传统形而上学的无情批判者，另一方面又是怀着广义的形而上学渴望的热情探索者。如果忽视了这后一方面，我们就可能在纪念他的同时把他彻底歪曲。

我的这种担忧是事出有因的。当今哲学界的时髦是所谓后现代，而且各种后现代思潮还纷纷打出尼采的旗帜，在这样的热闹中，尼采也被后现代化了。于是，价值重估变成了价值虚无，解释的多元性变成了解释的任意性，酒神精神变成了佯醉装疯。后现代哲学家把反形而上学的立场推至极端，被解构掉的不仅是世界文本，而且是哲学本身。尼采要把哲学从绝路领到旷野，再在旷野上开出一条新路，他们却兴高采烈地撺掇哲学吸毒和自杀，可是他们居然还自命是尼采的精神上的嫡裔。尼采一生不断生活在最高问题的风云中，孜孜于为世界和人生寻找一种积极的总体解释，与他们何尝有相似之处。据说他们还从尼采那里学来了自由的文风，然而，尼采的自由是涌流，是阳光下的轻盈舞蹈，他们的自由却是拼贴，是彩灯下的胡乱手势。依我之见，尼采在死后的一百年间遭到了两次极大的歪曲，第一次是被法西斯化，第二次便是被后现代化。我之怀疑后现代哲学家还有一个理由，就是他们太时髦了。他们往往是一些喜欢在媒体上露面的人。尼采生前的孤独是尽人皆知的。虽说时代不同了，但是，一个哲学家、一种哲学变成时髦终究是可疑的事情。

两年前，我到过瑞士境内一个名叫西尔斯－玛丽亚的小镇，尼采曾在那里消度八个夏天，现在他居住过的那栋小楼被命名为"尼采故居"。当我进到里面参观，看着游客们购买各种以尼采的名义出售的纪念品时，不禁心想，所谓纪念掩盖了多少事实真相啊。当年尼采在这座所谓故居中只是一个贫穷的寄宿者，双眼半盲，一身是病，就着昏暗的煤油灯写着那些没有一个出版商肯接受的著作，勉强凑了钱自费出版以后，也几乎找不到肯读的人。他从这里向世界发出过绝望的呼喊，但无人应答，正是这无边的沉默和永久的孤独终于把他逼疯了。而现在，人们从世界各地来这里参观他的故居，来纪念他。真的是纪念吗？西尔斯－玛丽亚是阿尔卑斯山麓的一个风景胜地，对于绝大多数游客来说，所谓尼采故居不过是一个景点，所谓参观不过是一个旅游项目罢了。

所以，在尼采百年忌日来临之际，我心怀猜忌地远离各种外在的纪念仪式，宁愿独自默温这位真实的人的精神遗产。

哲学开始于仰望天穹

哲学是从仰望天穹开始的。

每个人在童年时期必定会有一个时刻,也许是在某个夏夜,抬头仰望,突然发现了广阔无际的星空。这时候,他的心中会油然生出一种神秘的敬畏感,一个巨大而朦胧的问题开始叩击他的头脑:世界是什么?

这是哲学的悟性在心中觉醒的时刻。每个人心中都有这样的悟性,可是并非每个人都能够把它保持住。随着年龄增长,我们日益忙碌于世间的事务,上学啦,做功课啦,考试啦……毕业后更不得了,要养家糊口、发财致富、扬名天下,哪里还有闲工夫去看天空,去想那些"无用"的问题?所以,生活越来越繁忙,世界越来越喧闹,而哲学家越来越稀少了。

当然,对于大多数人来说,这是不得已的,也是无可指责的。不过,如果你真的对哲学感兴趣,那你就最好把闲暇时看电视和玩游戏机的时间省出一些来，多到野外或至少是户外去，静静地看一会儿天，看一会儿云，看一会儿繁星闪烁的夜空。有一点我敢断言：对于大自然的神秘无动于衷的人，是不可能真正领悟哲学的。

关于古希腊最早的哲学家泰勒斯，有一则广泛流传的故事。有一回，他走在路上，抬头仰望天上的星象，如此入迷，竟然不小心掉进了路旁的一口井里。这情景被一个女仆看见了，便嘲笑他只顾看天而忘了地上的事情。女仆的嘲笑也许不无道理，不过，泰勒斯一定会回答她说，在无限的宇宙中，人类的活动范围是如此狭小，忙于地上的琐事而忘了看天，是一种更可笑的无知。

包括泰勒斯在内的好几位古希腊哲学家同时都是天文学家，这大概不是偶然的。德国哲学家康德说，世上最使人惊奇和敬畏的两样东西就是头上的星空和心中的道德律。中国最早的哲学家孔子、墨子、老子、孟子也都曾默想和探究"天"的道理。地上沧桑变迁，人类世代更替，苍天却千古如斯，始终默默无言地覆盖着人类的生存空间，衬托出了人类存在的有限和生命的短促。它的默默无言是否蕴含着某种高深莫测的意味？它是神的居所还是物质的大自然？仰望天穹，人不由自主地震撼于时间的永恒和空间的无限，于是发出了哲学的追问：这无始无终无边无际的世界究竟是什么？

哲学与精神生活

一、"无用"之学

在一般人眼中,哲学是一种玄奥而无用的东西。这个印象大致是不错的。事实上,哲学的确是一切学科中最没有实用价值的一门学科。因此,在当今这个最讲求实用价值的时代,哲学之受到冷落也就是当然的事情了。

早在哲学发源的古希腊,哲学家就已经因其所治之学的无用而受人嘲笑了。柏拉图在《泰阿泰德》中讲了泰勒斯坠井而被女仆嘲笑的著名故事,那女仆讥笑泰勒斯如此迫切欲知天上情形,乃至不能见足旁之物。柏拉图接着发挥说:"此等嘲笑可加于所有哲学家。"因为哲学家研究世界的本质,却不懂世上的实际事务,在法庭或任何公众场所便显得笨拙,成为笑柄;哲学家研究人性,却几乎不知邻居者是人是兽,受人诟骂也不能举对方的私事反唇相讥,因其不知任何人的劣迹。柏拉图特地说明:他们并不知道自己对实际事物这般无知,而绝不是有意立异以邀誉。

柏拉图本人的遭遇也好不到哪里。这位古代大哲一度想在叙拉古实现其哲学王的理想,向那里的暴君灌输他的哲学,但暴君的一句话给哲学定了性,称之为"无聊老人对无知青年的谈话"。结果他只是幸免于死,被贱卖为奴,落荒逃回雅典。

在我看来,柏拉图孜孜以求哲学的大用,一心把哲学和政治直接结合起来,恰好也暴露了他对实际事物的无知。他本该明白,哲学之没有实用价值,不但在日常生活中如此,在政治生活中也如此。哲学关心的是世界和人生的根本道理,政治关心的是党派、阶级、民族、国家的利益,两者属于不同的层次。我们既不能用哲学思考来取代政治谋划,也不能用政治方式来解决哲学问题。柏拉图试图赋予哲学家以最高权力,借此为哲学的生长创造一个最佳环境,这只能是乌托邦。康德后来正确地指出:权力的享有不可避免地会腐蚀理性批判,哲学对于政治的最好期望不是享有权力,而是享有言论自由。

那么,哲学与生活竟然毫无关系吗?哲学对于生活有没有一点用处呢?我的回答是:哲学本身就是生活,是一种生活方式。

二、哲学是一种生活方式

在古希腊,在哲学发源之初,哲学是一种生活方式,这乃是不言而喻的事实。从词源看,"哲学"(philosophia)一词的希腊文原义是"爱智慧"。"爱智慧"显然是一种生活方式,一种人生态度，而非一门学科。

对于最早的哲学家来说，哲学不是学术，更不是职业，而就是做人处世的基本方式和状态。用尼采的话说，包括赫拉克利特、阿那克萨哥拉、恩培多克勒在内的前苏格拉底哲学家是一些"帝王气派的精神隐士"，他们过着远离世俗的隐居生活，不收学生，也不过问政治。苏格拉底虽然招收学生，但他的传授方式仅是街谈巷议，没有学校的组织形式，他的学生各有自己的职业，并不是要向他学习一门借以谋职的专业知识，师生间的探究哲理本身就是目的所在，就构成了一种生活。柏拉图和亚里士多德开始建立学校，但不收费，教学的方式也仍是散步和谈话。唯一的例外是那些被称作"智者"（sophist，又译"智术之师"）的人，他们四处游走，靠教授智术亦即辩论术为生，收取学费，却也因此遭到了苏格拉底们的鄙视。正是为了同他们相区别，有洁癖的哲学家宁愿自称为"爱智者"而非"智者"。

肯定不是任何人都能够把哲学当作自己的生活方式的。为了配得上过哲学的生活，一个人必须——如柏拉图所说——"具备真正的哲学灵魂"。具备此种灵魂的征兆，或者说哲学生活的特点，就在于关注思想本身而非其实用性，能够从思想本身获取最大的快乐。关于这一点，也许没有比亚里士多德说得更清楚的了。他在他的好几部著作（《形而上学》卷一，《政治学》卷七，《伦理学》卷六、卷十）中都谈及：明智是善于从整体上权衡利弊，智慧则涉及对本性上最高的事物的认识，两者的区别就在于有无实用性；非实用性是哲学优于其他一切学术之所在，使哲学成为"唯一的自由学术""为学术自身而成立的唯一学术"；幸福生活的实质在于自足，与别种活动例如社会性的活动相比，哲学的思辨活动是最为自足的活动，因而是完美的幸福。如此说来，哲学生活首先是一种沉思的生活，而所思问题的非实用性恰好保证了这种生活的自得其乐。

三、精神生活的维度

人在世上生活，必须维持肉体的生存，也必须与他人交往，于是有肉身生活和社会生活。肉身生活和社会生活所满足的是人的外在的功利性需要。在此之外，人还有内在的精神性需要，其实质是对生命意义的寻求。这种需要未得到满足，人就会觉得自己是一个盲目的存在，并因此而感到不安。精神生活也是人的生活不可缺少的维度。

肉身生活和社会生活都具有经验性质，仅涉及我们与周围直接环境的联系。精神生活则把我们超拔于经验世界的有限性和暂时性，此时我们力求在一己的生命与某种永恒存在的精神性的世界整体之间建立一种联系。由于这种世界整体超越于经验，我们无法证明它，但我们必须有这一假定。真正的精神生活必具有超验性质，它总是指向一个超验领域。凡灵魂之思，必有这样一种指向为其底蕴。所谓寻求生命的意义，亦即寻求建立这种联系。一个人如果相信自己已经建立了这种联系，便是拥有了一种信仰。因此，寻求意义即寻求信仰。

人类精神活动的一切领域，包括宗教、哲学、道德、艺术、科学，只要它们确实是一种精神性的活动，就都是以建立上述联系为其公开的或隐蔽的目的的，区别只在于方式的不同。其中，道德若仅仅服务于社会秩序，便只具有社会活动的品格，若是以追求至善为目的，则可视作较弱的宗教。科学若仅仅服务于技术进程，便只具有物质活动的品格，若是以认识世界为目的，则可视为较弱的哲学。于是，我们可以把精神活动归结为三种基本的方式。一是宗教，依靠单纯的信仰亦即天启的权威来建立与世界整体的联系。一是哲学，试图通过理性的思考来建立这种联系。一是艺术，试图通过某种主观的情绪体验来建立这种联系。它们殊途而同归，体现了同一种永恒的追求。

四、在宗教和科学之间

哲学生活是一种沉思的生活，但沉思未必都是哲学性的。一个人可以沉思数学或物理学的问题而不问其实用价值。沉思之成为哲学性的，取决于所思问题的性质和求解的方法。柏拉图和亚里士多德都曾指出，哲学开始于惊疑，即惊奇和疑惑之感。我们或许可以相对地说，面对自然易生惊奇之感，由此而求认知，追问世界的本质，形成哲学研究中的世界观、本体论、形而上学（在这里是同义词）这一个大领域。面对人生易生疑惑之感，由此而求觉悟，追问生命的意义，形成哲学研究中的人生观、生存论、伦理学（在这里也是同义词）这另一个大领域。康德说：世上最使人敬畏的两样东西是头上的星空和心中的道德律。哲学所思的问题无非这两大类，分别指向我们头上的神秘和我们心中的神秘。

哲学的追问的确是指向神秘的，无论对世界，还是对人生，哲学都欲追根究底，从整体上把握其底蕴。这就是所谓终极关切。在这一点上，哲学与宗教相似。然而，哲学却不肯像宗教那样诉诸天启权威，对终极问题给出一个独断的答案，满足于不容置疑的信仰。在这一点上，哲学又和科学一样，只信任理性，要求对问题作出理由充足的解答。也就是说，哲学的追问是宗教性的，它寻求解决的方法却是科学性的。灵魂在提问，而让头脑来解答。疯子问，呆子答。这是哲学本身所包含的矛盾和困难。关于这种困难，康德最早做了明确的揭示，他指出：由头脑（他所说的知性）来解答灵魂（他所说的理性）所追问的问题，必定会陷入二律悖反。他因此断定，只能把此类问题的解答权交给信仰。而在罗素看来，哲学面向宗教，敢思科学之不思，渴望对宇宙和人生有一种普遍理解，又立足科学，敢疑宗教之不疑，寻求确切的知识，正是这一结合了两种对立因素的品格使之成为比科学和宗教更加伟大的东西。我们确实可以说，哲学的努力是悲壮的。

五、哲学不可能成为科学

哲学开始于对世界本质的追问。自诞生之初，它就试图寻找艺术的生存方式注重对生命的体验和灵魂愉悦，功利的生存方式注重对物质的占有和官能享乐，两相比较，艺术终究为没有信仰的现代人提供了一种真正的精神补偿。

《家庭旅馆》

爱德华·霍珀，1945 年

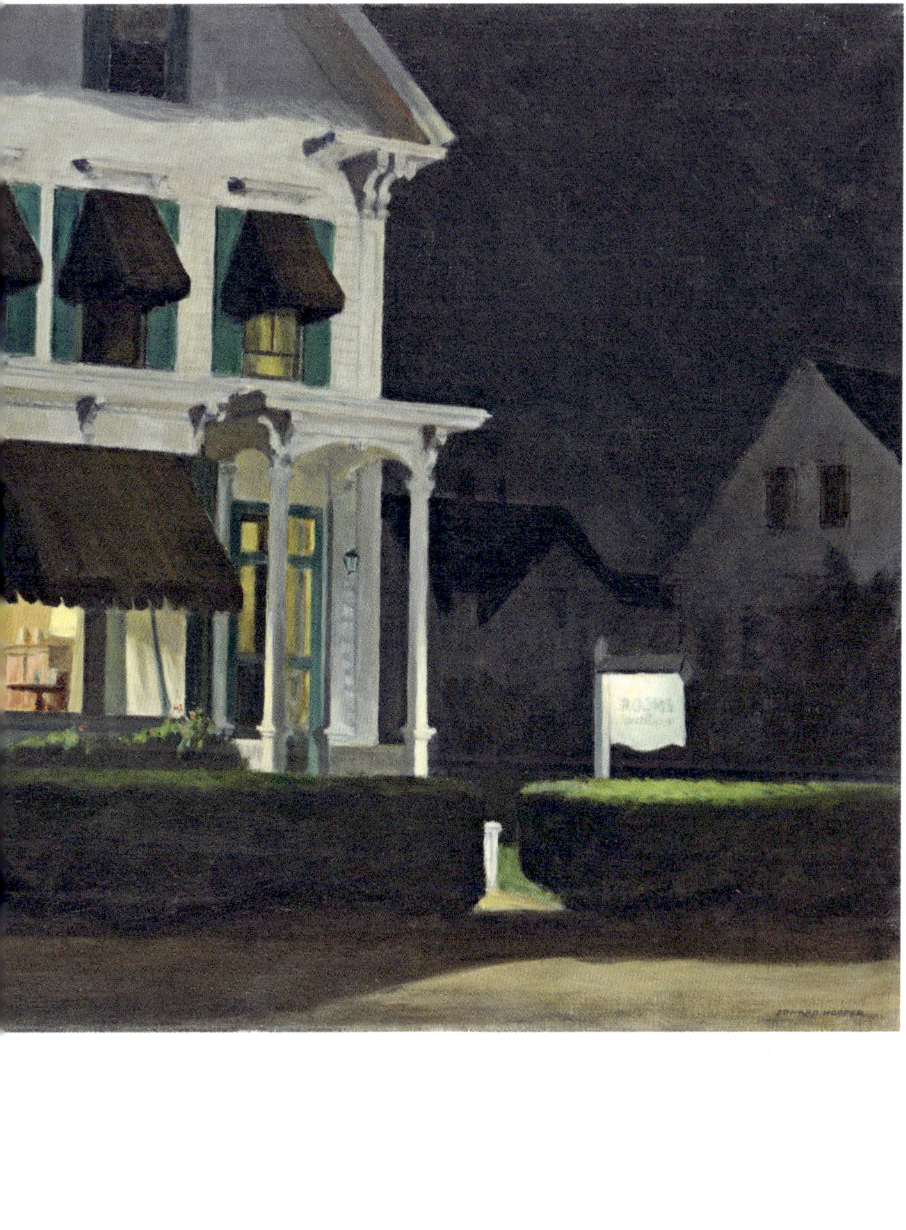

地上沧桑变迁，人类世代更替，苍天却千古如斯，始终默默无言地覆盖着人类的生存空间，衬托出了人类存在的有限和生命的短促。

变化背后之不变，多背后之一，现象背后之本质。这一追问默认了一个前提，即是感觉不可靠，只能感知现象，唯有理性才能认识现象界背后那个统一的、不变的本体界。

这个思路存在着若干疑点：

第一，感觉是我们感知外界的唯一手段，既然感觉只感知到现象，我们凭什么说在现象背后还存在着一种本质？至少凭感觉不能证明这一点。

第二，假定变动不居的现象背后有一不变的本质，这只能是理性之所为，是理性追求秩序的产物。但是，理性同样不能证明它所追求的秩序是世界本身所固有的。那么，这种秩序从何而来？有两种可能的回答。一是从感觉经验中归纳而得，因而并不真正具有必然性和普遍性。二是理性本身所固有的，是意识的先天结构。在这两种情形下，秩序都仍然属于现象范围，而与世界本来面目无关。

那么，第三，世界究竟有没有一个本来面目？在现象界背后，究竟有没有一个不受我们的认识干扰的本体界？在康德之后，哲学家们已经越来越达成共识：不存在。世界只有一种存在方式，即作为显现在意识中的东西——现象。我们也许可以设想上帝能够直观到世界的本体，但是，胡塞尔正确地指出，任何对象一旦进入认识就只能是现象，这一点对于上帝也不例外。

哲学从追问世界的本体开始，经过两千多年的探索，结果却是发现世界根本就没有一个本体，这不能不说是哲学的惨败。但是，这只是哲学的某一种思路的失败，它说明哲学不可能成为科学，我们不可能靠理性手段去把握或构造哲学原本想要追问的那个本体，而必须另辟蹊径。

六、沉默和诗的领域

倘若一个古希腊哲学家来到现代，他一定会大惑不解，因为他将看到，现代的哲学家们都在大谈语言问题，而对世界本身却毫无兴趣。据说哲学家们终于发现，两千多年来哲学之所以误入歧途，原因全在受了语言的误导。于是，他们纷纷把注意力转向语言，这种转向还被誉为哲学上的又一次"哥白尼式"革命。其间又有重大的区别。一派哲学家认为，弊在逻辑化的语言，是语言的逻辑结构诱使人们去寻找一种不变的世界本质。因此，哲学的任务是解构语言，把语言从逻辑的支配下解放出来。另一派哲学家则认为，弊在语言在逻辑上的不严密，是语言中那些不合逻辑的成分，诱使人们对一个所谓本体世界想入非非，造成了形而上学假命题。因此，哲学的任务是进行语言诊断，剔除其不合逻辑的成分，最好是能建立一种严密的逻辑语言。不管这两派的观点如何对立，拒斥本体论的立场却是一致的。

可是，没有了那种追问世界之究竟的冲动，哲学还是哲学吗？因为理性不能把握神秘，我们就不再思考神秘了吗？难道哲学从此要对头上的星空和心中的道德律无动于衷，仅仅满足于做逻辑的破坏者或卫士？

有两位哲学家分别代表上述两个对立的派别，然而，与其大多数追随者不同，他们心中仍然蕴藏着那种追思神秘的冲动。他们不愧是现代最伟大的两位哲学家。

作为逻辑经验主义的开创人之一，维特根斯坦也主张只有经验对象是可思考的，哲学只研究可思考的东西，其任务是通过语言批判使思想在逻辑上明晰。但是，他懂得的确存在着超验的领域，例如那种"从永恒观点来直观世界"的本体论式的体验，只是因为它们不属于经验范围，因而是不可思考的，而不可思考的东西也就是不可说的。"一个人对于不能谈的事情就应当沉默。"这是神秘的东西，甚至是最深刻的东西，却无法作为问题来讨论。针对此他写道："真正说来哲学的方法如此：除了能说的东西以外，不说什么事情，也就是除了自然科学的命题，即与哲学没有关系的东西之外，不说什么事情……"真正的哲学性体验只能封闭在沉默的内心世界，作为一门学术的哲学只能谈论与真正哲学性体验无关的东西，这是多么无奈。

海德格尔却试图冲破这无奈的沉默。在他看来，他名之为"存在"的那个超验的领域，乃是作为意义之源泉的神秘领域，的确不是理性思维所能达到的。但是，他相信这个领域"总是处在来到语言的途中"，是可以在语言中向人显现的。不过，这不是沦为传达工具的逻辑化语言，而是未被逻辑败坏的诗的语言。在诗的语言中，存在自己向人说话。于是，海德格尔聚精会神于他所钟爱的荷尔德林、里尔克等诗人，从他们的诗中倾听存在的话语。

当然，沉默和诗都不是哲学。可是，我们应该相信，在维特根斯坦的沉默中，在海德格尔的诗思中，古老的哲学追问在百折不挠地寻找栖身之地。

七、哲学与现代人的精神生活

广义的宗教精神和广义的哲学精神是相通的，两者皆是超验的追思。在狭义上，它们便有了区分，宗教在一个确定的信仰中找到了归宿，哲学却始终走在寻找信仰的途中。一个渴慕大全的朝圣者，如果他疲惫了，不再能够依靠自己的力量走下去了，他就会皈依某种现成的宗教。如果他仍然精力充沛，或者虽然疲惫了，却不甘心停下，他就会继续跋涉在哲学的路上。

现代人的显著特点是宗教信仰的普遍失落。针对这一情况，雅斯贝尔斯指出，对于已经不相信宗教但仍然需要信仰的现代人来说，哲学是唯一的避难所，其意义在于鼓励人们寻找非宗教的信仰。我本人也倾向于认为，哲学一方面寻求信仰，另一方面又具有探索性质，它的这个特点也许能够使之成为处于困惑中的现代人的最合适的精神生活方式。哲学至少有以下好处：

第一，哲学使我们在没有确定信仰的情况下仍能过一种有信仰的生活。哲学完全不能保证我们找到一个确定的信仰，它以往的历史甚至业已昭示，它的矛盾的本性决定了它不可能提供这种信仰。然而，它的弱点同时也是它的长处，寻找信仰而又不在某一个确定的信仰上停下来,正是哲学优于宗教之所在。哲学使我们保持对某种最高精神价值的向往,我们不能确知这种价值是什么,我们甚至不能证实它是否确实存在,可是,由于我们为自己保留了这种可能性,我们的整个生存便会呈现不同的面貌。

第二,哲学使我们在信仰问题上持一种宽容的态度。价值多元是现代的一个事实,想用某一种学说(例如儒学)统一人们的思想,重建大一统的信仰,是行不通的,也是不应该的。哲学反对任何人以现代救世主自居,而只是鼓励每一个人自救,自己寻求自己的信仰。

第三,哲学的沉思给了我们一种开阔的眼光,使我们不致沉沦于劳作和消费的现代旋涡,仍然保持住心灵生活的水准。

世界究竟是什么

希腊哲人赫拉克利特说："我们不能两次踏进同一条河。"中国哲人孔子站在河岸上叹道："世界就像这条河一样昼夜不息地流逝着啊。"他们都不约而同地把世界譬作永远奔流的江河。不过，这个譬喻只能说明世界是永恒变化的，没有解答世界究竟是什么的问题。要说清楚世界究竟是什么，这是一件难事。

世间万物，生生不息，变易无常。在这变化不居的万物背后，究竟有没有一种持续不变的东西呢？世间万象，林林总总，形态各异。在这五花八门的现象背后，究竟有没有一个统一的东西呢？追问世界究竟是什么，实际上就是要寻找这变中之不变，这杂多中之统一。哲学家们把这种不变的统一的东西叫作"实体""本体""本根""本质"等。

如果说一切皆变，究竟是什么东西在变？变，好像总是应该有一个承担者的。没有承担者，就像一台戏没有演员，令人感到不可思议。

譬如说，我从一个婴儿变成儿童，少年，青年，中年人，最后还要变成老年人。你若问是谁在变，我可以告诉你是我在变，无论我变成什么年龄的人，这个我仍然是我，在变中始终保持为一个有连续性的独立的生命体。同样道理，世界无论怎样变化，似乎也应该有一个不变的内核，使它仍然成其为世界。

最早的时候，哲学家们往往从一种或几种常见的物质形态上去寻找世界的这种"本体"。被当作"本体"的物质形态有水、火、气、土等。他们认为，世间万物都是由它们单独变来或混合而成。后来，古希腊哲学家留基伯和德谟克利特提出了一种影响深远的看法：万物的统一不在于它们的形态，而在于它们的结构，它们都是由一种相同的不可分的物质基本粒子组成的，这种基本粒子叫作原子。物理学在相当长的时期内曾经支持这种看法，但是现代物理学的发展已经对基本粒子的存在及其作用提出了一系列质疑。

另一些哲学家认为，既然一切物质的东西都是变化无常的，那么，使世界保持连续性和统一性的"本体"就不可能是物质的东西，而只能是某种精神的东西。他们把这种东西称作"理念""绝对精神"等，不过，它最确切的名称是"神"。他们仿佛已经看明白了世界这幕戏，无论它剧情如何变化，都是由神按照一个不变的剧本导演的。这种观点得到了宗教的支持。

在很长时期里，哲学被这两种观点的争论纠缠着。可是，事实上，这两种观点的根本出发点不同，谁也说服不了谁，是永远争论不出一个结果来的。值得注意的是，他们没有结果的争论引起了另一些哲学家的思考，对他们争论的问题本身发生了怀疑。

能问"世界究竟是什么"这个问题吗

问一个东西究竟是什么,这是什么意思呢?在多数情况下,这是一种归类。譬如说,问"桌子究竟是什么",回答是"它是一种家具";问"地球究竟是什么",回答是"它是一颗行星"。在这里,"家具"是比"桌子"更高的类,"行星"是比"地球"更高的类。可是,"世界"包括了一切,在"世界"之外不存在任何东西了,既然如此,问"世界究竟是什么",我们能把"世界"归到什么更高的类中呢?这是不该问"世界究竟是什么"这种问题的理由之一。

变化一定是有一个东西在变化吗?运动就一定是有一个东西在运动吗?不一定。譬如说,能量转化,我们只能得到热能、动能、势能等具体形态的能量,并非有一个不属于任何形态的抽象能量在那里变化。"天打雷了。"真有一个"天"在打雷吗?并没有,实际存在的只是打雷的现象本身罢了。由此可见,我们应该按照世界所呈现的样子来认识它，不该到万物流变的背后去寻找什么"本体"，这种寻找不但徒劳，而且多此一举。这是反对问"世界究竟是什么"这种问题的又一个理由。

在今天的时代，这种反对追问"本体"的主张已经发展成为一股强大的潮流，主要活动在英语国家的一大批哲学家甚至宣布，对"本体"的追问只是由语言的逻辑毛病产生的虚假问题，可以通过修改语病而将它消除。譬如说，语言有主语和谓语的结构，这种结构使人误以为有谓语就必有主语，而主语一定是存在着的实体。但实际情形并非如此。上面所说为变寻找一个不变的承担者的思想方法就是这样产生的。

然而，不论怎样消除语言的逻辑毛病，对世界的隐秘"本体"的追问似乎仍是人类精神的"不治之症"。不过，那些患有这种"病症"的现代哲学家（例如海德格尔）已经不再言之凿凿地给"世界是什么"的问题以一个武断的回答，他们倾向于认为，认识"本体"不能靠逻辑思维，而要靠心灵体验，并且是难以用语言来表达的。如果勉为其难，或许可以用诗的语言加以暗示。其实，他们心目中的"本体"非常接近于中国古代哲学家老子所说的恍兮忽兮不可名状的"道"，也非常接近于古希腊哲学家赫拉克利特用晦涩的语言所暗示的"逻各斯"。一种不可言说的东西当然是无法成为研究对象的，所以，在这些哲学家看来，哲学不是一门学问，而是一种仅仅属于每个思考者个人的内在的精神生活。

感觉可靠吗

蜜蜂的视力很微弱，但它能看见我们人类所看不见的紫外线。乌贼的视力也很微弱，但它能看见我们人类所看不见的红外线。蝙蝠几乎什么也看不见，但它能听见它自己发出的超声波在物体上反射回来的信号，并以此来寻找食物和躲避障碍。在这些动物的心目中，世界是什么样子的呢？

你再想象一下，在一个生下来就双目失明的盲人的心目中，世界又是什么样的？这个世界当然没有光和色，肯定也不存在有形状的物体。对于他来说，所谓形状只能是手上留下的若干微妙的触觉。他凭听到的声音和触到的障碍来判断方位，因而他心目中的空间也只是由一些听觉印象和触觉印象组成的。我们这些有眼睛的人即使把眼睛紧闭起来，竭力想象盲人心目中的世界，也极难完全排除视觉印象。我们实在难以想象一个没有形象的世界。

也许你会说，动物的感官太低级，盲人的感官有缺陷，所以都不能感知世界的本来面目。可是，我们这些感官齐全的正常人是可以做到这一点的。真的是这样吗？你凭什么说我们的感官是齐全的呢？譬如说，如果我们的眼睛能分辨红外线和紫外线，我们就会看见更多的颜色。以此衡量，我们现在都是某种程度的色盲。如果我们在耳、鼻、口、舌、身之外还有第六种感官，我们就会发现世界有更多的性质。以此衡量，我们现在都是某种程度的先天残疾。何况科学已经证实，世界上并没有颜色这种东西，只有不同波长和频率的光波，颜色是光波作用于视觉器官而产生的感觉。世界上并没有声音这种东西，只有空气的振动，声音是空气振动作用于听觉器官而产生的感觉。世界上并没有温度这种东西，只有分子的运动，温度是分子运动作用于触觉器官而产生的感觉。世界上并没有气味和味道这种东西，只有不同种类的分子，气味是某些种类的分子作用于嗅觉和味觉器官而产生的感觉。总之，那个有颜色、声音、温度、气味的世界并不是世界的本来面目，它的存在是依赖于我们的感觉器官的，如果人类感觉器官有另一种构造，我们感知到的世界就会是另一种样子。

也许你又会说，就算这样，我们通过科学仪器观察到的世界总应该是世界的本来面目了吧。可是，不要忘记，仪器也只是人类感觉器官的延长，我们通过仪器测出的光波、分子结构等仍然是要用眼睛来看的，我们凭什么相信它们不会被我们的视觉印象改变呢？其实，对它们的命名已经证明了这一点，所谓"波"和

"粒子"不正是以视觉印象为基础的一种描述吗?

事实上,差不多从哲学诞生开始,就不断有哲学家对感觉的可靠性表示怀疑。不过,在他们之间,怀疑的程度是有差别的。其中大部分人承认,感觉总是由外部原因引起的,但是我们无法知道这外部原因是什么样子的,我们的感觉是否与它们相符,因为我们感觉不到两者之间的关系,不能进行比较。第二种人走得最远,他们说,既然你感觉不到你的感觉与外部原因之间的关系,又怎么知道这外部原因存在呢?所以这外部原因不存在,存在的只有你的感觉。这就是十八世纪英国哲学家贝克莱[1]的主张。第三种人发现这样推论是有毛病的,从不知道外部原因是否存在不能推论出它不存在,因而又退回来一步,主张不去讨论在感觉之外是否有一个外部世界的问题,因为我们除了感觉别无所有,永远没有对此下判断的依据。这就是休谟的主张。这种看法在逻辑上最能自圆其说,不过,休谟承认,在实际生活中,我们还必须假定外部世界的存在,否则会寸步难行。

---

[1] 乔治·贝克莱(George Berkeley,1685年—1753年),十八世纪最著名的哲学家、近代经验主义的重要代表之一,开创了主观唯心主义。并对后世的经验主义的发展起到了重要影响。为了纪念他,加州大学的创始校区定名为加州大学伯克利分校(University of California, Berkeley)。

庄周梦蝶的故事

睡着了会做梦，这是一种很平常的现象。正常人都能分清梦和真实，不会把它们混淆起来。如果有谁梦见自己变成了一只蝴蝶，醒来后继续把自己当作蝴蝶，张开双臂整天在花丛草间做飞舞状，大家一定会认为他疯了。然而，两千多年前有一个名叫庄周的中国哲学家，有一回他梦见自己变成了一只蝴蝶，醒来后提出了一个著名的问题：

"究竟是刚才庄周梦见自己变成了蝴蝶呢，还是现在蝴蝶梦见自己变成了庄周？"

好像没有人因为庄周提出这个问题而把他看成一个疯子，相反，大家都承认他是一个大哲学家。哲学家和疯子大约都不同于正常人，但他们是以不同的特点区别于正常人的。疯子不能弄懂某些最基本的常识，例如不能像正常人那样分清梦与真实，所以在日常生活中会遇到严重的障碍。哲学家完全明白常识的含义，但他们不像一般的正常人那样满足于此,而是要对人人都视为当然的常识追根究底,追问它们是否真有道理。

按照常识,不管我梦见了什么,梦只是梦,梦醒后我就回到了真实的生活中,这个真实的生活绝不是梦。可是,哲学家偏要问:你怎么知道前者是梦,后者不是梦呢?你究竟凭什么来区别梦和真实?

可不要小看了这个问题,回答起来还真不容易呢。你也许会说,你凭感觉就能分清哪是梦,哪是真实。譬如说,梦中的感觉是模糊的,醒后的感觉是清晰的;梦里的事情往往变幻不定,缺乏逻辑,现实中的事情则比较稳定,条理清楚;人做梦迟早会醒,而醒了却不能再醒,如此等等。然而,哲学家会追问你,你的感觉真的那么可靠吗?你有时候会做那样的梦,感觉相当清晰,梦境栩栩如生,以至于不知道是在做梦,还以为梦中的一切是真事。那么,你怎么知道你醒着时所经历的整个生活不会也是这样性质的一个梦,只不过时间长久得多而已呢?事实上,在大多数梦里,你的确是并不知道自己在做梦的,要到醒来时才发现原来是一个梦。那么,你之所以不知道你醒时的生活也是梦,是否仅仅因为你还没有从这个大梦中醒来呢?梦和醒之间真的有原则的区别吗?

这么看来,庄周提出的问题貌似荒唐,其实是一个非常重要的哲学问题。这个问题便是:我们凭感官感知到的这个现象世界究竟是否真的存在着?庄周对此显然是怀疑的。在他看来，既然我们在梦中会把不存在的东西感觉为存在的，这就证明我们的感觉很不可靠，那么，我们在醒时所感觉到的我们自己以及我们周围世界的存在也很可能是一个错觉，一种像梦一样的假象。

感觉能否证明对象的存在

在中国和外国，有相当一些哲学家与庄周抱着相似的看法。他们都认为，我们只能通过感官来感知世界的存在，而感官是不可靠的，所以我们所感觉到的世界只是一种假象。至于在假象背后是否存在着一个与假象不同的真实的世界，他们的意见就有分歧了。有的说有，有的说没有，有的说没法知道有没有。也有许多哲学家反对他们的看法，认为我们的感觉基本上是可靠的，能够证明我们自己以及周围世界的真实存在。就拿庄周梦蝶的例子来说，他们会这样解释：庄周之所以会梦见自己变成一只蝴蝶，正是因为他在醒时看见过蝴蝶，如果他从来没有看见过蝴蝶，他就不可能做这样的梦了。所以，庄周和蝴蝶的真实存在以及这个真实的庄周看见过真实的蝴蝶是一个前提，而这便证明了醒和梦是有原则区别的，醒时的感觉是基本可靠的。当然，这种解释肯定说服不了庄周，他一定会认为它不是解答了而是回避了问题，因为在他看来，问题恰恰在于，当你看见蝴蝶时，你怎么知道你不是在做梦呢？凭什么说看见蝴蝶是梦见蝴蝶的原因，其间的关系难道不会是较清晰的梦与较模糊的梦的关系吗？

在日常生活中，人们都怀着一个朴素的信念，相信我们凭感官所感知的事物是真实存在的。没有这个信念，我们就不能正常地生活，哲学家也不例外。上述解释实际上是把这个朴素的信念当成了出发点，由之出发认定醒时看见蝴蝶的经验是可靠的，然后再用它来解释梦见蝴蝶的现象。在哲学史上，这样一种从朴素信念出发的观点被称作"朴素实在论"或"朴素唯物主义"。可是，在庄周这样的哲学家看来，这种观点只停留在常识的水平上，不配叫作哲学，因为哲学正是要追问常识和朴素信念的根据。所以，如果你真的对哲学感兴趣，你就必须面对庄周提的问题。你很可能不同意他的观点，但你必须说出理由。你得说明：我们如何知道我们凭感官所感知的现象是真实存在的，而不是一个幻象？感觉本身能否提供这个证据？如果不能，还有没有别的证据？只要你认真思考这些问题，不管能否找到最后答案（很可能找不到），你都已经是在进行一种哲学思考了。

思维能否把握世界的本质

不信任感觉，认为在感官所感知的现象世界背后有一个本来的世界，这实际上是以往多数哲学家的立场。区别在于，有的哲学家断言我们永远无法认识这个本来世界，有的哲学家却相信，我们可以依靠理性思维的能力破除感觉的蒙蔽，透过现象看本质，把握这个本来世界的面目。可是，最近一百多年来，这种长期占统治地位的立场发生了根本的动摇。

理性思维真的能够把握世界的本来面目吗？为了解答这个问题，我们首先要弄清什么是理性思维。所谓理性思维，就是我们运用具有普遍性的概念进行判断、推理的过程。让我们举最简单的加法的例子来说明这个过程。譬如说，桌子上放着一个苹果，椅子上也放着一个苹果，问你一共有几个苹果，你不需要把这两个苹果挪到一起就可以回答说："两个。"事实上，当你作出这个回答时，你已经飞快地进行了一个运算——"1＋1=2"。这就已经是一种理性思维了。仔细分析起来，这个过程是这样的：你首先把"一个苹果"这样的具体现象变换为抽象的数字概念"1"，然后运用了一个数学公式（判断）"1+1=2"，最后又从这个公式推导出"一个苹果加一个苹果等于两个苹果"的具体结论。

现在的问题是，我们凭感官并不能感知到像"1""2"这样的抽象概念和"1+1=2"这样的抽象命题。那么，它们是从哪里来的呢？对于这个问题，有三种可能的回答：

一、我们凭感官可以感知到一个一个具体的东西，也可以感知到它们的集合，抽象的数字概念和算术命题就是从我们的感觉材料中归纳出来的。假定这个答案是对的，那么，以不可靠的感觉为基础的理性思维同样也是不可靠的，并不比感觉更接近那个本来世界。

可是，这第一种回答本身还有着极大的漏洞。我们的感官只能感知个别的具体的现象，从中怎么能得到抽象概念呢？感官所感知的现象总是有限的，从中又怎么能得到适用于一切现象的普遍真理呢？譬如说，我们只能看到一个苹果、一个茶杯、一个人等等，永远看不到抽象的"1"，思维凭什么把它们抽象为"1"？我们只能看到一个苹果和一个苹果的集合等，思维凭什么断定1+1永远等于2？由于感性经验不能令人信服地解释抽象概念和命题的来源，有些哲学家就另找出路，于是有以下第二、第三种回答。

二、抽象观念和普遍命题是人类理性所固有的，它们如同大理石的纹理一样潜藏在人类理性之中，在认识过程中便会显现出来。像"1＋1＝2"这样的真理，人类理性凭直觉就能断定它们是绝对正确的。正是凭借这些先天形式，理性才能够对感觉材料进行加工整理，使之条理化。这个答案仅是一种永远无法证实的假说，我们姑且假定它是对的，那也只能得出这个结论：思维形式仅仅属于人类理性所有，与那个本来世界毫不相干。

三、那个本来世界本身具有一种理性的结构，人类理性是与这个结构相对应的。可是，这一点正是需要证明的，而主张这个观点的哲学家们没有向我们提供任何有说服力的证据。

总之，无论在上述哪种情况下，凡我们不信任感觉的理由，对于思维也都成立。所以，看来我们只好承认，只要我们进行认识，不论是运用感觉还是运用思维，所把握的都是现象，它们至多只有层次深浅的不同。世界一旦进入我们的认识之中，就必定被我们的感觉所折射，被我们的思维所整理，因而就必定不再是所谓本来世界，而成为现象世界了。

第二辑

经典和我们

勇气证明信仰

在尼采挑明"上帝死了"这个事实以后,信仰如何可能?这始终是困扰着现代关注灵魂生活的人们的一个难题。德裔美国哲学家蒂利希[1]的《存在的勇气》(*The Courage to Be*, 1952年)一书便试图解开这个难题。他的方法是改变以往用信仰解释勇气的思路,而用勇气来解释信仰。我把他的新思路概括成一句最直白的话,便是:有明确的宗教信仰并不证明有勇气,相反,有精神追求的勇气却证明了有信仰。因此我们可以说,当一个人被信仰问题困扰——这当然只能发生在有精神追求的勇气的人身上——的时候,他已经是一个有信仰的人了。

蒂利希从分析现代人的焦虑着手。他所说的焦虑指存在性焦虑,而非精神分析学家们所津津乐道的那种病理性焦虑。人是一

---

[1] 保罗·蒂利希(Paul Tillich, 1886年—1965年),存在主义神学家。

种有限的存在物，这意味着人在自身中始终包含着非存在，而焦虑就是人意识到非存在的威胁时的状态。根据非存在威胁人的存在的方式，蒂利希把焦虑分为三种类型。一是非存在威胁人的本体上的存在，表现为对死亡和命运的焦虑。此种焦虑在古代末期占上风。二是非存在威胁人的道德上的存在，表现为对谴责和罪过的焦虑。此种焦虑在中世纪末期占上风。三是非存在威胁人在精神上的存在，表现为对无意义和空虚的焦虑。蒂利希认为，在现代社会中占主导地位的焦虑即这一类型。

如果说焦虑是自我面对非存在的威胁时的状态，那么，存在的勇气就是自我不顾非存在的威胁而仍然肯定自己的存在。因此，勇气与焦虑是属于同一个自我的。现在的问题是，自我凭借什么敢于"不顾"，它肯定自己的存在的力量从何而来？

对于这个问题，存在主义的回答是，力量就来自自我。在一个没有上帝的世界上，自我是绝对自由的，又是绝对孤独的，因而能够也只能够凭借自己的力量肯定自己。蒂利希认为这个回答站不住脚，因为人是有限存在物，不可能具备这样的力量。这个力量必定另有来源，蒂利希称之为"存在本身"。是"存在本身"在通过我们肯定着它自己；反过来说，也是我们在通过自我肯定这一有勇气的行为肯定着"存在本身"之力，而"不管我们是否认识到了这个力"。在此意义上，存在的勇气即是信仰的表现，不过这个信仰不再是某种神学观念，而是一种被"存在本身"的力量所支配时的状态了。蒂利希把这种信仰称作"绝对信仰"，并认为它已经超越了关于上帝的有神论观点。

乍看起来，蒂利希的整个论证相当枯燥且有玩弄逻辑之嫌。"存在本身"当然不包含一丝一毫的非存在，否则就不成其为"存在本身"了。因此，唯有"存在本身"才具备对抗非存在的绝对力量。也因此，这种绝对力量无非来自这个概念的绝对抽象性质罢了。我们甚至可以把整个论证归结为一个简单的语言游戏：某物肯定自己的存在，等于存在通过某物肯定自己。然而，在这个语言游戏之下好像还是隐藏着一点真正的内容。

自柏拉图以来，西方思想的传统是把人的生活分成两个部分，即肉身生活和灵魂生活。两者分别对应于人性中的动物性和神性。它们各有完全不同的来源，前者来自自然界，后者来自超自然的世界——神界。不管人们给这个神界冠以什么名称，是柏拉图的"理念世界"，还是基督教的"上帝"，对它的信仰似乎是绝对必要的。因为如果没有神界，只有自然界，人的灵魂生活就失去了根据，对之便只能做出两种解释：或者是根本就不存在灵魂生活，人与别的动物没有什么两样，所谓灵魂生活只是人的幻觉和误解；或者虽然有灵魂生活，但因为没有来源而仅是自然界里的一种孤立的现象，所以人的一切精神追求都是徒劳而绝望的。这正是近代以降随着基督教信仰崩溃而出现的情况。我们的确看到：一方面，在世俗化潮流的席卷下，人们普遍对灵魂生活持冷漠的态度；另一方面，那些仍然重视灵魂生活的人则陷入了空前的苦闷之中。

蒂利希的用意无疑是要为后一种人打气。在他看来，现代真正有信仰的人只能到他们中去寻找，怀疑乃至绝望正是信仰的现代形态。相反，盲信与冷漠一样，同属精神上的自弃，是没有信仰的表现。一个人为无意义而焦虑，他的灵魂的渴望并不因为丧失了神界的支持而平息，反而更加炽烈，这只能说明存在着某种力量，那种力量比关于上帝的神学观念更加强大，更加根本，因而并不因为上帝观念的解体而动摇，是那种力量支配了他。所以，蒂利希说："把无意义接受下来，这本身就是有意义的行为，这是一种信仰行为。"把信仰解释为灵魂的一种状态，而非头脑里的一种观念，这是蒂利希最发人深省的提示。事实上，灵魂状态是最原初的信仰现象，一切宗教观念包括上帝观念都是由之派生的，是这个原初现象的词不达意的自我表达。

当然，同样的责备也适用于蒂利希所使用的"存在本身"这个概念。诚如他自己所说，本体论只能用类比的方式说话，因而永远是词不达意的。所有这类概念只是表达了一个信念，即宇宙必定具有某种精神本质，而不是一个完全盲目的过程。我们无法否认，古往今来，以那些最优秀的分子为代表，在人类中始终存在着一种精神性的渴望和追求。人身上发动这种渴望和追求的那个核心显然不是肉体，也不是以求知为目的的理智，我们只能称之为灵魂。我在此意义上相信灵魂的存在。进化论最多只能解释人的肉体和理智的起源，却无法解释灵魂的起源。即使人类精神在宇宙过程中只有极短暂的存在，它也不可能没有来源。因此，关于宇宙精神本质的假设是唯一的选择。这一假设永远不能证实，但也永远不能证伪。正因为如此，信仰总是一种冒险。也许，与那些世界征服者相比，精神探索者们是一些更大的冒险家，因为他们想得到的是比世界更宝贵、更持久的东西。

精神生活的哲学

一

鲁道夫·奥伊肯（Rudolf Eucken，1846年—1926年）是活跃于十九世纪至二十世纪之交的一位德国哲学家，生命哲学思潮的代表人物之一。在《生活的意义与价值》（*The Meaning and Value of Life*，1908年）这本小册子里，他对自己所建立的精神生活的哲学做了通俗扼要的解说。早在1920年，这本书已有上海中华书局印行的余家菊的译本。现在，上海译文出版社又出版了万以的译本。奥伊肯的文风虽不艰涩却略显枯燥，读时不由得奇怪他何以能够获得1908年的诺贝尔文学奖。从他和柏格森的获奖，倒是可以遥想当年生命哲学的风行。今日又临世纪之交，生命哲学早已偃旗息鼓，但我觉得奥伊肯对精神生活问题的思考并没有过时。

奥伊肯和尼采是同时代人，他比尼采晚出生两年。两人一度还同在巴塞尔大学任教，不过他比尼采多活了许多年。他们所面对的和所想救治的是相同的时代疾患，即在基督教信仰崩溃和物质主义盛行背景下，生活意义的丧失。他们也都试图通过高扬人的精神性的内在生命力，来为人类寻找一条摆脱困境的出路。他们的区别也许在于对这种内在生命力的根源的哲学解释，尼采归结为权力意志，奥伊肯则诉诸某种宇宙生命。两者对于传统形而上学的叛离有着程度上的不同。

处在自己的时代，奥伊肯最感忧虑的是物质成果与心灵要求之间的尖锐矛盾。他指出，人们过分专一地投身于劳作，其结果会使我们赢得了世界却失去了心灵。"现实主义文化"一方面只关心生活的外部状态，忽视内心生活；另一方面又把人封闭在狭隘的世俗范围内，与广阔的宇宙生活相隔绝，从而使现代人陷入了"社会生存情绪激奋而精神贫乏的疯狂旋涡"。然而，奥伊肯不是一个悲观主义者，他既不像叔本华那样得出了厌世的结论，也不像尼采那样把希望寄托在虚无缥缈的"超人"身上。他预言解决的希望就在现代人身上，其根据是：在精神的问题上，任何否定和不满的背后都有着一种肯定和追求。"人的缺陷感本身岂不正是人的伟大的一个证明？"我们普遍对生活意义之缺失感到困惑和不安，这个事实恰好证明了在我们的本性深处有一种寻求意义的内在冲动。既然一切可能的外部生活都不能令我们满足，那就必定是由于我们的生活具有从直接环境所无法达到的深度。因此，现代人的不安超出了以往时代，反倒表明了现代人对精神生活有着更高的追求。

二

奥伊肯所要解决的问题是：如何为现代人找回失落的生活意义？他的解决方法并非直接告诉我们这一意义在何处，而是追问我们为何会感到失落。我们比任何时代的人都更加繁忙，也享受着比任何时代更加丰裕的物质，却仍然感到失落，那就证明我们身上有着一种东西，它独立于我们的身体及其外在的活动，是它在寻求、体验和评价生活的意义，也是它在感到失落或者充实。这个东西就是我们内在的精神生命，也就是通常所说的灵魂。

在我们身上存在着一种内在的独立的精神生命，这是奥伊肯得出的最重要的结论，他对生活意义问题的全部解决都建立在这个论点的基础之上。既然这种内在的精神生命是独立于我们的外在生活的，不能用我们的外在生活来解释它，那么，它就必定别有来源。奥伊肯的解释是，它来自宇宙的精神生命，是宇宙生命在人身上的显现。所以，它既是内在的，是"我们真正的自我"，"我们生活最内在的本质"，又是超越的，是"普遍的超自然的生命"。因此，我们内在的精神生活是人和世界相统一的基础，是人性和世界本质的同时实现。

我们当然可以责备奥伊肯在这里犯了逻辑跳跃的错误，从自身的某种精神渴望推断出了一种宇宙精神实体的存在。但是，我宁可把这看作他对一种信念的表述，而对于一个推崇精神生活的哲学反对任何人以现代救世主自居,而只是鼓励每一个人自救,自己寻求自己的信仰。

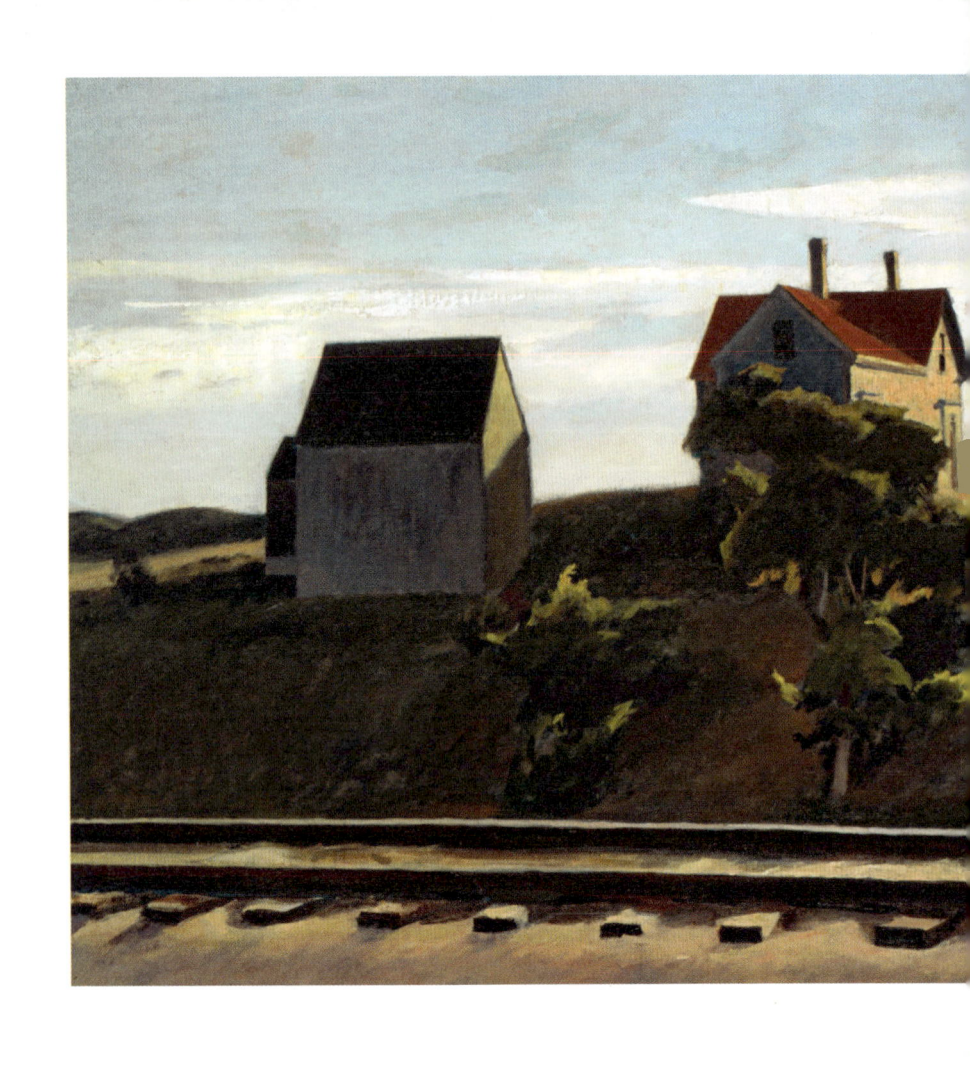

《纽约,纽黑文与哈特福德》

爱德华·霍珀,1931 年

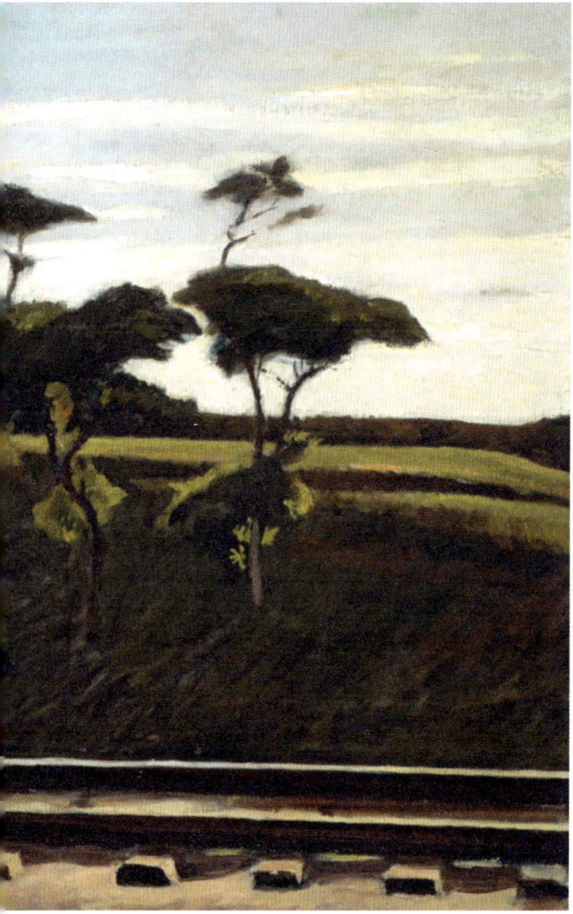

精神生活并不是一种自然延续的进化,或一种可以遗传的本能,
也不是一种能够从日常经验的活动中获得的东西。
毋宁说,正因为它极其内在而深刻,我们就必须去唤醒它。

价值的人来说，这种信念似乎是必不可少的。如果我们甘心承认人只是茫茫宇宙间的偶然产物，我们所追求的一切精神价值也只是水中月、镜中花，是没有根基的空中楼阁、转瞬即逝的昙花一现，那么，我们的精神追求便只能是虚幻而徒劳的了。尼采和加缪也许会说，这种悲剧性的徒劳正体现了人的伟大。但是，即使一位孤军奋战的悲剧英雄，他也需要在想象中相信自己是在为某种整体而战。凡精神性的追求，必隐含着一种超越的信念，也就是说，必假定了某种绝对价值的存在。而所谓绝对价值，既然是超越于一切浮世表象的，其根据就只能是不随现象界生灭的某种永存的精神实在。现代的西西弗斯可以不相信柏拉图的理念、基督教的上帝或者奥伊肯的宇宙生命，然而，只要他相信自己推巨石上山的苦役具有一种精神意义，借此而忍受了巨石重新滚下山的世俗结果，则他就已经是在向他心中的上帝祈祷了。无论哪位反对形而上学的现代哲学家，只要他仍然肯定精神生活的独立价值，他就不可能彻底告别形而上学。

三

奥伊肯对于基督教的现状并不满意，但他高度赞扬广义的宗教对于人类的教化作用。他认为，正是宗教向我们启示了一个独立的内心世界，坚持了动机纯洁性本身的绝对价值，给生活注入了一种高尚的严肃性，给了心灵一种真正的精神历史。在奥伊肯看来，宗教本身的重要性是超出一切宗教的差异的，其实质是

"承认一种独立的精神力量存在于内心中，推动这种精神性发展的动力归根结底来自大全，并分有了大全的永恒活力"。

事实上，不但宗教，人类精神活动的一切领域，包括道德、艺术、科学，只要它们确实是一种精神性的活动，就都是以承认作为整体的精神生活的存在为前提的，并且是这个整体的某种体现。如果没有这个整体在背后支持，作为它们的源泉和根据，它们就会丧失其精神内容，沦为世俗利益的工具。在此意义上，一种广义的宗教精神乃是人类一切精神活动的基本背景。也就是说，凡是把宗教、道德、艺术、科学真正当作精神事业和人生使命的人，必定对于精神生活的独立价值怀有坚定的信念。在精神生活的层次上，不存在学科的划分，真、善、美原是一体，一切努力都体现了同一种永恒的追求。

也正是从这种广义的宗教精神出发，我们就不会觉得自己的任何精神努力是徒劳的了。诚然，在现实世界中，我们的精神目标的实现始终是极其有限的。但是，由于我们对作为整体的精神生活怀有信念，我们就有了更广阔的参照系。我们身处的世界并不是整个实在，而只是它的一个部分，因此，在衡量一种精神努力的价值时，主要的标准不是眼前的效果，而是与整个实在的关系。正如奥伊肯所说的："倘若我们整个尘世的存在只是一个更大的序列的一个片段，那么指望它会澄清一切疑团便很不智，而且仍然会有许多在我们看来毫无意义的可能性，在更广大的范围内却能够得到理解。"我们当然永远不可能证明所谓大全的精神性质，但我们必须相信它，必须相信世上仍有神圣存在，这种信念将使我们的人生具有意义。而且我相信，倘若怀有这个信念的人多了，人性必能进步，世风必能改善。如果产生了这样的结果，信念的作用便实现了，至于茫茫宇宙中究竟有没有一个精神性的大全，又有什么要紧呢？

四

精神生活既是个人的最内在的本质，又是宇宙生命的显现，那么，我们每个人是否就自然而然地拥有了精神生活呢？奥伊肯对此作出了否定的回答。他指出，精神生活并不是一种自然延续的进化，或一种可以遗传的本能，也不是一种能够从日常经验的活动中获得的东西。毋宁说，正因为它极其内在而深刻，我们就必须去唤醒它。人类精神追求的漫长历史乃是宇宙生命显现的轨迹，然而，对于每一个个体来说，它一开始是外在的。"从精神上考虑，过去的收获及其对现在的贡献无非是些可能性，它们的实现有待于我们自己的决定和首创精神。"每一个个体必须穷其毕生的努力，才能"重新占有"精神生活，从而获得一种精神个性。奥伊肯的结论是："精神的实现绝不是我们的自然禀赋；我们必须去赢得它，而它允许被我们赢得。"

在我看来，这些论述乃是奥伊肯的这本小册子里最精彩的段落。在一个信仰失落和心灵不安的时代，他没有向世人推销一种救世良策，而是鼓励人们自救。的确，就最深层的精神生活而言,时代的区别并不重要。无论在什么时代,每一个个体都必须并且能够独自面对他自己的上帝,靠自己获得他的精神个性。对于他来说,重新占有精神生活的过程也就是赋予生活以意义的过程。于是,"生活的意义和价值何在"这一问题的答案便有了着落。

奥伊肯把每一代人对精神生活的实现称作一场"革命",并且呼吁现代人也进行自己的这场革命。事实上,无论个人,还是某一代人,是否赢得自己的精神生活,确实会使他们生活在完全不同的世界里。一个赢得了精神生活的人,他虽然也生活在"即刻的现在",但他同时还拥有"永恒的现在",即那个"包含一切时代、包含人类一切有永恒价值的成就的现在",他的生活与人类精神生活历史乃至宇宙生命有着内在的联系,他因此而有了一种高屋建瓴的立场,一种恒久的生活准则。相反,那些仅仅生活在"即刻的现在"的人就只能随波逐流,得过且过,盲目地度过自己的一生。

在实际生活中,有无精神生活之巨大差别会随处显现出来,我从奥伊肯的书中再举一例。人们常说,挫折和不幸能够提高人的精神。然而,奥伊肯指出,挫折和不幸本身并不具有这种优点。实际的情形是,许多缺乏内在精神活力的人被挫折和不幸击倒了。唯有在已经拥有精神活力的人身上,苦难才能进一步激发此种活力,从而带来精神上的收获。

人不只属于历史

那个时代似乎离我们已经非常遥远了。当时，不仅在中国，而且在欧洲和全世界，人文知识分子大多充满着政治激情——它更庄严的名称叫作"历史使命感"。那是在二十世纪五十年代初期，第二次世界大战结束不久，世界刚刚分裂为两大阵营。就在那个时候，曾经积极参加抵抗运动的加缪发表了他的第二部散文风格的哲学著作《反抗者》，对历史使命感进行了清算。此举激怒了欧洲知识分子中的左派，直接导致了萨特与加缪的决裂，同时又招来了右派的喝彩，被视为加缪在政治上转向的铁证。两派的态度鲜明对立，却对加缪的立场产生了完全相同的误解。

当然，这毫不奇怪。两派都只从政治上考虑问题，而加缪恰恰是要为生命争得一种远比政治宽阔的视野。

加缪从对"反抗"概念作哲学分析开始。"反抗"在本质上是肯定的，反抗者总是为了捍卫某种价值才说"不"的。他要捍卫的这种价值并不属个人，而是被视为人性的普遍价值。因此，反抗使个人摆脱孤独。"我反抗，故我们存在。"这是反抗的意义所在。但其中也隐含着危险，便是把所要捍卫的价值绝对化。其表现之一，就是以历史的名义进行的反抗，即革命。

对卢梭的《社会契约论》的批判是《反抗者》中的精彩篇章。加缪一针见血地指出，卢梭的这部为法国革命奠基的著作是新福音书、新宗教、新神学。革命的特点是要在历史中实现某种绝对价值，并且声称这种价值的实现就是人类的最终统一和历史的最终完成。这一现代革命概念肇始于法国革命。革命所要实现的那个绝对价值必定是抽象的、至高无上的，在卢梭那里，它就是与每个人的意志相分离的"总体意志"。"总体意志"被宣布为神圣的普遍理性的体现，因而作为这"总体意志"之载体的抽象的"人民"也就成了新的上帝。圣茹斯特[1]进而赋予"总体意志"以道德含义，并据此把"任何在细节上反对共和国"亦即触犯"总体意志"的行为都宣判为罪恶，从而大开杀戒，用断头台来担保品德的纯洁。浓烈的道德化色彩也正是现代革命的特点之一，正如加缪所说："法国革命要把历史建立在绝对纯洁的原则上，开创了形式道德的新纪元。"而形式道德是要吃人的，它导致了无限镇压原则。它对心理的威慑力量甚至使无辜的受害者自

---

[1] 路易·安托万·圣茹斯特（Louis Antoine Saint-Just, 1767年—1794年），法国大革命雅各宾专政时期的领导人之一，曾在1973年提出处死路易十六。次年在法国热月政变中被处死。

觉有罪。

我们由此而明白,圣茹斯特本人后来从被捕到被处死为何始终保持着沉默,斯大林时期冤案中的那些被告又为何几乎是满怀热情地给判处他们死刑的法庭以配合。在这里起作用的已经不是法律,而是神学。既然是神圣的"人民"在审判,受审者已被置于与"人民"相对立的位置上,因而在总体上是有罪的,细节就完全不重要了。加缪并不怀疑诸如圣茹斯特这样的革命者的动机的真诚,问题也许恰恰出在这种可悲的真诚上,亦即对于原则的迷醉上。"醉心于原则,就是为一种不可能实现的爱去死。"革命者自命对于历史负有使命,要献身于历史的终极目标。可是,他们是从哪里获知这个终极目标的呢?雅斯贝尔斯指出:人处在历史中,所以不可能把握作为整体的历史。加缪引证了这一见解,进一步指出:因此,任何历史举动都是冒险,无权为任何绝对立场辩护。绝对的理性主义就如同绝对的虚无主义一样,也会把人类引向荒漠。

放弃了以某种绝对理念为依据的历史使命感,生活的天地就会变得狭窄了吗?当然不。恰好相反,从此以后,我们不再企图作为历史规定方向的神,而是在人的水平上行动和思想。历史不再是信仰的对象,而只是一种机会。人们不是献身于抽象的历史,而是献身于大地上活生生的生活。"谁献身于每个人自己的生命时间,献身于他保卫着的家园,活着的人的尊严,那他就是献身于大地并且从大地取得收获。"加缪一再说,"人不只属于历史,他还在自然秩序中发现了一种存在的理由。""人们可能拒绝整个历史,而又与繁星和大海的世界相协调。"总之,历史不是一切,在历史之外,阳光下还绵亘着存在的广阔领域,有着人生简朴的幸福。

至于加缪的意思,我的领会是,一个人未必要充当某种历史角色才活得有意义,最好的生活方式是古希腊人那样的贴近自然和生命本身的生活。我猜想那些至今仍渴望进入历史,否则便会感到失落的知识分子对这种见解是不满意的,不过,我承认我自己是加缪的一个拥护者。

麻木比瘟疫更可怕

瘟疫曾经是一个离我们多么遥远的词，无人能够预想到，它竟落在了二十一世纪的我们头上。在经历了"非典"的灾难以后，现在来读《鼠疫》，我们会有异乎寻常的感受。

加缪的这部名作描写了一场鼠疫的全过程，时间是二十世纪四十年代，地点是阿尔及利亚的奥兰市。事实上，那个时间、那个地点并没有发生鼠疫，所以加缪描写的是一场虚构的鼠疫。一般认为，这是一部寓言性小说，鼠疫控制下的奥兰是喻指法西斯占领下的法国。然而，加缪对瘟疫的描写具有如此惊人的准确性，以至于我们禁不住要把它当作一种纪实作品来读。一开始是鼠疫的先兆，屋子里和街上不断发现死老鼠，第一个人死于怪病，接着是第二个、第三个，逐日增多。某一位医生终于鼓起勇气说出"鼠疫"这个词，其他人亦心存疑虑，但不敢承认。疫情迅速蔓延，成为无可否认的事实，市政府怕惊动舆论，封锁消息。终于到了封锁不住的地步，于是公布疫情，采取措施，消毒、监控、隔离，直至封城。因为害怕传染，人人口含据说能防病的薄荷药糖，乘公交车时背靠背，怀着戒心疏远自己的邻居，对身体的微小不适疑神疑鬼。人们的心态由侥幸转为恐慌，又由恐慌转为渐渐适应，鼠疫本身终于成了一种生活方式。全市如同放长假一样，日常工作停止，人们唯一可做的事情是收听和谈论政府公布的统计数字，祈求自己平安渡过难关，等待瘟疫出现平息的迹象。商人乘机牟利，咖啡馆贴出"酒能杀菌"的广告招徕顾客，投机商高价出售短缺的物品，出版商大量印售占星术史料中的或临时杜撰的有关瘟疫的各种预言……凡此种种现象，我们现在读到都不觉得陌生了，至少可以凭自身的经验加以想象了。

然而，如果认为《鼠疫》所提供的，仅是这些令我们感到半是亲切半是尴尬的疫期生活细节，就未免太停留于它的表面了。我们不该忘记，对于加缪来说，鼠疫的确只是一个象征。在最广泛的意义上，鼠疫象征的是任何一种大规模的祸害，其受害者是所及地区、民族、国家的所有人乃至全人类，瘟疫、灾荒、战争、专制主义、恐怖主义等都可算在内。问题是当这类祸害降临的时候，我们怎么办？加缪通过他笔下主人公们的行为向我们说明，唯一的选择是站在受害者一边与祸害作斗争。一边是鼠疫，另一边是受害者，阵线截然分明，没有人可以做一个旁观者。医生逃离岗位，病患拒绝隔离，都意味着站到了鼠疫一边。这个道理就像二加二等于四一样简单。在这个时候，需要的只是一种最单纯的责任感，因而也是一种最基本的正义感。灾难是没有戏剧性可言的，所以加缪唾弃面对灾难的一切浪漫主义姿态。本书主角里厄医生之所以奋不顾身地救治病人，置个人安危于度外，与任何宗教信念、神圣使命、英雄壮举都无关，只是因为他作为一个医生不能容忍疾病和死亡。在法西斯占领期间，对政治从来不感兴趣的加缪成了抵抗运动的干将。战后，记者问他为什么参加抵抗运动，他的回答同样简单："因为我不能站在集中营一边。"

面对共同祸害时所作选择的理由是简单的，但人性经受的考验却并不简单。这是一个令加缪烦恼的问题，它构成了《鼠疫》的更深一层内涵。从封城那一天起，奥兰的市民们实际上开始过一种流放生活了，不过这是流放在自己的家中。在那些封城前有亲人外出的人身上，这种流放感更为强烈，他们失去了与亲人团聚的自由。在瘟神笼罩下，所有留在城里的人只有集体的遭遇，个人的命运不复存在。共同的厄运如此强大，以至于个人的爱情、思念、痛苦都已经显得微不足道，人们被迫像没有个人情感那样地行事。久而久之，一切个性的东西都失去了语言，人们不复有属于自己的记忆和希望，只活在当前的现实之中。譬如说，那些与亲人别离的人开始用对待疫情统计数字的态度来对待自己的境况了，别离的痛苦已经消解在公共的不幸之中。这就是说，人们习惯了瘟疫的境况。加缪认为，这才是最可怕的事情，习惯于绝望的处境是比绝望的处境本身更大的不幸。不过，只要身处祸害之中，我们也许找不到办法来摆脱这种不幸。与任何共同祸害的斗争都具有战争的性质，牺牲个性是其不得不付出的代价。

　　在小说的结尾，鼠疫如同它来临时一样突然地结束了。当然，幸存者们为此欢欣鼓舞，他们庆幸噩梦终于消逝，被鼠疫中断了的生活又可以继续下去了。也就是说，他们又可以每天辛勤工作，然后把业余时间浪费在赌牌、泡咖啡馆和闲聊上了。这是现代人的标准生活方式。可是，生活应该是这样的吗？人们经历了鼠疫却没有任何变化吗？加缪借小说中一个人物之口向我们提出了这个问题，并且说了一句发人深省的话："但鼠疫是怎么一回事呢？也不过就是生活罢了。"如果我们不把鼠疫仅仅看作一场噩梦和一个例外，而是看作反映了生活本质的一种经历，也许就会获得某些重要的启示。我们也许会认识到，在人类生活中，祸害始终以各种形式存在着，为了不让它们蔓延开来，我们必须改变我们的生活方式。在一定意义上，这不也正是这次"非典"之灾给予我们的教训吗？

　　真正可怕的不是瘟疫，而是麻木。在瘟疫流行之时，我们对瘟疫渐渐习以为常，这是麻木。在瘟疫过去之后，我们的生活一切照旧，这是更严重的麻木。仔细想想，麻木是怎样的普遍，怎样地比瘟疫更难抵御啊。

小说的智慧

孟湄送我这本她翻译的昆德拉的文论《被背叛的遗嘱》,距今快三年了。当时一读就非常喜欢,只觉得妙论迭出,奇思突起。我折服于昆德拉既是写小说的大手笔,也是写文论的大手笔。他的文论,不但传达了他独到而一贯的见识,而且也是极显风格的散文。自那以后,我一直想把读这书的感想整理出来,到今天才算如了愿,写成这篇札记。我不是小说家,我所写的只是因昆德拉的启发而产生的对现代小说精神的一种理解。

一、小说在思考

小说曾经被等同于故事,小说家则被等同于讲故事的人。在小说中,小说家通过真实的或虚构的(经常是半真实半虚构的)故事描绘生活,多半还解说生活,对生活作出一种判断。读者对于小说的期待往往也是引人入胜的故事,以故事是否吸引人来评定小说的优劣。现在，面对卡夫卡、乔伊斯这样的现代小说家的作品，期待故事的读者难免困惑甚至失望了，觉得它们简直不像小说。从前的小说想做什么是清楚的，便是用故事讽喻、劝诫或者替人们解闷，现代小说想做什么呢？

现代小说在思考。现代一切伟大的小说都不对生活下论断，而仅仅是在思考。

小说的内容永远是生活。每一部小说都描述或者建构了生活的一个片段、一个缩影、一种模型，以此传达了对生活的一种理解。对于从前的小说家来说，不管他们对生活的理解多么不同，在每一种理解下，生活都如同一个具有确定意义的对象摆在面前，小说只需对之进行描绘、再现、加工、解释就可以了。在传统形而上学崩溃的背景下，以往对生活的一切清晰的解说都成了问题，生活不再是一个具有确定意义的对象，而重新成了一个未知的领域。当现代哲学陷入意义的迷惘之时，现代小说也发现了认识生活的真相是自己最艰难的使命。

在《被背叛的遗嘱》中，昆德拉谈到了认识生活的真相之困难。这是一种悖论式的困难。我们的真实生活是由每一个"现在的具体"组成的，而"现在的具体"几乎是无法认识的。它一方面极其复杂，包含着无数事件、感觉、思绪，如同原子一样不可穷尽；另一方面又稍纵即逝，当我们试图认识它时，它已经成为过去。也许我们可以退而求其次，通过及时的回忆来挽救那刚刚消逝的"现在"。但是，回忆也只是遗忘的一种形式，既然"现在的具体"在进行时未被我们认识,在回忆中呈现的就更不是当时的那个具体了。

尽管如此,我们仍然只能依靠回忆,因为它是我们的唯一手段。回忆不可避免地是一个整理和加工的过程,在这过程中,逻辑、观念、趣味、眼光都参与进来了。如此获得的结果绝非那个我们企图重建的"现在的具体",而只能是一种抽象。例如,当我们试图重建某一情境中的一场对话时,它几乎必然要被抽象化:对话被缩减为条理清晰的概述,情境只剩下若干已知的条件。问题不在于记忆力,再好的记忆力也无法复原从未进入意识的东西。这种情形使得我们的真实生活成了"世上最不为人知的事物","人们死去却不知道曾经生活过什么"。

我走在冬日的街道上。沿街栽着一排树,树叶已经凋零,只剩下光秃秃的枝干。不时有行人迎面走来,和我擦身而过。我想到此刻在世界的每一个城市,都有许多人在匆匆走着,走过各自生命的日子,走向各自的死亡。人们匆忙地生活着,而匆忙也只是单调的一种形式。匆忙使人们无暇注视自己的生活,单调则使人们失去了注视的兴趣。就算我是一个诗人、作家、学者,又怎么样呢?当我从事着精神的劳作时,我何尝在注视自己的生活,只是在注视自己的意象、题材、观念罢了。我思考着生活的意义,因为抓住了某几个关键字眼而自以为对意义有所领悟,就在这同时,我的每日每时的真实生活却从我手边不留痕迹地流失了。

好吧,让我停止一切劳作,包括精神的劳作,全神贯注于我的生活中的每一个"现在的具体"。可是,当我试图这么做时,我发现所有这些"现在的具体"不再属于我了。我与人交谈,密切注视着谈话的进行,立刻发现自己已经退出了谈话,仿佛是另一个虚假的我在与人进行一场虚假的谈话。我陷入了某种微妙的心境,于是警觉地反身内视,却发现我的警觉使这微妙的心境不翼而飞了。

一个至死不知道自己曾经生活过什么的人,我们可以说他等于没有生活过。一个时刻注视自己在生活着什么的人,他实际上站到了生活的外边。人究竟怎样才算生活过?

二、小说与哲学相靠近

如何找回失去的"现在",这是现代小说家所关心的问题。"现在"的流失不是量上的,而是质上的。因此,靠在数量上自然主义地堆积生活细节是无济于事的,唯一可行的是从质上找回。所谓从质上找回,便是要去发现"现在的具体"的本体论结构,也就是通过捕捉住"现在"中那些隐藏着存在的密码的情境和细节,来揭示人生在世的基本境况。昆德拉认为,这正是卡夫卡开辟的新方向。

昆德拉常常用海德格尔的"存在"范畴表达他所理解的生活。基本的要求仍然是真实,但不是反映论意义上的,而是本体论意义上的,"存在"范畴所表达的便是这种本体论意义上的生活之真实。小说中的"假",种种技巧和虚构,都是为这种本体论意义上的真服务的,若非如此,便只是纯粹的假——纯粹的个人玩闹和遐想——而已。

有时候,昆德拉还将"存在"与"现实"区分开来。例如,他在《小说的艺术》中写道:"小说研究的不是现实,而是存在。"凡发生了的事情都属于现实,存在则总是关涉人生在世的基本境况。小说的使命不是陈述发生了一些什么事情,而是揭示存在的尚未为人所知的方面。如果仅仅陈述事情,不管这些事情多么富有戏剧性,多么引人入胜,或者在政治上多么重要,有多么大的新闻价值,对于阐述某个哲学观点多么有说服力,都与存在无关,因而都在小说的真正历史之外。

小说以研究存在为自己的使命,这使得小说向哲学靠近了。但是,小说与哲学的靠近是互相的,是它们都把目光投向存在领域的结果。在这互相靠近的过程中,代表哲学一方的是尼采,他拒绝体系化思想,对有关人类的一切进行思考,拓宽了哲学的主题,使哲学与小说相接近;代表小说一方的是卡夫卡、贡布罗维奇[1]、布洛赫[2]、

---

1 维托尔德·贡布罗维奇(Witold Gombrowicz,1904年—1969年),波兰小说家、剧作家、散文家,与卡夫卡、穆齐尔、布鲁赫并称为"中欧四杰"。代表作品有《费尔迪杜凯》《横渡大西洋》和《巴卡卡伊大街》等。曾获福特基金会全年奖金和西班牙福门托国际文学奖。

2 赫尔曼·布洛赫(Hermann Broch,1886年—1951年),奥地利小说家。代表作有小说《梦游人》《维吉尔之死》《未知量》《着魔》《无罪者》,随笔《小说的世界图景》《詹姆斯·乔伊斯和当代》,以及历史文化论著《胡戈·冯·霍夫曼斯塔尔和他的时代》等。

穆齐尔[1]，他们用小说进行思考，接纳可被思考的一切，拓宽了小说的主题，使小说与哲学相接近。

其实，小说之与哲学结缘由来已久。凡是伟大的小说作品，皆包含着一种哲学的关切和眼光。这并不是说，它们阐释了某种哲学观点，而是说，它们总是对人生底蕴有所关注并提供了若干新的深刻的认识。仅仅编故事而没有这种哲学内涵的小说，无论故事编得多么精彩，都称不上伟大。令昆德拉遗憾的是，他最尊敬的哲学家海德格尔只重视诗，忽视了小说，而"正是在小说的历史中有着关于存在的智慧的最大宝藏"。他也许想说，如果海德格尔善于发掘小说的材料，必能更有效地拓展其哲学思想。

在研究存在方面，小说比哲学更具有优势。存在是不能被体系化的，但哲学的概念式思考往往倾向于体系化，小说式的思考却天然是非系统的，能够充分地容纳意义的不确定性。小说在思考——并不是小说家在小说中思考，而是小说本身在思考。这就是说，不只小说的内容具有思想的深度，小说的形式也在思考，因而不能不具有探索性和实验性。这正是现代小说的特点。所谓"哲学小说"与现代小说毫不相干，"哲学小说"并不在思考，譬

---

1 罗伯特·穆齐尔（Robert Musil，1880年—1942年），奥地利小说家。代表作长篇小说《没有个性的人》（未完成）反映了战争前夕奥匈帝国的社会面貌，描写危机重重的社会里各种人物的精神状态，并提出社会向何处去的问题。另有短篇小说集《三个女人》，散文集《生前的遗言》和剧本《醉心的人们》等。

如说萨特的小说不过是萨特在用小说的形式上哲学课罢了。在"哲学小说"中,哲学与小说是貌合神离、同床异梦的。昆德拉讽刺道,由于萨特的《恶心》成了新方向的样板,其后果是"哲学与小说的新婚之夜在相互的烦恼中度过"。

三、存在不是什么

今日世界上,每时每刻都有人在编写和出版小说,其总量不计其数。然而,其中的绝大部分只是在小说历史之外的小说生产而已。它们被生产出来只是为了被消费掉,在完成之日已注定要被遗忘。

只有在小说的历史之内,一部作品才可以作为价值而存在。怎样的作品才能进入小说的历史呢?首先是对存在作出了新的揭示;其次,为了作出这一新的揭示,而在小说的形式上有新的探索。

一个小说家必须具备存在的眼光,看到比现实更多的东西。然而,许多小说家都没有此种眼光,他们或者囿于局部的现实,或者习惯于对现实作某种本质主义的抽象,把它缩减为现实的某一个层面和侧面。昆德拉借用海德格尔的概念,称这种情况为"存在的被遗忘"。如此写出来的小说,不过是小说化的情欲、忏悔、自传、报道、说教、布道、清算、告发、披露隐私罢了。小说家诚然可以面对任何题材,甚至包括自己和他人的隐私这样的题材,功夫的高下见之于对题材的处理,由此而显出他是一个露阴癖或窥阴癖患者,还是一个存在的研究者。

一个小说家是一个存在的研究者,这意味着他与一切现实、他处理的一切题材都保持着一种距离,这个距离是他作为研究者所必需的。无论何种现实,在他那里都成为研究存在以及表达他对存在之认识的素材。也就是说,他不立足于任何一种现实,而是立足于小说,站在小说的立场上研究它们。

对于昆德拉的一种普遍误解,是把他看作一个不同政见者,一个政治性作家。请听昆德拉的回答:"您是共产主义者吗?——不,我是小说家。""您是不同政见者吗?——不,我是小说家。"他明确地说,对于他,做小说家不只是实践一种文学形式,而是"一种拒绝与任何政治、宗教、意识形态、道德、集体相认同的立场"。他还说,他憎恨想在艺术品中寻找一种态度(政治的、哲学的、宗教的等等)的人们,而本来仅仅应该从中寻找一种认识的意图的。我想起尼采的一个口气相反、实质相同的回答。他在国外漫游时,有人问他:"德国有哲学家吗?德国有诗人吗?德国有好书吗?"他说他感到脸红,但以他即使在失望时也具有的勇气答道:"有的,俾斯麦[1]!"他之所以感到脸红,是因为德国的哲学家、诗人、作家丧失了独立的哲学、诗、写作的立场,都站到政治的立场上去了。

---

1 此处指奥托·爱德华·利奥波德·冯·俾斯麦(Otto Eduard Leopold von Bismarck,1815年—1898年),德意志帝国首任宰相,十九世纪下半叶欧洲政治舞台上的风云人物。著有回忆录《思考与回忆》,本书亦是他的政治遗言。

如果说在政治和商业、宗教和世俗、传统和风尚、意识形态和流行思潮、社会秩序和大众传媒等立场之外，小说、诗还构成一种特殊的立场，那么，这无非是指个性的立场、美学的立场、独立思考的立场、关注和研究存在的立场。在一切平庸的写作背后，我们都可发现这种立场的阙如。

对于昆德拉来说，小说不只是一种文学体裁，更是一种看生活的眼光，一种智慧。因此，从他对小说的看法中，我读出了他对生活的理解。用小说的智慧看，生活——作为"存在"——究竟是什么，或者说不是什么呢？

海德格尔本人也不能概括地说明什么是存在，昆德拉同样不能。然而，从他对以往和当今小说的批评中，我们可以知道存在——以及以研究存在为使命的小说——不是什么。

存在不是戏剧，小说不应把生活戏剧化。

存在不是抒情诗，小说不应把生活抒情化。

存在不是伦理，小说不是进行道德审判的场所。

存在不是政治，小说不是形象化的政治宣传或政治抗议。

存在不是世上最近发生的事，小说不是新闻报道。

存在不是某个人的经历，小说不是自传或传记。

四、在因果性之外

在一定的意义上，写小说就是编故事。在许多小说家心目中，编故事有一个样板，那就是戏剧。他们把小说的空间设想成舞台，在其中安排曲折的悬念、扣人心弦的情节、离奇的巧合、激动人心的场面。他们让人物发表精彩的讲话。他们使劲儿吊读者的胃口。这样编出的故事诚然使许多读者觉得过瘾，却与存在无关。

在小说中强化、营造、渲染生活的戏剧性因素，正是二十世纪小说家们的做法。在他们那里，场面成为小说构造的基本因素，小说宛如一个场面丰富的剧本。昆德拉推崇福楼拜、乔伊斯、卡夫卡、海明威，因为他们使小说走出了这种戏剧性。把生活划分为日常性和戏剧性两个方面，强化其戏剧性而舍弃其日常性，乃是现象和本质二分模式在小说领域内的一种运用。在现实中，日常性与戏剧性是永远同在的，人们总是在平凡、寻常、偶然的气氛中相遇，生活的这种散文性是人生在世的一种基本境况。在此意义上，昆德拉宣称，对散文的发现是小说的"本体论使命"，这一使命是别的艺术无法承担的。

夸大戏剧性，拒斥日常性，这差不多构成了最悠久的美学传统。无论现实主义，还是浪漫主义，都是在这一传统中生长出来的。从亚里士多德的"情节的整一"，到恩格斯的"典型环境中的典型性格"，都是这一传统的理论表达。殊不知生活不是演戏，所谓"人生大舞台，舞台小人生"乃是谎言，其代价是抹杀了日常性的美学意义。

事实上，自十九世纪后期以来，戏剧本身也在走出戏剧性，走向日常性。梅特林克[1]曾经谈到易卜生戏剧中的"第二层次"的对话，这些对话仿佛是多余的，而非必需的，实际上却具有更深刻的真实性。在海明威的小说中，这种所谓"第二层次"的对话取得了完全的支配地位。海明威的高明之处在于发现了日常生活中对话的真实结构。我们平时常常与人交谈，但我们并不知道我们是怎样交谈的。海明威却通过一种简单而又漂亮的形式向我们显示：现实中的对话总是被日常性所包围、延迟、中断、转移，因而不系统、不逻辑；在第三者听来，它不易懂，是未说出的东西上面的一层薄薄的表面；它重复、笨拙，由此暴露了人物的特定想法，并赋予对话以一种特殊的旋律。如果说雨果小说中的对话以其夸张的戏剧性使我们更深地遗忘了现实中的对话之真相，那么，可以说海明威为我们找回了这个真相，使我们知道了我们在日常生活中是怎样进行交谈的。

我们已经太习惯于用逻辑的方式理解生活，正是这种方式使我们的真实生活从未进入我们的视野，成为被永远遗忘的存在。把生活戏剧化也是逻辑方式的产物，是因果性范畴演出的假面舞会。

昆德拉讲述了一个绝妙的故事：一个男人和一个女人互相暗恋，等待着向对方倾诉衷肠的机会。机会来了，有一天他俩去树

---

[1] 莫里斯·梅特林克（Maurice Maeterlinck，1862年—1949年），比利时剧作家、诗人、散文家。1911年获得诺贝尔文学奖。象征派戏剧的代表作家，先后写了《青鸟》《盲人》《佩利亚斯与梅丽桑德》等多部剧本。

林里采蘑菇，但两人都心慌意乱，沉默不语。也许为了掩饰心中的慌乱，也为了打破沉默的尴尬，他们开始谈论蘑菇，于是一路上始终谈论着蘑菇，永远失去了表白爱情的机会。

真正具讽刺意义的事情还在后面。这个男人当然十分沮丧，因为他毫无理由地失去了一次爱情。然而，一个人能够原谅自己失去爱情，却绝不能原谅自己毫无理由。于是，他对自己说：我之所以没有表白爱情，是因为忘不了死去的妻子。

德谟克利特曾说：只要找到一个因果性的解释，也胜过成为波斯人的王。我们虽然未必像他那样藐视王位，却都和他一样热爱因果性的解释。为结果寻找原因，为行为寻找理由，几乎成了我们的本能，以至于对事情演变的真实过程反而视而不见了。然而，正是对于一般人视而不见的东西，好的小说家能够独具慧眼，加以复原。譬如说，他会向我们讲述蘑菇捣乱的故事。相反，我们可以想象，大多数小说家一定会按照那个男人的解释来处理这个素材，向我们讲述一个关于怀念亡妻的忠贞的故事。

按照通常的看法，陀思妥耶夫斯基是一位非理性作家，托尔斯泰是一位理性的，甚至有说教意味的作家。在昆德拉看来，情形正好相反。在陀思妥耶夫斯基的小说中，思想构成了明确的动机，人物只是思想的化身，其行为是思想的逻辑结果。譬如说，基里洛夫之所以自杀，是因为他确信人只有信仰上帝才能活下去，而这一信仰已经破灭，于是他必须自杀。支配他自杀的思想可归入非理性哲学的范畴，但这种思想是他的理性所把握的，其作用方式也是极其理性、因果分明的。在生活中真正发生作用的非理性，并不是某种非理性的哲学观念，而是我们的理性思维无法把握的种种内在冲动、瞬时感觉、偶然遭遇及其对我们的作用过程。在小说家中，也许正是托尔斯泰最早描述了生活的这个方面。

一个人自杀了，周围的人们就会寻找他自杀的原因。例如，悲观主义的思想，孤僻的性格，忧郁症，失恋，生活中的其他挫折，等等。找到了原因，人们就安心了，对这个人的自杀已经有了一个解释，他在自杀前的种种表现或者被纳入这个解释，或者——如果不能纳入——就被遗忘了。人们对生活的理解很像是在写案情报告。事实上，自杀者走向自杀的过程是复杂的，在心理上尤其如此，其中有许多他自己也未必意识到的因素。你不能说这些被忽略了的心理细节不是原因，因为任何一个细节的改变也许都会导致完全不同的结局。导致某一结果的原因几乎是无限的，所以也就不存在任何确定的因果性。小说家当然不可能穷尽一切细节，他的本领在于谋划一些看似不重要因而容易被忽视、实则真正起了作用的细节，在可能的限度内复原生活的真实过程。例如，托尔斯泰便如此复原了安娜走向自杀的过程。可是，正像昆德拉所说的，人们读小说就和读他们自己的生活一样不专心和不善读，往往也忽略了这些细节。因此，读者中十有八九仍然把安娜自杀的原因归结为她和渥伦斯基的爱情危机。

五、性与反浪漫主义

性与浪漫有不解之缘。性本身具有一种美化、理想化的力量，这至少是人们共通的青春期经验。仿佛作为感恩，人们又反转过来把性美化和理想化。一切浪漫主义者都是性爱的讴歌者，或者——诅咒者，倘若他们觉得自己被性的魔力伤害的话，而诅咒仍是以承认此种魔力为前提的。

现代小说在本质上是反浪漫主义的，这种"深刻的反浪漫主义"——如同昆德拉在谈到卡夫卡时所推测的——很可能来自对性的眼光的变化。昆德拉赞扬卡夫卡（还有乔伊斯）使性从浪漫激情的迷雾中走出，还原成了每个人平常和基本的生活现实。作为对照，他嘲笑劳伦斯[1]把性抒情化，用鄙夷的口气称他为"交欢的福音传教士"。

十九世纪初期的浪漫主义者并不直接讴歌性，在他们看来，性必须表现为情感的形态才能成为价值。在劳伦斯那里，性本身就是价值，是对抗病态的现代文明的唯一健康力量。对于卡夫卡以及昆德拉本人来说，性和爱情都不再是价值。这里的确发生着看性的眼光的重大变化，而如果杜绝了对性的抒情眼光，影响必是深远的，那差不多是消解了一切浪漫主义的原动力。

抒情化是一种赋予意义的倾向。如果彻底排除掉抒情化，性

---

[1] 此处指 D. H. 劳伦斯（David Herbert Lawrence，1885年—1930年），二十世纪英国小说家、批评家、诗人、画家。代表作《查泰莱夫人的情人》《儿子与情人》等，善于描写男女两性关系。

以及人的全部生命行为便只成了生物行为,暴露了其可怕的无意义性。甚至劳伦斯也清楚地看到了这种无意义性,他的查泰莱夫人一边和守猎人做爱,一边冷眼旁观,觉得这个男人的臀部的冲撞多么可笑。上帝造了有理智的人,同时又迫使他做这种可笑的姿势,未免太恶作剧。但守猎人的雄风终于征服了查泰莱夫人的冷静,把她脱胎成了一个妇人,使她发现了性行为本身的美。性曾因爱情获得意义,现代人普遍不相信爱情,在此情形下怎样肯定性,这的确是现代人所面临的一个难题。性制造美感又破坏美感,使人亢奋又使人厌恶,尽管无意义却丝毫不减其异常的威力,这是性与存在相关联的面貌。现代人在性的问题上的尴尬境遇乃是一个缩影,表明现代人在意义问题上的两难,一方面看清了生命本无意义的真相,甚至看穿了一切意义寻求的自欺性质,另一方面又不能真正安于意义的缺失。

对于上述难题,昆德拉的解决方法体现在这一命题中:任何无意义在意外中被揭示是喜剧的源泉。这是性的审美观的转折:性的抒情诗让位于性的喜剧,性被欣赏不再是因为美,而是因为可笑,自嘲取代两情相悦成了做爱时美感的源泉。在其小说作品中,昆德拉本人正是一个捕捉性的无意义性和喜剧性的高手。不过,我确信,无论他还是卡夫卡,都没有彻底拒绝性的抒情性。例如他激赏的《城堡》第三章,卡夫卡描写 K 和弗丽达在酒馆地板上长时间地做爱,K 觉得自己走进了一个比人类曾经到过的任何国度更远的奇异的国度,这种描写与劳伦斯式的抒情有什么本质不同呢？区别仅在于比例，在劳伦斯是基本色调的东西，在卡夫卡只是整幅画面上的一小块亮彩。然而，这一小块亮彩已经足以说明，寻求意义乃是人的不可磨灭的本性。

现代小说的特点之一是反对感情谎言。在感情问题上说谎，用夸张的言辞渲染爱和恨、欢乐和痛苦等，这是浪漫主义的通病。现代小说并不否认感情的存在，但对感情持一种研究的而非颂扬的态度。

昆德拉说得好：艺术的价值同其唤起的感情的强度无关，后者可以无需艺术。兴奋本身不是价值，有的兴奋很平庸。感情洋溢者的心灵往往是既不敏感也不丰富的，它动辄激动，感情如流水，来得容易去得也快，永远酿不出一杯醇酒。感情的浮夸必然表现为修辞的浮夸，企图用华美的词句掩盖思想的平庸，用激情的语言弥补感觉的贫乏。

不过，我不想过于谴责浪漫主义，只要它是真的。真诚的浪漫主义者——例如十九世纪初期的浪漫主义者——患的是青春期夸张病，他们不自觉地夸大感情，但并不故意伪造感情。在今天，真浪漫主义已经近于绝迹了，流行的是伪浪漫主义，煽情是它的美学，媚俗是它的道德，其特征是批量生产和推销虚假感情，通过传媒操纵大众的感情消费，目的纯粹是获取商业上的利益。

六、道德判断的悬置

人类有两种最根深蒂固的习惯，一是逻辑，二是道德。从逻辑出发，我们习惯于在事物中寻找因果联系，而对在因果性之外的广阔现实视而不见。从道德出发，我们习惯于对人和事做善恶的判断，而对在善恶的彼岸的真实生活懵然无知。这两种习惯都妨碍着我们研究存在，使我们把生活简单化，停留在生活的表面。

对小说家的两大考验：摆脱逻辑推理的习惯，摆脱道德判断的习惯。

逻辑解构和道德中立——这是现代小说与古典小说的分界线，也是现代小说与现代哲学的会合点。

看事物可以有许多不同的角度，道德仅是其中的一种，并且是相当狭隘的一种。存在本无善恶可言，善恶的判断出自一定的道德立场，归根到底出自维护一定社会秩序的需要。可是，这类判断已经如此天长日久，层层缠结，如同蛛网一样紧密附着在存在的表面。一个小说家作为存在的研究者，当然不该被这蛛网缠住，而应进入存在本身。写小说的前提是要有自由的眼光，不但没有禁区，凡存在的一切皆是自己的领地，而且拒绝独断，善于发现世间万事的相对性质。古往今来，在设置禁区和助长独断方面，道德起了最重要的作用。因此，唯有超脱于道德的眼光，才能以自由的眼光研究存在。在此意义上，昆德拉说：小说是"道德判断被悬置的领域"，把道德判断悬置，这正是小说的道德。

从小说的智慧看，随时准备进行道德判断的那种热忱乃是最可恨的愚蠢。安娜是一个堕落的坏女人，还是一个深情的好女人？渥伦斯基是不是一个自私的家伙？托尔斯泰不问自己这样的问题。聪明的读者也不问,问并且感到困惑的读者已经有点蠢了,而最蠢的则是问了并且做出断然回答的读者。昆德拉十分瞧不起卡夫卡的遗嘱执行人布洛德,批评他以及他开创的卡夫卡学把卡夫卡描绘成一个圣徒,从而把卡夫卡逐出了美学领域。某个卡夫卡学者写道:"卡夫卡曾为我们而生,而受苦。"昆德拉讥讽地反驳:"卡夫卡没有为我们受苦,他为我们玩了一通!"

世上最无幽默感的是道德家。小说家是道德家的对立面,他们发明了幽默。昆德拉的定义:"幽默:天神之光,世界揭示在它的道德的模棱两可中,将人暴露在判断他人时深深的无能为力中;幽默,为人间万事的相对性而陶醉,肯定世间无肯定而享奇乐。"

我们平时斤斤计较于事情的对错、道理的多寡、感情的厚薄,在一位天神的眼里,这种认真必定是很可笑的。小说家具有两方面的才能。一方面,他在日常生活中也难免认真,并且比一般人更善于观察和体会这种认真,细致入微地洞悉人心的小秘密。另一方面,作为小说家,他又能够超越于这种认真,把人心的小秘密置于天神的眼光下,居高临下地看出它们的可笑和可爱。

上帝死了,人类的一切失去了绝对的根据,哲学曾经为此而悲号。小说的智慧却告诉我们:你何不自己来做上帝,用上帝的眼光看一看,相对性岂不比绝对性好玩得多?那么,从前那个独断的上帝岂不是人类的赝品,是猜错了上帝的趣味?小说教我们在失去绝对性之后爱好并且享受相对性。

七、生活永远大于政治

对于诸如"伤痕文学""改革文学""流亡文学"之类的概念，我始终抱怀疑的态度。我不相信可以按照任何政治标准来给文学分类，不管充当标准的是作品产生的政治时期、作者的政治身份还是题材的政治内涵。我甚至怀疑这种按照政治标准归类的东西是否属于文学，因为真正的文学必定是艺术，而艺术在本质上是非政治的，是不可能从政治上加以界定的。

作家作为社会的一员，当然可以关心政治，参与政治活动。但是，当他写作时，他就应当如海明威所说，像吉卜赛人，是一个同任何政治势力没有关系的局外人。他诚然也可以描写政治，但他是站在文学的立场上，而不是站在政治的立场上这样做的。小说不对任何一种政治作政治辩护或政治批判，它的批判永远是存在性质的。奥威尔的《一九八四》被昆德拉称作"一部伪装成小说的政治思想"，因为它把生活缩减为政治，在昆德拉看来，这种缩减本身正是专制精神。对于一个作家来说，不论站在何种立场上把生活缩减为政治，都会导致取消文学的独立性，把文学变成政治的工具。

把生活缩减为政治——这是一种极其普遍的思想方式，其普遍的程度远超出人们自己的想象。我们曾经有过"突出政治"的年代，那个年代似乎很遥远了，但许多人并未真正从那个年代里走出。在这些人的记忆中，那个年代的生活除了政治运动，剩下的便是一片空白。苏联和东欧解体以后，那里的人们纷纷把在原体制下度过的岁月称作"失去的四十年"。在我们这里，类似的论调早已不胫而走。一个人倘若自己不对"突出政治"认同，他就一定会发现，在任何政治体制下，生活总有政治无法取代的内容。陀思妥耶夫斯基的《死屋手记》表明，甚至苦役犯也是在生活，而不仅仅是在受刑。凡是因为一种政治制度而叫喊"失去"生活的人，他真正失去的是那种思考和体验生活的能力，我们可以断定，即使政治制度改变，他也不能重获他注定要失去的生活。我们有权要求一个作家在任何政治环境中始终拥有上述那种看生活的能力，因为这正是他有资格作为一个作家存在的理由。

彼得堡恢复原名时，一个左派女人兴高采烈地大叫："不再有列宁格勒了！"这叫声传到了昆德拉耳中，激起了他深深的厌恶。我很能理解这种厌恶之情。我进大学时，正值中苏论战，北京大学的莘莘学子聚集在高音喇叭下倾听反修社论，为每一句铿锵有力的战斗言辞鼓掌喝彩。当时我就想，如果中苏的角色互换，高音喇叭里播放的是反教条主义社论，这些人同样也会鼓掌喝彩。事实上，往往是同样的人们先热烈祝福林副主席永远健康，继而又为这个卖国贼的横死大声欢呼。全盘否定毛泽东的人，多半是当年"誓死捍卫"的斗士。昨天还在鼓吹西化的人，今天已经要用儒学一统天下了。从一个极端跳到另一个极端，真正的原因不在受蒙蔽，也不在所谓形而上学的思想方法，而在一种永远追随时代精神的激情。昆德拉一针见血地指出，在其中支配着的是一种"审判的精神"，即根据一个看不见的法庭的判决

我们已经太习惯于用逻辑的方式理解生活，
正是这种方式使我们的真实生活从未进入我们的视野，
成为被永远遗忘的存在。

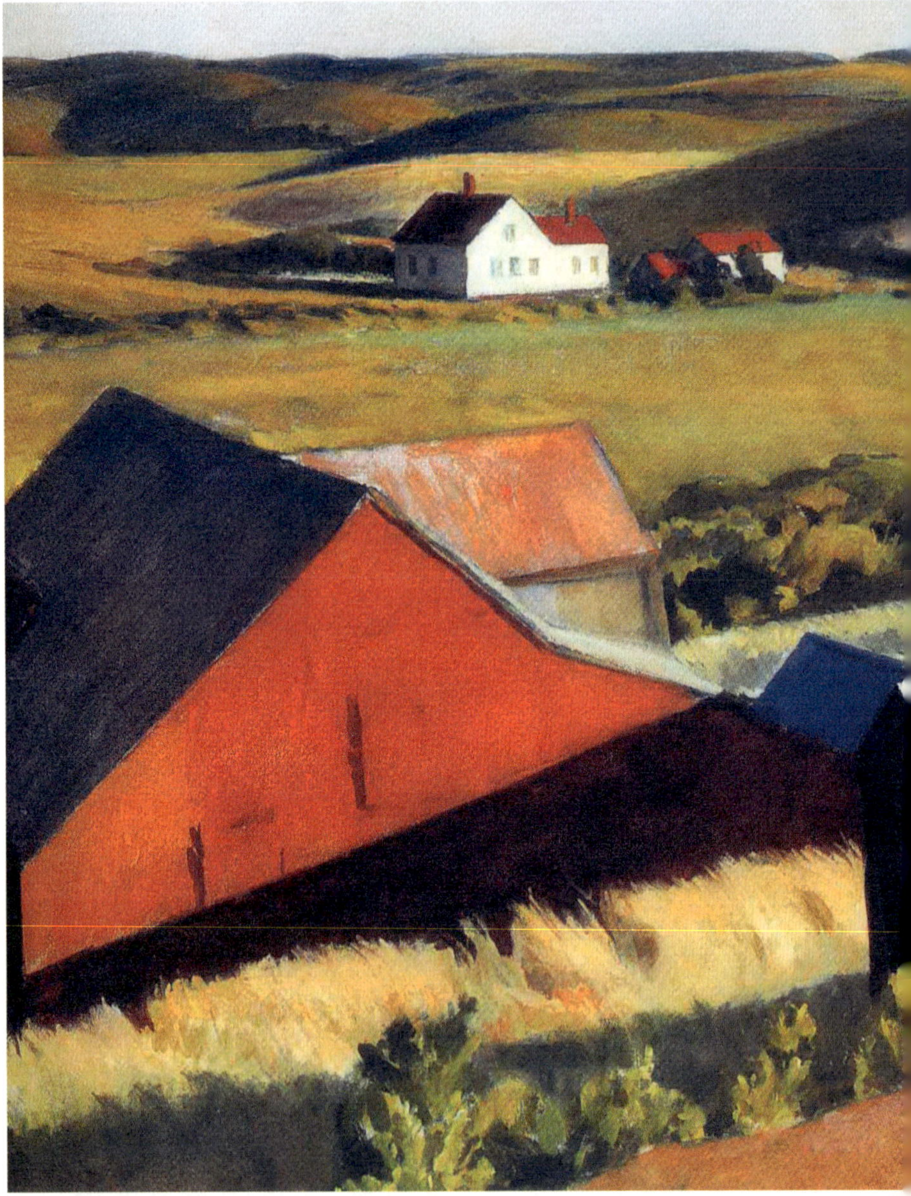

《柯布的谷仓与远处的房屋》

爱德华·霍珀,约1930年

一个不值得认真对待的人生，一个如此缺乏实质的人生，却要比一个责任重大、充满痛苦抉择的人生更加令人难以承受。

来改变观点。更深一步说，则在于个人的非个人性，始终没有真正属于自己的内心生活和存在体悟。

昆德拉对于马雅可夫斯基毫无好感，指出后者的革命抒情是专制恐怖不可缺少的要素，但是，当审判的精神在今天全盘抹杀这位革命诗人时，昆德拉却怀念起马雅可夫斯基的爱情诗和他的奇特的比喻了。"道路在雾中"——这是昆德拉用来反对审判精神的伟大命题。每个人都在雾中行走，看不清自己将走向何方。在后人看来，前人走过的路似乎是清楚的，其实前人当时也是在雾中行走。"马雅可夫斯基的盲目属于人的永恒境遇。看不见马雅可夫斯基道路上的雾，就是忘记了什么是人，忘记了我们自己是什么。"在我看来，昆德拉的这个命题是站在存在的立场上分析政治现象的一个典范。然而，审判的精神源远流长，持续不息。昆德拉举了一个最典型的例子：我们世纪最美的花朵——二三十年代的现代艺术——先后遭到了三次审判，纳粹谴责它是"颓废艺术"，共产主义政权批评它"脱离人民"，凯旋的资本主义又讥它为"革命幻想"。把一个人的全部思想和行为缩减为他的政治表现，把被告的生平缩减为犯罪录，我们对于这种思路也是多么驾轻就熟。我们曾经如此判决了胡适、梁实秋、周作人等人，而现在，由于鲁迅、郭沫若、茅盾在革命时代受过的重视，也已经有越来越多的人要求把他们送上审判革命的被告席。那些没有文学素养的所谓文学批评家，同时也是一些政治上的一孔之见者和偏执狂，他们永远也不会理解，一个曾经归附过纳粹的人怎么还可以是一个伟大的哲学家,而一个作家的文学创作又如何可以与他所卷入的政治无关,并且拥有更长久的生命。甚至列宁也懂得一切伟大作家的创作必然突破其政治立场的限制,可是这班自命反专制主义的法官还要审判列宁哩。

东欧解体后,昆德拉的作品在自己的祖国大受欢迎,他本人对此的感想是:"我看见自己骑在一头误解的毛驴上回到故乡。"在此前十多年,住在柏林的贡布罗维奇拒绝回到自由化气氛热烈的波兰,昆德拉表示理解,认为其真正的理由与政治无关,而是关于存在的。无论在祖国,还是在侨居地,优秀的流亡作家都容易被误解成政治人物,而他们的存在性质的苦恼却无人置理,无法与人交流。

关于这种存在性质的苦恼,昆德拉有一段诗意的表达:"令人震惊的陌生性并非表现在我们所追嬉的不相识的女人身上,而是在一个过去曾经属于我们的女人身上。只有在长时间远走后重返故乡,才能揭示世界与存在的根本的陌生性。"

非常深刻。和陌生女人调情,在陌生国度观光,我们所感受到的只是一种新奇的刺激,这种感觉无关乎存在的本质。相反,当我们面对一个朝夕相处的女人、一片熟门熟路的乡土、日常生活中一些自以为熟稔的人与事,突然产生一种陌生感和疏远感的时候,我们便瞥见了存在的令人震惊的本质了。此时此刻,我们一向借之生存的根据突然瓦解了,存在向我们展现了它的可怕的虚无本相。不过,这种感觉的产生无须借助于远走和重返,尽管距离的间隔往往会促成疏远化眼光的形成。

对于移民作家来说,最深层的痛苦不是乡愁,而是一旦回到故乡会产生的这种陌生感,并且这种陌生感一旦产生就不只是针对故乡的,也是针对世界和存在的。我们可以想象,倘若贡布罗维奇回到了波兰,当人们把他当作一位政治上的文化英雄而热烈欢迎的时候,他会感到多么孤独。

八、文学的安静

波兰女诗人维斯瓦娃·辛波斯卡获得1996年诺贝尔文学奖之后,该奖的前一位得主——爱尔兰诗人希尼写信给她,同情地叹道:"可怜的、可怜的维斯瓦娃。"而维斯瓦娃也真的觉得自己可怜,因为她从此不得安宁了,必须应付大量来信、采访和演讲。她甚至希望有个替身代她抛头露面,使她可以回到隐姓埋名的正常生活中去。

维斯瓦娃的烦恼属于一切真正热爱文学的成名作家。作家对于名声当然不是无动于衷的,他既然写作,就不能不关心自己的作品是否被读者接受。但是,对于一个真正的作家来说,成为新闻人物却是一种灾难。文学需要安静,新闻则追求热闹,两者在本性上是互相敌对的。福克纳称文学是"世界上最孤寂的职业",写作如同一个遇难者在大海上挣扎,永远是孤军奋战,谁也无法帮助一个人写他要写的东西。这是一个真正有自己的东西要写的人的心境,这时候他渴望避开一切人,全神贯注于他的写作。他遇难的海域仅仅属于他自己,他必须自己救自己,任何外界的喧哗只会导致他的沉没。当然,如果一个人并没有自己真正要写的东西,他就会喜欢成为新闻人物。对于这样的人来说,文学不是生命的事业,而只是一种表演和姿态。

我不相信一个好作家会是热衷于交际和谈话的人。据我所知,最好的作家都是一些交际和谈话的节俭者,他们为了写作而吝于交际,为了文字而节省谈话。他们懂得孕育的神圣,在作品写出之前,忌讳向人谈论酝酿中的作品。凡是可以写进作品的东西,他们不愿把它们变成言谈而白白流失。维斯瓦娃说她一生只做过三次演讲,每次都备受折磨。海明威在诺贝尔授奖仪式上的书面发言仅一千字,其结尾是:"作为一个作家,我已经讲得太多了。作家应当把自己要说的话写下来,而不是讲出来。"福克纳拒绝与人讨论自己的作品,因为:"毫无必要。我写出来的东西要自己中意才行,既然自己中意了,就无须再讨论,自己不中意,讨论也无济于事。"相反,那些喜欢滔滔不绝地谈论文学、谈论自己的写作打算的人,多半是文学上的低能儿和失败者。

好的作家是作品至上主义者,就像福楼拜所说,他们是一些想要消失在自己作品后面的人。他们最不愿看到的情景就是自己成为公众关注的人物,作品却遭到遗忘。因此,他们大多都反感别人给自己写传。海明威讥讽热衷于为名作家写传的人是"联邦调查局的小角色",他建议一心要写他的传记的菲利普·扬去研究死去的作家,而让他"安安静静地生活和写作"。福克纳告诉他的传记作者马尔科姆·考利："作为一个不愿抛头露面的人，我的雄心是要退出历史舞台，从历史上销声匿迹，死后除了发表的作品外，不留下一点废物。"昆德拉认为，卡夫卡在临死前之所以要求毁掉信件，是耻于死后成为客体。可惜的是，卡夫卡的研究者们纷纷把注意力放在他的生平细节上，而不是他的小说艺术上，昆德拉对此评论道："当卡夫卡比约瑟夫·K更引人注目时，卡夫卡即将死亡的进程便开始了。"

在研究作家的作品时，历来有作家生平本位和作品本位之争。十九世纪法国批评家圣伯夫[1]是前者的代表，他认为作家生平是作品形成的内在依据，因此不可将作品同人分开，必须收集有关作家的一切可能的资料，包括家族史、早期教育、书信、知情人的回忆等等。在自己生前未发表的笔记中，普鲁斯特对当时占统治地位的这种观点做了精彩的反驳。他指出，作品是作家的"另一个自我"的产物，这个"自我"不仅有别于作家表现在社会上的外在自我，而且唯有排除了那个外在自我，才能显身并进入写作状态。圣伯夫把文学创作与谈话混为一谈，热衷于打听一个作家发表过一些什么见解，而其实文学创作是在孤独中、在一切谈话都沉寂下来时进行的。一个作家在对别人谈话时只不过是一个上流社会人士，只有当他仅仅面对自己、全力倾听和表达内

---

[1] 查尔斯-奥古斯汀·圣伯夫（Charles A. Sainte-Beuve, 1804年—1869年），法国文学评论家，将传记方式引入文学批评的第一人。他认为了解一位作者的性格以及成长环境对理解其作品有重要意义。

心真实的声音之时，亦即只有当他写作之时，他才是一个作家。因此，作家的真正的自我仅仅表现在作品中，而圣伯夫的方法无非是要求人们去研究与这个真正的自我毫不相干的一切方面。

不管后来的文艺理论家们如何分析这两种观点的得失，一个显著的事实是，几乎所有第一流的作家都本能地站在普鲁斯特一边。海明威简洁地说："只要是文学，就不用去管谁是作者。"昆德拉则告诉读者，应该在小说中寻找存在中而非作者生活中的某些不为人知的方面。对于一个严肃的作家来说，他生命中最严肃的事情便是写作，他把他最好的东西都放到了作品里，其余的一切已经变得可有可无。因此，毫不奇怪，他绝不愿意作品之外的任何东西来转移人们对他的作品的注意，反而把他的作品看作可有可无，宛如——借用昆德拉的表达——他的动作、声明、立场的一个阑尾。

然而，在今天，作家中还有几人仍能保持着这种迂腐的严肃？将近两个世纪前，歌德已经抱怨新闻对文学的侵犯："报纸把每个人正在做的或者正在思考的都公之于众，甚至连他的打算也置于众目睽睽之下。"其结果是使任何事物都无法成熟，每一时刻都被下一时刻所消耗，根本无积累可言。歌德倘若知道今天的情况，他该知足才是。我们时代的鲜明特点是文学向新闻的蜕变，传媒的宣传和炒作几乎成了文学成就的唯一标志，作家们不但不以为耻，反而争相与传媒调情。新闻记者成了指导人们阅读的权威，一个作家如果未在传媒上亮相，他的作品就必定默默无闻。文学批评家也只是在做着新闻记者的工作，如同昆德拉所说，在他们手中，批评不再以发现真正有价值的作品及其价值所在为己任，而是变成了"简单而匆忙的关于文学时事的信息"。其中更有哗众取宠之辈，专以危言耸听、制造文坛新闻事件为能事。在这样一个浮躁的时代，文学的安静已是过时的陋习，或者——但愿我不是过于乐观——只成了少数不怕过时的作家的特权。

九、结构的自由和游戏精神

关于小说的形式，昆德拉最推崇的是拉伯雷[1]的传统，他把这一传统归纳为结构的自由和游戏精神。他认为，当代小说家的任务是将拉伯雷式的自由与结构的要求重新结合，既把握真正的世界，同时又自由地游戏。在这方面，卡夫卡和托马斯·曼堪为楷模。作为一个外行，我无意多加发挥，仅限于转述他所提及的以下要点：

主题——关于存在的提问——而非故事情节成为结构的线索。不必构造故事。人物无姓名，没有一本户口簿。

主题多元，一切都成为主题，不存在主题与桥、前景与背景的区别，诸主题在无主题性的广阔背景前展开。背景消失，只有前景，如立体画。无需桥和填充，不必为了满足形式及其强制性

---

1 弗朗索瓦·拉伯雷（Francois Rabelais，约1494年—1553年），文艺复兴时期法国人文主义作家之一，主要著作为长篇小说《巨人传》。

而离开小说家真正感兴趣的东西。

游戏精神,非现实主义。小说家有离题的权利,可以自由地写使自己入迷的一切,从多角度开掘某个关于存在的问题。提倡将文论式思索并入小说的艺术。

为了证明小说形式方面的上述探索方向的现代性,我再转抄一位法国作家和一位中国作家的证词。这些证词是我偶然读到的,它们与昆德拉的文论肯定没有直接的联系,因而更具证明的效力。

法国作家玛格丽特·杜拉斯说:"写作并不是叙述故事。是叙述故事的反面。是同时叙述一切。是叙述一个故事同时又叙述这个故事的空无所有。是叙述由于一个故事不在而展开的故事。"

中国作家韩东说,他不喜欢把假事写真,即小说习惯的那种编故事的方式,而喜欢把真事写假。出发点是事实和个人经验,但那不是目的。"我的目的是假,假的部分即越出新闻真实的部分是文学的意义所在。"

附带说一句,读到韩东这一小段话时我感到了一种惊喜,并且立即信任了他,相信他是一个好的小说家——我所说的"好",不限于,但肯定包括艺术上严肃的含义。也就是说,不管他的小说怎样貌似玩世不恭,我相信他是一个严肃的小说艺术家。

沉重的轻：虚无与偶然

读小说是我的一个享受，写小说是我的一个梦。许多日子里，忙于分内分外的功课，享受久违，梦也始终只是梦。最近生病，自己放自己的假，破了读小说的戒。读得最有滋味的是移居法国的捷克作家昆德拉的《生命中不能承受之轻》，不但获得享受，而且觉得技痒，愈发做起写小说的梦了。

我喜欢哲学和诗，但我越来越感到，真正哲学式的体悟，那种对人生的形而上体悟，不是哲学命题所能充分表达的。真正诗意的感觉，那种不可还原的一次性感觉，也不是诗句所能充分表达的。唯有把两者放到适当情境之中，方可表达得充分，而这就要求助于小说。当然，小说形形色色，写法迥异。我想写的小说，就是设计出一些情境和情境之组合，用它们来烘托、联结、贯通我生命中那些最深沉的终极体悟和最微妙的瞬时感觉，使之融为一个整体。读了昆德拉的小说，我发现它极为接近我的设想。不过既然读了，我知道我会写得与它极为不同。我相信，小说的可能性远未穷尽。

昆德拉这部小说的题目看似令人费解，其实表达了一种万古常新的人生体悟。The Unbearable Lightness of Being 直译应是"不能承受的存在之轻"，"存在"指人生的实质。人生的实质很轻很轻，像影子一样没有分量，使人不能承受。小说的这个主旋律用种种精微的感觉符号弹奏出来，在我们心中回荡不已。

面对人生的重大抉择，芸芸众生不过是被环境、欲念、利益等一时的因素推着走，唯有少数人怀着贝多芬式"非如此不可"的决心，从一种坚定的信念出发作出决断。有大使命感的人都具有形而上的信念，相信自己的生命与种族、历史、宇宙整体有着内在的联系。可是，一个像托马斯大夫那样的人，他的心智远远超出芸芸众生，甚至可以说他具有某种形而上的气质。但具有形而上气质的人未必就具有形而上的信念，他清醒地知道生命只有一次，不存在任何形式的永恒，包括尼采式的"永恒轮回"。像这样一个人，他既不能随波逐流，又不能衔命独行，就不免要陷入难堪的困境了。托马斯常常沉思一句德国谚语：Einmal ist keinmal。这就是说，只活一次等于一次也没有活。既然生命属于我们只有一次，我们就无法通过比较来检验人生的选择孰好孰坏。对于我们来说，生活是一场永远不能成为正式演出的彩排，一张永远不能成为正式作品的草图。使命感的解除使托马斯领略到了凡夫俗子一向所享受的轻松，但同时他又感到不能承受这种轻松。轻松只是假象，背后掩藏着人生的轻飘虚幻，凡夫俗子感觉不到这一点，托马斯感觉到了。这种感觉败坏了人生中每一个美妙的瞬间，使它们丧失了全部意义。譬如说，当乡间女招待特丽莎像一个被放在树脂涂覆的草筐里的孩子，顺水漂来他的床榻之岸，进入他的生活之时，他曾经跪在床上，望着重病沉睡的她，突然强烈地意识到自己不能比她后死，得躺在她身边，与她一同赴死。那个瞬间是美妙的。但是，事后一追思此种情感的根据，他就茫然失措了。爱，同情，责任，事业，理想，凡此种种平时赋予生命以意义，使我们感到精神的充实，一旦我们想到生命只有一次，明日不复存在，就茫然不知它们为何物了。人生抉择往往把我们折磨得要死要活，倘若我们想到所有这些抉择都将随我们的生命一同永远消逝，不留下任何痕迹，就会觉得不值得如此认真地对待它们了。然而，一个不值得认真对待的人生，一个如此缺乏实质的人生，却要比一个责任重大、充满痛苦抉择的人生更加令人难以承受。

地球上人类的生存，人类中每一个体的生存，本身即是一个偶然，而在这偶然的生存中，又是种种偶然的机遇决定了人的命运。这是人生缺乏实质的又一表现。我们不能说托马斯对偶然性抱有偏见，相反，他是一个善于欣赏偶然性之魅力的审美高手。当他与女人做爱时，他迷恋的是"那个使每个女人做爱时异于他人的百万分之一部分"。当他堕入情网时，他欣慰的是"爱情处于'非如此不可'的规则之外"。关于机遇，昆德拉有一段精彩的议论:"人的生活就像作曲。各人为美感所导引,把一件件偶发事件转换为音乐动机,然后,这个动机在各人生活的乐曲中取得一个永恒的位置。"忽视机遇,就会"把美在生活中应占的地位给剥夺得干干净净"。可是,尽管如此,昆德拉笔下的托马斯仍然为机遇支配命运感到不安。当他因为挂念特丽莎而从苏黎世返回苏军占领下的布拉格之时,这种不安就占据着他的心灵。七年前,特丽莎家乡的医院碰巧发现一个复杂病例,请布拉格医院的主治大夫去会诊。可主治大夫碰巧坐骨神经痛,派托马斯代替他。这个镇子有几个旅馆,托马斯碰巧被安排在特丽莎工作的旅馆里,又碰巧在走之前闲待在旅馆餐厅里。其时特丽莎碰巧当班又碰巧为托马斯服务。正是这六个碰巧的机遇使托马斯结识了特丽莎。现在,这个绝对偶然性的化身又使他作出了事关命运的重大决定,并且正躺在他身边酣睡着。此时此刻,他只感觉到一种忧郁和失望。正像永恒轮回的人生太沉重,仅有一次的人生又太轻飘一样,受必然性支配的人生太乏味,受偶然性支配的人生又太荒诞。机遇以它稍纵即逝的美诱惑着我们,倘若没有机遇,人生就太平淡无奇了。可是一旦我们抓住了机遇,机遇也就抓住了我们,人生的轨迹竟然由一个个过眼烟云的机遇来确定。在人生中,只有死是必然的,其余一切均属偶然。当然,这不是指吃喝拉撒之类的生物学法则,而是指决定每个人生命意义的特殊事件,它们是由一连串偶然的机会凑成的。不但作为归宿的虚无,而且作为过程的偶然,都表明了人生实质之轻,轻得令人不能承受。

　　托马斯的情妇、女画家萨宾娜由不同的途径也体悟到了人生实质的令人不能承受之轻，她最厌恶的是媚俗。按照昆德拉的解释，媚俗起源于无条件地认同生命存在，由于对生命存在的基础是什么意见不一，又分出各种不同的媚俗，如宗教媚俗、政治媚俗等等。说得明白些，媚俗就是迎合公众的趣味，煞有介事地把某种公认的价值奉为人生寄托。譬如，萨宾娜因为痛恨苏军入侵而移居法国，可是，当她在巴黎参加抗议苏军入侵捷克的游行时，她又觉得自己受不了这种游行。她认为，在所有的占领和入侵背后，潜在着更本质更普遍的邪恶，这邪恶的形象就是人们举着拳头、众口一声地喊着同样的口号齐步游行。这是媚俗的典型形象。为了逃避媚俗，萨宾娜背叛了一切公认的价值——爱情、家庭，乃至国家，走到了虚空。她不曾想到，但是终于发现，这空无所有，这不能承受的存在之轻，竟是她一切背叛的目标所在。像萨宾娜这样极其敏感的心灵往往有一种洁癖和自由癖，不能忍受任何公共化的东西，视一般人心目中的精神寄托为精神枷锁。可是，正如昆德拉所说："我们中间没有一个超人，强大得足以完全逃避媚俗。无论我们如何鄙视它，媚俗都是人类境况的一个组成部分。"拒绝一切人生寄托，其结果只能是割断与人生的一切联系。一个人真诚到这般地步，就不再有继续活下去的必要和可能了。所以，萨宾娜后来在美国与一对老人为伴，从家庭的幻象中获得了少许寄托，同时也就向她所厌恶的媚俗作了小小的让步。

　　关于这部小说可写的东西还很多，对它所传达的体悟和感觉逐一加以讨论，也许是一件有趣的事。不过我又想，倘若能用自己的小说来传达自己的人生体悟和感觉，无疑是完成这一讨论的更令人满意的方式。一部小说使人读了自己也想写一部，我要说它是成功的。

灵魂的在场

现代生活的特点之一是灵魂的缺席。它表现在各个方面，例如使人不得安宁的快节奏，远离自然，传统的失落，环境的破坏，人与人之间亲密关系的丧失，等等。痛感于此，托马斯·摩尔[1]把关涉灵魂生活的古今贤哲的一些言论汇集起来，编成了这本《心灵地图》。书的原题是《灵魂的教育》，可见是作为一本灵魂的教科书来编著的。作者在前言中说："我们这个时代的最大问题是训示太多，教育太少。"在他看来，教育应是一门引导人的潜能的艺术，在最深层次上则是一门诱使灵魂从其隐藏的洞穴中显露出来的艺术。我的理解是，教育的本义是唤醒灵魂，使之

---

[1] 托马斯·摩尔（Thomas Moore，1478年—1535年），美国心理学家，他以荣格心理学和原型心理学、古代神话、西方文艺传统为主题从事演讲和写作，在欧美地区颇负盛名。作品被翻译成30多种语言，其中《心灵地图》《晚年优雅》是脍炙人口的畅销佳作。

在人生的各种场景中都保持在场。那么，相反，倘若一个人的灵魂总是缺席，不管他多么有学问或多么有身份，我们仍可把他看作一个没有受过教育的蒙昧人。

关于什么是灵魂，费奇诺[1]有一个说法，认为它是联结精神和肉体的中介。荣格也有一个说法，认为精神试图超越人性，灵魂则试图进入人性。这两种说法都很好，加以延伸，我们不妨把灵魂定义为普遍性的精神在个体的人身上的存在，或超越性的精神在人的日常生活中的存在。一个人无论怎样超凡脱俗，总是要过日常生活的，而日常生活又总是平凡的。所以，灵魂的在场未必表现为隐居修道之类的极端形式，在绝大多数情形下，恰恰是表现为日常生活中的精神追求和精神享受。这就是作者所说的"平凡的神圣"之含义。他说得对："能够真正享受普通生活并不是一件容易的事。"尤其是在今天，日常生活变成了无休止的劳作和消费，那本应是享受之主体的灵魂往往被排挤得没有容足之地了。

日常生活是包罗万象的，就本书涉及的内容而言，我比较关注这几个方面：工作与闲暇，自然与居住，孤独与交流。在所有这些场合，生活的质量都取决于灵魂是否在场。

在时间上，一个人的生活可分为两部分，即工作与闲暇。最

---

[1] 马里奥·费奇诺（Marsilio Ficino，1433年—1499年），文艺复兴时期欧洲学者。他对柏拉图和其他希腊作家的著作的拉丁语翻译，为文艺复兴人文主义学术确立了卓越的标准。

理想的工作是那种能够体现一个人的灵魂的独特倾向的工作。正如作者所说:"当我们灵魂中独特的一面与我们所从事的工作相融合时,我们发现木性与勤奋结出的是甜蜜的果实,它可以医好一切创伤。"当然,远非所有的人都能从事自己称心的职业,但是我始终相信,一个人只要真正优秀,他就多半能够突破职业的约束,对于他来说,他的心血所倾注的事情才是他的真正的工作,哪怕是在业余所为。同时,我也赞成这样的标准:一个人的工作是否值得尊敬,取决于他完成工作的精神而非行为本身。这就好比造物主在创造万物之时,是以同样的关注之心创造一朵野花、一只小昆虫或一头巨象的。无论做什么事情,都力求尽善尽美,并从中获得极大的快乐,这样的工作态度中的确蕴含着一种神性,不是所谓职业道德或敬业精神所能概括的。关于闲暇,我在这里只想指出一点:度闲的质量亦应取决于灵魂所获得的愉悦,没有灵魂的参与,再高的消费也只是低质量地消度了宝贵的闲暇时间。

在空间上,可以把环境划分为自然和人工两种类型。如果说自然是灵魂的来源和归宿,那么,人工建筑的屋宇就应该是灵魂在尘世的家园。作者强调,无论是与自然,还是与人工的建筑,都应该有一种亲密的关系。在一个关注灵魂的人眼中,自然中的一丘一壑、一草一木,都有着自己的生命和故事。同样,家居中的简单小事,诸如为门紧一根螺钉,擦干净一块玻璃,都会给屋子注入生命,使人对家产生更亲密的感觉。空间具有一种神圣性，但现代人对此已经完全陌生了。对于过去许多世代的人来说，不但人在屋宇之中，屋宇也在人之中，它们是历史和记忆，血缘和信念。正像黑格尔诗意地表达的那样："旧建筑在歌唱。"可是现在，人却迷失在了高楼的迷宫之中，不管我们为装修付出了多少金钱和力气，屋宇仍然是外在于我们的，我们仍然是居无定所的流浪者。

说到人与人的关系，则不外是孤独和社会交往两种状态。交往包括婚姻和家庭，也包括友谊、邻里以及更广泛的人际关系。令作者担忧的也是人与人之间的亲密关系的消失。譬如说，论及婚姻问题，从前的大师们关注的是灵魂，现在的大师们却大谈心理分析和治疗。书信、日记、交谈——这些亲切的表达方式是更适合于灵魂需要的，现在也已成为稀有之物，而被公关之类的功利行动或上网之类的虚拟社交取代了。应该承认，现代人是孤独的。但是，由于灵魂的缺席，这种孤独就成了单纯的惩罚。相反，对于珍惜灵魂生活的人来说，如同默顿[1]所说，孤独却应该是"生活的必需品"。或者，用蒂利希的话表述，人人都离不开一种广义的宗教，这种宗教就是对寂寞的体验。

我把自己读这本书时的感想写了下来。说到这本书本身，我的印象是，作者大约也是一位心理分析的信徒，因此，把荣格、

---

[1] 托马斯·默顿（Thomas Merton，1915年—1968年），美国作家及天主教特拉普派修道士。

希尔曼[1]这样的心理分析家的言论选得多了一些。在我看来，还有许多贤哲说过一些中肯得多也明白得多的话语，那是更值得选的。不过，对此我无意苛责。事实上，不同的人来编这样的书，编成的面貌必定是很不同的。我希望自己有一天也来编一本心灵书。我还希望每一个关注灵魂的人都来编一本他自己的心灵书。说到底，每一个人的灵魂教育都只能是自我教育。

---

[1] 詹姆斯·希尔曼（James Hillman，1926年—2011年），美国心理学家，深度心理学重要的代表人物之一。他创建了以灵魂为基础的原型心理学，被誉为美国最具活力和最具独创性的心理学家。

活着写作是多么美好

一

我爱读作家、艺术家写的文论甚于理论家、批评家写的文论。当然，这里说的作家和理论家都是指够格的。我不去说那些写不出作品的低能作者写给读不懂作品的低能读者看的作文原理之类，这些作者的身份是理论家还是作家，真是无所谓的。好的作家文论能唤起创作欲，这种效果，再高明的理论家往往也无能达到。在作家文论中，帕乌斯托夫斯基的《金蔷薇》又属别具一格之作，它诚如作者所说是一本论作家劳动的札记，但同时也是一部优美的散文集。书中云："某些书仿佛能迸溅出琼浆玉液，使我们陶醉，使我们受到感染，敦促我们拿起笔来。"此话正可以用来说它自己。这本谈艺术创作的书本身就是一件精美的艺术作品，它用富有魅力的语言娓娓谈论着语言艺术的魅力。传递给我们的不只是关于写作的知识或经验，而首先是对美、艺术、写作的热爱。它使人真切感到：活着写作是多么美好！

二

回首往事，谁不缅怀童年的幸福？童年之所以幸福，是因为那时候我们有最纯净的感官。在孩子眼里，世界每一天都是新的，样样事物都罩着神奇的色彩。正如作者所说，童年时代的太阳要炽热得多，草要茂盛得多，雨要大得多，天空的颜色要深得多，周围的人要有趣得多。孩子好奇的目光把世界照耀得无往而不美。孩子是天生的艺术家，他们的感觉尚未受功利污染，也尚未被岁月钝化。也许，对世界的这种新鲜敏锐的感觉已经是日后创作欲的萌芽了。

然后是少年时代，情心初萌，醉意荡漾，沉浸于一种微妙的心态，觉得每个萍水相逢的少女都那么美丽。羞怯而又专注的眼波，淡淡的发香，微启的双唇中牙齿的闪光，无意间碰到的冰凉的手指，这一切都令人憧憬爱情，感到一阵甜蜜的惆怅。那是一个几乎人人都曾写诗的年龄。

但是，再往后情形就不同了。"诗意地理解生活，理解我们周围的一切——是我们从童年时代得到的最可贵的礼物。要是一个人在成年之后的漫长的冷静岁月中，没有丢失这件礼物，那么他就是个诗人或者作家。"可惜的是，多数人丢失了这件礼物。也许是不可避免的，匆忙的实际生活迫使我们把事物简化、图式化，无暇感受种种细微差别。概念取代了感觉，我们很少看、听

- 171 -

和体验。当伦敦居民为了谋生而匆匆走过街头时,哪有闲心去仔细观察街上雾的颜色?谁不知道雾是灰色的!直到莫奈到伦敦把雾画成了紫红色的,伦敦人才始而愤怒,继而吃惊地发现莫奈是对的,于是称他为"伦敦雾的创造者"。

一个艺术家无论在阅历和技巧方面如何成熟,在心灵上都永是孩子,不会失去童年的清新直觉和少年的微妙心态。他也许为此要付出一些代价,例如在功利事务上显得幼稚笨拙。然而,有什么快乐比得上永远新鲜的美感的快乐呢?即使那些追名逐利之辈,偶尔回忆起早年曾有过的"诗意地理解生活"的情趣,不也会顿生怅然若失之感吗?蒲宁[1]坐在车窗旁眺望窗外渐渐消融的烟影,赞叹道:"活在世上是多么愉快呀!哪怕只能看到这烟和光也心满意足了。我即使缺胳膊断腿,只要能坐在长凳上望太阳落山,我也会因而感到幸福的。我所需要的只是看和呼吸,仅此而已。"的确,蒲宁是幸福的,一切对世界永葆新鲜美感的人都是幸福的。

三

自席勒以来,好几位近现代哲人主张艺术具有改善人性和社会的救世作用。对此当然不应作浮表的理解,简单地把艺术当作

---

[1] 伊凡·亚历克塞维奇·蒲宁(Ivan Alekseevitch Bunin,1870年—1953年),俄国作家。主要作品有诗集《落叶》,短篇小说《安东诺夫的苹果》《松树》《新路》,中篇小说《乡村》《米佳的爱情》等。

宣传和批判的工具。但我确实相信，一个人，一个民族，只要爱美之心犹存，就总有希望。相反，"哀莫大于心死"，倘若对美不再动心，那就真正无可救药了。

据我观察，对美敏感的人往往比较有人情味，在这方面迟钝的人则不但性格枯燥，而且心肠多半容易走向冷硬。民族也是如此，爱美的民族天然倾向自由和民主，厌恶教条和专制。对土地和生活的深沉美感是压不灭的潜在的生机，使得一个民族不会长期忍受僵化的政治体制和意识形态，迟早要走上革新之路。

帕乌斯托夫斯基擅长用信手拈来的故事，尤其是大师生活中的小故事，来说明这一类艺术的真理。有一天，安徒生在林中散步，看到那里长着许多蘑菇，便设法在每一朵蘑菇下边藏了一件小食品或小玩意儿。次日早晨，他带守林人七岁的女儿走进这片树林。当孩子在蘑菇下发现这些意想不到的小礼物时，眼睛里燃起了难以形容的惊喜。安徒生告诉她，这些东西是地精藏在那里的。

"您欺骗了天真的孩子！"一个耳闻此事的神父愤怒地指责。

安徒生答道："不，这不是欺骗，她会终生记住这件事的。我可以向您担保，她的心绝不会像那些没有经历过这则童话的人那样容易变得冷酷无情。"

在某种意义上，美、艺术都是梦。但是，梦并不虚幻，它对人心的作用和它在人生中的价值完全是真实的。弗洛伊德早已阐明，倘没有梦的疗慰，人人都非患神经官能症不可。帕氏也指出,对想象的信任是一种巨大的力量,渊源于生活的想象有时候会反过来主宰生活。不妨设想一下,倘若彻底排除掉梦、想象、幻觉的因素,世界不再有色彩和音响,人心不再有憧憬和战栗,生命还有什么意义?帕氏谈到,人人都有存在于愿望和想象之中的、未在现实生活中得到实现的"第二种生活"。应当承认,这"第二种生活"并非无足轻重。说到底,在这世界上,谁的经历不是平凡而又平凡?内心经历的不同才在人与人之间铺设了巨大的鸿沟。《金蔷薇》中那个老清扫工夏米的故事是动人的,他怀着异乎寻常的温情,从银匠作坊的尘土里收集金粉,日积月累,终于替他一度抚育过的苏珊娜打了一朵精致的金蔷薇。小苏珊娜曾经盼望有人送她这样一朵金蔷薇,可这时早已成年,远走他乡,不知去向。夏米悄悄地死去了,人们在他的枕头下发现了用天蓝色缎带包好的金蔷薇,缎带皱皱巴巴,发出一股耗子的臊味。不管夏米的温情如何没有结果,这温情本身已经足够伟大。一个有过这番内心经历的夏米,当然不同于一个无此经历的普通清扫工。在人生画面上,梦幻也是真实的一笔。

四

作为一个作家,帕氏对于写作的甘苦有真切的体会。我很喜欢他谈论创作过程的那些篇章。

创作过程离不开灵感。所谓灵感,其实包括两种不同状态。一是指稍纵即逝的感受、思绪、意象等的闪现,或如帕氏所说,

"不落窠臼的新的思想或新的画面像闪电似的从意识深处迸发出来"。这时必须立即把它们写下来,不能有分秒的耽搁,否则它们会永远消逝。这种状态可以发生在平时,便是积累素材的良机;也可以发生在写作中,便是文思泉涌的时刻。另一是指预感到创造力高涨而产生的喜悦,屠格涅夫称之为"神的君临",阿·托尔斯泰[1]称之为"涨潮"。这时候会有一种欲罢不能的写作冲动,尽管具体写些什么还不清楚。帕氏形容它如同初恋,心由于预感到即将有奇妙的约会,即将见到美丽的明眸和微笑,即将作欲言又止的交谈而怦怦跳动。也可以说好像踏上一趟新的旅程,为即将有意想不到的幸福邂逅,即将结识陌生可爱的人和地方而欢欣鼓舞。

灵感不是作家的专利,一般人在一生中多少都有过新鲜的感受或创作的冲动,但要把灵感变成作品绝非易事,而作家的甘苦正在其中。老托尔斯泰[2]说得很实在:"灵感就是突然显现出你所能做到的事。灵感的光芒越是强烈,就越是要细心地工作,去实现这一灵感。"帕氏举了许多大师的例子说明实现灵感之艰难。

---

[1] 阿列克赛·尼古拉耶维奇·托尔斯泰(Alexei Nikolayevich Tolstoy,1883年—1945年),俄国作家,在俄国文学史上又称"小托尔斯泰"。代表作有诗集《抒情集》《蓝色河流后面》,中篇小说集《伏尔加河左岸》,长篇小说《跛老爷》等。

[2] 此处指列夫·尼古拉耶维奇·托尔斯泰(Leo Nikolayevich Tolstoy,1828年—1910年),俄国批判现实主义作家、思想家,哲学家,代表作有《战争与和平》《安娜·卡列尼娜》《复活》等。

福楼拜写作非常慢，为此苦恼不堪地说："这样写作品，真该打自己耳光。"陀思妥耶夫斯基发现，他写出来的作品总是比构思时差，便叹道："构思和想象一部小说，远比将它遣之笔端要好得多。"帕氏自己也承认："世上没有任何事情比面对素材一筹莫展更叫人难堪，更叫人苦恼的了。"一旦进入实际的写作过程，预感中奇妙的幽会就变成了成败未知的苦苦追求，诱人的旅行就变成了前途未卜的艰苦跋涉。赋予飘忽不定的美以形式，用语言表述种种不可名状的感觉，这一使命简直令人绝望。勃洛克针对莱蒙托夫说的话适用于一切诗人："对子虚乌有的春天的追寻，使你陷入愤激若狂的郁闷。"海涅每次到罗浮宫，都要一连好几个小时坐在维纳斯雕像前哭泣。他怎么能不哭泣呢？美如此令人心碎，人类的语言又如此贫乏无力……

然而，为写作受苦终究是值得的。除了艺术，没有什么能把美留住。除了作品，没有什么能把灵感留住。普里什文有本事把每一片飘零的秋叶都写成优美的散文，落叶太多了，无数落叶带走了他来不及诉说的思想。不过，他毕竟留住了一些落叶。正如费特[1]的诗所说："这片树叶虽已枯黄凋落，但是将在诗歌中发出永恒的金光。"一切快乐都要求永恒，艺术家便是呕心沥血要使瞬息的美感之快乐常驻的人，他在创造的苦役中品味到了造物主

---

[1] 费特·阿法纳西·阿法纳西耶维奇（Afanasy Afanasyevich Fet，1820年—1892年），俄国抒情诗人，其诗音调优美。他反对诗歌为社会服务，认为诗歌应该表现美，不应该过问现实生活。

的欢乐。

五

在常人看来,艺术与爱情有着不解之缘。唯有艺术家自己明白,两者之间还有着不可调和的冲突,他们常常为此面临两难的抉择。

在从威尼斯去维罗纳的夜行驿车里,安徒生结识了热情而内向的埃列娜,埃列娜默默爱上了这位其貌不扬的童话作家。翌日傍晚,安徒生忐忑不安地走进埃列娜在维罗纳的寓所,然而不是为了向他同样也钟情的这个女子倾诉衷肠,而是为了永久地告别。他不相信一个美丽的女子会长久爱自己,连他自己也嫌恶自己的丑陋。说到底,爱情只有在想象中才能天长地久。埃列娜看出这个童话诗人在现实生活中却害怕童话,原谅了他。此后他俩再也没有见过面,但终身互相思念。

巴黎市郊莫泊桑的别墅外,一个天真美丽的姑娘拉响了铁栅栏门的门铃。这是一个穷苦女工,莫泊桑小说艺术的崇拜者。得知莫泊桑独身一人,她心里出现了一个疯狂的念头,要把生命奉献给他,做他的妻子和女仆。她整整一年省吃俭用,为这次见面置了一身漂亮衣裳。来开门的是莫泊桑的朋友,一个色鬼。他骗她说,莫泊桑偕情妇度假去了。姑娘惨叫一声,踉跄而去。色鬼追上了她。当天夜里她为了恨自己,恨莫泊桑,委身给了色鬼。后来她沦为名震巴黎的雏妓。莫泊桑听说此事后,只是微微一笑，觉得这是篇不坏的短篇小说的题材。

我把《金蔷薇》不同篇章叙述的这两则逸事放到一起，也许会在安徒生温柔的自卑和莫泊桑冷酷的玩世不恭之间造成一种对照，但他们毕竟有一点是共同的，就是珍惜艺术胜于珍惜现实中的爱情。据说这两位大师临终前都悔恨了，安徒生恨自己错过了幸福的机会，莫泊桑恨自己亵渎了纯洁的感情。可是我敢断言，倘若他们能重新生活，一切仍会照旧。

艺术家就其敏感的天性而言，比常人更易堕入情网，但也更易感到失望或厌倦。只有在艺术中才有完美。在艺术家心目中，艺术始终是第一位的。即使他爱得如痴如醉，倘若爱情的缠绵妨碍了他从事艺术，他就仍然会焦灼不安。即使他因失恋而痛苦，只要艺术的创造力不衰，他就仍然有生活的勇气和乐趣。最可怕的不是无爱的寂寞或失恋的苦恼，而是丧失创造力。在这方面，爱情的痴狂或平淡都构成了威胁。无论是安徒生式的逃避爱情，还是莫泊桑式的玩世不恭，实质上都是艺术本能所构筑的自我保护的堤坝。艺术家的确属于一个颠倒的世界，他们把形式当作了内容，而把内容包括生命、爱情等当作了形式。诚然，从总体上看，艺术是为人类生命服务的。但是，唯有以自己的生命为艺术服务的艺术家，才能创造出这为人类生命服务的艺术来。帕氏写道："如果说，时间能够使爱情……消失殆尽的话，那么时间却能够使真正的文学成为不朽之作。"人生中有一些非常美好的瞬息，为了使它们永存，活着写作是多么美好！

人性、爱情和天才

一

天才是大自然的奇迹，而奇迹是不可理喻的，你只能期待和惊叹。但是，毛姆的《月亮和六便士》的确非常成功地把一个艺术天才的奇特而原始的灵魂展示给我们看了。

不过，书中描写的天才对爱情的态度，一开始使我有点吃惊：

"生命太短促了，没有时间既闹恋爱又搞艺术。"

"我不需要爱情。我没有时间搞恋爱。这是人性的一个弱点……我只懂得情欲。这是正常的、健康的。爱情是一种疾病。女人是我享乐的工具，我对她们提出什么事业的助手、生活的伴侣这些要求非常讨厌。"

我不想去评论那个结婚十七年之后被思特里克兰德"平白无故"地遗弃的女人有些什么不可原谅的缺点，平庸也罢，高尚也罢，事情反正都一样。勃朗什的痴情够纯真的了，思特里克兰德还是抛弃了她。他对女人有一个不容违拗的要求：别妨碍他搞艺术。如果说痴情是女人的优点，虚荣是女人的缺点，那么不管优点缺点如何搭配，女人反正是一种累赘。所以，最后他在塔希提岛上一个像狗一样甘愿供他泄欲而对他毫无所求的女人身上，找到了性的一劳永逸的寄托。这不是爱情，但这正是他所需要的。他自己强健得足以不患爱情这种疾病，同时他也不能容忍身边有一个患着这种疾病的女人。他需要的是彻底摆脱爱情。

凡是经历过热恋并且必然地尝到了它的苦果的人，大约都会痛感"爱情是一种疾病"真是一句至理名言。可不是吗，这样地如醉如痴，这样地执迷不悟，到不了手就痛不欲生，到了手又嫌乏味。不过，这句话从病人嘴里说出来，与从医生嘴里说出来，意味就不一样了。

毛姆是用医生的眼光来诊视爱情这种人类最盲目癫狂的行为的。医生就能不生病？也许他早年因为这种病差一点丧命，我就不得而知了。我只知道，凡是我所读到的他的小说，几乎都不露声色地把人性肌体上的这个病灶透视给我们看，并且把爱情这种疾病的触媒——那些漂亮的、妩媚的、讨人喜欢的女人——解剖给我们看。

爱情和艺术，都植根于人的性本能。毛姆自己说："我认为艺术也是性本能的一种流露。一个漂亮的女人，金黄的月亮照耀下的那不勒斯海湾，或者提香的名画《墓穴》，在人们心里勾起的是同样的感情。""本是同根生，相煎何太急？"既然爱情和艺术同出一源，思特里克兰德为什么要把它们看作势不两立，非要灭绝爱情而扩张艺术呢？毛姆这样解释："很可能思特里克兰德讨厌通过性行为发泄自己的感情（这本来是很正常的），因为他觉得同通过艺术创造取得自我满足相比，这是粗野的。"可是，这样一来，抹去了爱情色彩的性行为，不是更加粗野了吗？如果说性欲是兽性，艺术是神性，那么，爱情恰好介乎其间，它是兽性和神性的混合——人性。为了使兽性和神性泾渭分明，思特里克兰德斩断了那条联结两者的纽带。

也许思特里克兰德是有道理的。爱情，作为兽性和神性的混合，本质上是悲剧性的。兽性驱使人寻求肉欲的满足，神性驱使人追求毫无瑕疵的圣洁的美，而爱情则试图把两者在一个具体的异性身上统一起来，这种统一是多么不牢靠啊。由于自身所包含的兽性，爱情必然激发起一种疯狂的占有欲，从而把一个有限的对象当作目的本身。由于自身所包含的神性，爱情又试图在这有限的对象身上实现无限的美——完美。爱情所包含的这种内在的矛盾在心理上造成了多少幻觉和幻觉的破灭，从而在现实生活中导演了多少抛弃和被抛弃的悲剧。那么，当思特里克兰德不把女人当作目的本身而仅仅当作手段的时候，他也许是做对了。爱情要求一个人把自己所钟情的某一异性对象当作目的本身，否则就不叫爱情。思特里克兰德把女人一方面当作泄欲的工具，另一方面当作艺术的工具（"她的身体非常美，我正需要画一幅裸体画。

等我把画画完了以后，我对她也就没有兴趣了"），唯独不把她当作目的——不把她当作爱的对象。

总之，在思特里克兰德看来，天才的本性中是不能有爱情这种弱点的，而女人至多只是供在天才的神圣祭坛一角的牺牲品。女人是烂泥塘，供天才一旦欲火中烧时在其中打滚，把肉体甩掉，从而变得出奇的洁净，轻松自由地遨游在九天之上抚摸美的实体。

二

我诵读天才们的传记时，我总是禁不住要为他们迥然不同的爱情观而陷入沉思。一方面是歌德、雪莱、海涅，另一方面是席勒、拜伦，他们对待爱情、女人的态度形成了鲜明的对照。

是的，还有另一种天才，天才对待爱情还有另一种态度。

就说说雪莱吧。这位诗歌和美德的精灵，他是怎样心醉神迷而又战战兢兢地膜拜神圣的爱情啊，他自己是个天使，反过来把女人奉若神明，为女性的美罩上一层圣洁的光辉。当然，理想的薄雾迟早会消散，当他面对一个有血有肉的女子时，他不免会失望。但是他从来没有绝望，他爱美的天性驱使他又去追逐和制造新的幻影。

拜伦和毛姆笔下的思特里克兰德属于同一个类型。他把女人当作玩物，总是在成群美姬的簇拥下生活，可又用最轻蔑的言辞评论她们。他说过一句刻薄然而也许真实的话："女人身上可怕的地方，就是我们既不能与她们共同生活，又不能没有倘若一个人的灵魂总是缺席，不管他多么有学问或多么有身份，我们仍可把他看作一个没有受过教育的蒙昧人。

《早晨七点》

爱德华·霍珀，1948 年

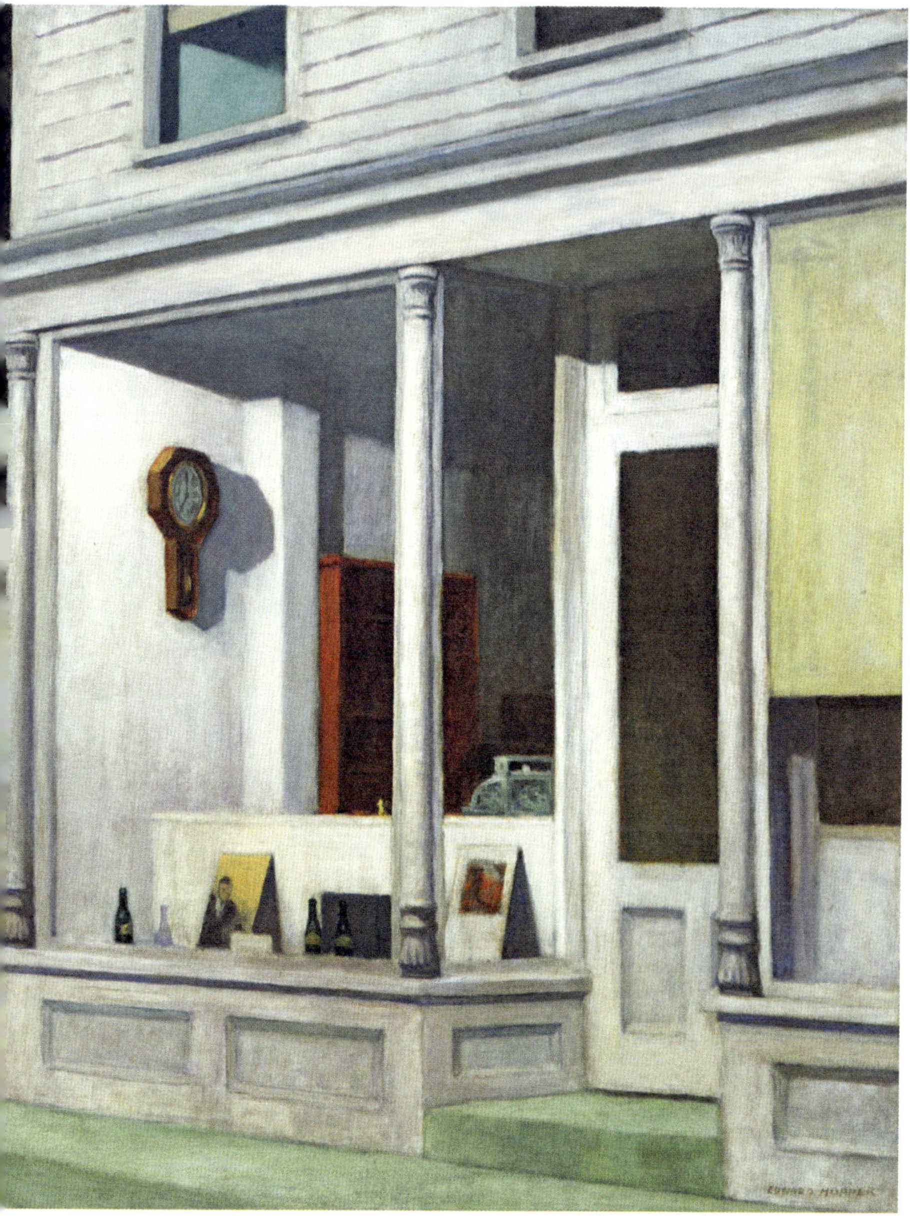
EDWARD HOPPER

应该承认,现代人是孤独的。但是,由于灵魂的缺席,这种孤独就成了单纯的惩罚。相反,对于珍惜灵魂生活的人来说,如同默顿所说,孤独却应该是"生活的必需品"。

她们而生活。"

我很钦佩拜伦见事的透彻,他尽情享受女色,却又不为爱情所动。然而,在艺术史上,这样的例子究属少数。如果说爱情是一种疾病,那么,艺术家不正是人类中最容易感染这种疾病的种族吗?假如不是艺术家的神化,以及这种神化对女性的熏陶作用,女性美恐怕至今还是一种动物性的东西,爱情的新月恐怕至今还没有照临肉欲的峡谷。当然,患病而不受折磨是不可能的,最炽烈的感情总是导致最可怕的毁灭。谁能举出哪怕一个艺术天才的爱情以幸福告终的例子来呢?爱情也许真的是一种疾病,而创作就是它的治疗。这个爱情世界里病弱的种族奋起自救了,终于成为艺术世界里的强者。

诸如思特里克兰德、拜伦这样的天才,他们的巨大步伐把钟情于他们的女子像路旁无辜的花草一样揉碎了,这诚然没有给人类艺术史带来任何损失。可是,我不知道,假如没有冷热病似的情欲,没有对女子的一次次迷恋和失恋,我们怎么能读到海涅那些美丽的小诗。我不知道,如果七十四岁的老歌德没有爱上十七岁的乌丽莉卡,他怎么能写出他晚年最著名的诗篇《马里耶巴德哀歌》。我不知道,如果贝多芬没有绝望的同时也是愚蠢地痴迷于那个原本不值得爱的风骚而自私的琪丽爱泰,世人怎么能听到《月光奏鸣曲》。天哪,这不是老生常谈吗……

在艺术家身上,从性欲到爱情的升华差不多是天生的,从爱情到艺术的升华却非要经历一番现实的痛苦教训不可。既然爱情之花总是结出苦果，那么，干脆不要果实好了。艺术是一朵不结果实的花，正因为不结果实而更显出它的美来，它是以美为目的本身的自为的美。在爱情中，兼为肉欲对象和审美对象的某一具体异性是目的，而目的的实现便是对这个对象的占有。然而，占有的结果往往是美感的淡化甚至丧失。不管人们怎么赞美柏拉图式的精神恋爱，不占有终归是违背爱情的本性的。"你无论如何要得到它，否则就会痛苦。"当你把异性仅仅当作审美对象加以观照，并不因为你不能占有她而感到痛苦时，你已经超越爱情而进入艺术的境界了。艺术滤净爱情的肉欲因素，使它完全审美化，从而实现了爱情的自我超越。

如果以为这个过程在艺术家身上是像一个简单的物理学实验那样完成的，那就错了。只有真实的爱情才能升华为艺术，而真实的爱情必然包含着追求和幻灭的痛苦。首先是疾病，然后才是治疗。首先是维特，然后才是歌德。爱情之服役于艺术是大自然的一个狡计，不幸的钟情者是不自觉地成为值得人类庆幸的艺术家的。谁无病呻吟，谁就与艺术无缘。

这样，在性欲与艺术的摒弃爱情纽带的断裂之外，我们还看到另一类艺术天才。他们正是通过爱情的中介而从性欲升华到艺术的。

三

自古以来，爱情所包含的可怕的、酒神式的毁灭力量总是引起人们的震惊。希腊人早就发出惊呼:"爱情真是人间莫大的祸害!"阿耳戈的英雄伊阿宋曾经祈愿人类有旁的方法生育,那样,女人就可以不存在,男人就可以免受痛苦。尽管歌德不断有所钟情,可是每当情欲的汹涌使他预感到灭顶之灾时,他就明智地逃避了。没有爱情,就没有歌德。然而同样真实的是,陷于爱情而不能自拔,也不会有歌德,他早就像维特一样轻生殉情了。

也许爱情和艺术所内含的力是同一种力,在每个人身上是常数。所以,对艺术天才来说,爱情方面支出过多总是一种浪费。爱情常常给人一种错觉,误以为对美的肉体的占有就是对美的占有。其实,美怎么能占有呢?美的本性与占有是格格不入的。占有者总是绝望地发现,美仍然在他之外,那样转瞬即逝而不可捉摸。占有欲是性欲满足方式的一种错误的移置,但它确实成了艺术的诱因。既然不能通过占有来成为美的主人,那就通过创造吧。严肃的艺术家绝不把精力浪费在徒劳的占有之举上面,他致力于捕捉那转瞬即逝的美,赋予它们形式,从而实现创造美的崇高使命。

只有少数天才能够像思特里克兰德那样完全抛开爱情的玫瑰色云梯,从最粗野的肉欲的垃圾堆平步直登纯粹美的天国。对于普通人来说,抽掉这架云梯,恐怕剩下的只有垃圾堆了。个体发育中性意识与审美心理的同步发生,无论如何要求为爱情保留一个适当的地位。谁没有体验过爱情所诱发出的对美的向往呢?有些女人身上有一种有灵性的美,她不但有美的形体,而且她自己对大自然和生活的美有一种交感。当你那样微妙地对美发生共鸣时，你从她的神采中看到的恰恰是你对美的全部体验，而你本来是看不到甚至把握不住你的体验的。这是怎样的魅力啊，无意识的、因为难以捕捉和无法表达而令人苦恼的美感，她不是用语言，而是用她的有灵性的美的肉体，用眼睛、表情、姿势、动作，用那谜样的微笑替你表达出来，而这一切你都能看到。这样的时刻实在太稀少了，我始终认为它们是爱情中最有价值的东西，所谓爱情的幸福就寓于这些神秘的片刻之中了。也许这已经不是爱情，而是艺术了。

确切地说，爱情不是人性的一个弱点，爱情就是人性，它是两性关系剖面上的人性。凡人性所具有的优点和弱点，它都具有。人性和爱情是注定不能摆脱动物性的根柢的。在人性的国度里，兽性保持着它世袭的领地，神性却不断地开拓新的疆土，大约这就是人性的进步吧。就让艺术天才保留他们恶魔似的兽性好啦，这丝毫不会造成人性的退化，这些强有力的拓荒者，他们每为人类发现和创造一种崭新的美，倒确确凿凿是在把人性推进一步哩。

可是，美是什么呢？这无底的谜，这无汁的丰乳，这不结果实的花朵，这疲惫香客心中的神庙……最轻飘、最无质体的幻影成了压在天才心上最沉重的负担，他一生都致力于卸掉这个负担。为了赋予没有意义的人生以一种意义，天才致力于使虚无获得实体，使不可能成为可能。美的创造中分娩的阵痛原来是天才替人类的原罪受罚,天才的痛苦是人生悲剧的形而上本质的显现。

好了,现在你们知道几乎一切艺术天才的爱情遭遇(倘若他有过这种遭遇的话)都是不幸的原因了吗?与天才相比,最富于幻想的女子也是过于实际的。

智慧和信仰

——读史铁生《病隙碎笔》

三年前,在轮椅上坐了三十个年头的史铁生的生活中没有出现奇迹,反而又有新的灾难降临。由于双肾功能衰竭,从此以后,他必须靠血液透析维持生命了。当时,一个问题立刻使我——我相信还有其他许多喜欢他的读者——满心忧虑:他还能写作吗?在瘫痪之后,写作是他终于找到的活下去的理由和方式,如果不能了,他怎么办呀?现在,仿佛是作为一个回答,他的新作摆在了我的面前。

史铁生的新作题为《病隙碎笔》,我知道有多么确切。他每三天透析一回。透析那一天,除了耗在医院里的工夫外,坐在轮椅上的他往返医院还要经受常人想象不到的折腾,是不可能有余力的了。第二天是身体和精神状况最好(能好到哪里啊!)的时候,唯有那一天的某一时刻他才能动一会儿笔。到了第三天,血液里的毒素重趋饱和,体况恶化,写作又成奢望。大部分时间在受病折磨和与病搏斗，不折不扣是病隙碎笔，而且缝隙那样小得可怜！

然而，读这本书时，我在上面却没有发现一丝病的愁苦和阴影，看到的仍是一个沐浴在思想的光辉中的、开朗的史铁生。这些断断续续记录下来的思绪也毫不给人以细碎之感，倒是有着内在的连贯性。这部新作证明，在自己的"写作之夜"，史铁生不是一个残疾人和重病患者，他的自由的心魂漫游在世界和人生的无疆之域，思考着生与死、苦难与信仰、残缺与爱情、神命与法律、写作与艺术等重大问题，他的思考既执着又开阔，既深刻又平易近人，他的"写作之夜"依然充实而完整。对此我只能这样来解释：在史铁生身上业已形成了一种坚固的东西，足以使他的精神历尽苦难而依然健康，备受打击而不会崩溃。这是什么东西呢？是哲人的智慧，还是圣徒的信念，抑或两者都是？

常常听人说，史铁生之所以善于思考，是因为残疾，是因为他被困在轮椅上，除了思考便无事可做。假如他不是一个残疾人呢，人们信心十足地推断，他就肯定不会成为现在这个史铁生——他们的意思是说，不会成为这么一个优秀的作家或者这么一个智慧的人。在我看来，没有比这更加肤浅的对史铁生的解读了。当然，如果不是残疾，他也许不会走上写作这条路，但也可能走上，这不是问题的关键。关键在于，他的那种无师自通的哲学智慧绝不是残疾解释得了的。一个明显的证据是，我们在别的残疾人身上很少发现这一显著特点。当然，在非残疾人身上也很少发现。这至少说明,这种智慧是和残疾不残疾无关的。

关于残疾,史铁生自己有一个清晰的认识:"人所不能者,即是限制,即是残疾。"在此意义上,残疾是与生俱来的,对所有的人来说都是这样。看到人所必有的不能和限制,这是智慧的起点。两千多年前,苏格拉底就是因为知道人之必然的无知,而被阿波罗神赞为最智慧的人的。众所周知,苏格拉底就不是一个残疾人。我相信,史铁生不过碰巧是一个残疾人罢了,如果他不是,他也一定能够由生命中必有的别的困境而觉悟到人的根本限制。

人要能够看到限制,前提是和这限制拉开一段距离。坐井观天,就永远不会知道天之大和井之小。人的根本限制就在于不得不有一个肉身凡胎,它被欲望所支配,受有限的智力所指引和蒙蔽,为生存而受苦。可是,如果我们总是坐在肉身凡胎这口井里,我们也就不可能看明白它是一个根本限制。所以,智慧就好像某种分身术,要把一个精神性的自我从这个肉身的自我中分离出来,让它站在高处和远处,以便看清楚这个在尘世挣扎的自己所处的位置和可能的出路。

从一定意义上说,哲学家是一种分身有术的人,他的精神性自我已经能够十分自由地离开肉身,静观和俯视尘世的一切。在史铁生身上,我也看到了这种能力。他在作品中经常把史铁生其人当作一个旁人来观察和谈论,这不是偶然的。站在史铁生之外来看史铁生,这几乎成了他的第二本能。这另一个史铁生时而居高临下俯瞰自己的尘世命运，时而冷眼旁观自己的执迷和嘲笑自己的妄念，当然，时常也关切地走近那个困顿中的自己，对他劝说和开导。有时候我不禁觉得，如同罗马已经不在罗马一样，史铁生也已经不在那个困在轮椅上的史铁生的躯体里了。也许正因为如此，肉身所遭遇的接二连三的灾难就伤害不了已经不在肉身中的这个史铁生了。

看到并且接受人所必有的限制，这是智慧的起点，但智慧并不止于此。如果只是忍受，没有拯救，或者只是超脱，没有超越，智慧就会沦为冷漠的犬儒主义。可是，一旦寻求拯救和超越，智慧又不会仅止于智慧，它必不可免地要走向信仰了。

其实，当一个人认识到人的限制、缺陷、不完美是绝对的，困境是永恒的，他已经是在用某种绝对的完美之境作为参照系了。如果只是把自己和别人做比较，看到的就只能是限制的某种具体形态，譬如说肉体的残疾。俗话说，人比人，气死人，以自己的残缺比别人的肢体齐全，以自己的坎坷比别人的一帆风顺，所产生的只会是怨恨。反过来也一样，以别人的不能比自己的能够，以别人的不幸比自己的幸运，只会陷入浅薄的沾沾自喜。唯有在把人与神做比较时，才能看到人的限制之普遍，因而不论这种限制在自己或别人身上以何种形态出现，都不骄不馁，心平气和。对人的限制的这样一种宽容，换一个角度来看，便是面对神的谦卑。所以，真正的智慧中必蕴含着信仰的倾向。这也是哲学之所以必须是形而上学的道理之所在，一种哲学如果不是或明或暗地包含着绝对价值的预设，它作为哲学的资格就颇值得怀疑。

进一步说，真正的信仰也必是从智慧中孕育出来的。如果不是太看清了人的限制，佛陀就不会寻求解脱，基督就无须传播福音。任何一种信仰倘若不是以人的根本困境为出发点，它作为信仰的资格也是值得怀疑的。因此，譬如说，如果有一个人去庙里烧香磕头，祈求佛为他消弭某一个具体的灾难，赐予他某一项具体的福乐，我们就有理由说他没有信仰，只有迷信。或者，用史铁生的话说，他是在向佛行贿。又譬如说，如果有一种教义宣称能够在人世间消灭一切困境，实现完美，我们也就可以有把握地断定它不是真信仰，在最好的情形下也只是乌托邦。还是史铁生说得好：人的限制是"神的给定"，人休想篡改这个给定，必须接受它。"就连耶稣，就连佛祖，也不能篡改它。不能篡改它，而是在它之中来行那宏博的爱愿。"一切乌托邦的错误就在于企图篡改神的给定，其结果不是使人摆脱了限制而成为神，而一定是以神的名义施强制于人，把人的权利也剥夺了。

《病隙碎笔》中有许多对于信仰的思考，皆发人深省。一句点睛的话是："所谓天堂即是人的仰望。"人的精神性自我有两种姿态。当它登高俯视尘世时，它看到限制的必然，产生达观的认识和超脱的心情，这是智慧。当它站在尘世仰望天空时，它因永恒的缺陷而向往完满，因肉身的限制而寻求超越，这便是信仰了。完满不可一日而达到，超越永无止境，彼岸永远存在，如此信仰才得以延续。所以，史铁生说："皈依并不在一个处所，皈依是在路上。"这条路没有一个终于能够到达的目的地，但并非没有目标，走在路上本身即是目标存在的证明，而且是唯一可能和唯一有效的证明。物质理想（譬如产品的极大丰富）和社会理想（譬如消灭阶级）的实现要用外在的可见的事实来证明，精神理想的实现方式只能是内在的心灵境界。所以，凡是坚持走在路上的人，行走的坚定就已经是信仰的成立。

最后，我要承认，我一边写着上面这些想法，一边却感到不安：我是不是站着说话不腰疼？一个无情的事实是，不管史铁生的那个精神性自我多么坚不可摧，他仍有一个血肉之躯，而这个血肉之躯正在被疾病毁坏。在生理的意义上，精神是会被肉体拖垮的，我怎么能假装不懂这个常识？上天啊，我祈求你给肉身的史铁生多一点健康，这个祈求好像近似史铁生和我都反对的行贿，但你知道不是的，因为你一定知道他的"写作之夜"对于你也是多么宝贵。

人生边上的智慧

——读杨绛《走到人生边上》

杨绛九十六岁开始讨论哲学,她只和自己讨论,她的讨论与学术无关,甚至与她暂时栖身的这个热闹世界也无关。她讨论的是人生最根本的问题,同时是她自己面临的最紧迫的问题。她是在为一件最重大的事情做准备。走到人生边上,她要想明白留在身后的是什么,前面等着她的又是什么。她的心态和文字依然平和,平和中却有一种令人钦佩的勇敢和敏锐。她如此诚实,以至于经常得不出确定的结论,却得到了可靠的真理。这位可敬可爱的老人,我分明看见她在细心地为她的灵魂清点行囊,为了让这颗灵魂带着全部最宝贵的收获平静地上路。

在前言中,杨先生如此写道:"我正站在人生的边缘上,向后看看,也向前看看。向后看,我已经活了一辈子,人生一世,为的是什么呢?我要探索人生的价值。向前看呢,我再往前去,就什么都没有了吗?当然,我的躯体火化了,没有了,我的灵魂呢？灵魂也没有了吗？"这一段话点出了她要讨论的两大主题，一是人生的价值，二是灵魂的去向，前者指向生，后者指向死。我们读下去便知道，其实这两个问题是密不可分的。

在讨论人生的价值时，杨先生强调人生贯穿灵与肉的斗争，而人生的价值大致取决于灵对肉的支配。不过，这里的"灵"，并不是灵魂。杨先生说："我最初认为灵魂当然在灵的一面。可是仔细思考之后，很惊讶地发现，灵魂原来在肉的一面。"读到这句话，我也很惊讶，因为我们常说的灵与肉的斗争，不就是灵魂与肉体的斗争吗？但是，接着我发现，她把"灵魂"和"灵"这两个概念区分开来，是很有道理的。她说的灵魂，指不同于动物生命的人的生命，一个看不见的灵魂附在一个看得见的肉体上，就形成了一条人命，且各自称为"我"。据我理解，这个意义上的灵魂，相当于每一个人的内在的"自我意识"，它是人的个体生命的核心。在灵与肉的斗争中，表面上是肉在与灵斗，实质上是附于肉体的灵魂在与灵斗。所以，杨先生说："灵魂虽然带上一个'灵'字，并不灵，只是一条人命罢了。"我们不妨把"灵"字去掉，名之为"魂"，也许更确切。

肉与魂结合为"我"，是斗争的一方。那么，作为斗争另一方的"灵"是什么呢？杨先生造了一个复合概念，叫"灵性良心"。其中，"灵性"是识别是非、善恶、美丑等道德标准的本能，"良心"是遵守上述道德标准为人行事的道德心。她认为，"灵性良心"是人的本性中固有的。据我理解，这个"灵性良心"就相当于孟子说的人性固有的善"端",佛教说的人皆有之的"佛性"。这里有一个疑问:作为肉与魂的对立面,这个"灵性良心"当然既不在肉体中,也不在灵魂中,它究竟居于何处,又从何方而来?对此杨先生没有明说。综观全书,我的推测是,它与杨先生说的"大自然的神明"有着内在的联系。这个"大自然的神明",基督教称作神,孔子称作天。那么,"灵性良心"也就是人身上的神性,是"大自然的神明"在人身上的体现。天生万物,人为万物之灵,灵就灵在天对人有这个特殊的赋予。

接下来,杨先生对天地生人的目的有一番有趣的讨论。她的结论是:这个目的绝不是人所创造的文明,而是堪称万物之灵的人本身。天地生人,着重的是人身上的"灵",目的当然就是要让这个"灵"获胜了。天地生人的目的又决定了人生的目的。唯有人能够遵循"灵性良心"的要求修炼自己,使自己趋于完善。不妨说,人生的使命就是用"灵"引导"魂",使之成为名副其实的"灵魂"。用这个标准衡量,杨先生对人类的进步提出了质疑:几千年过去了,世道人心进步了吗?现代书籍浩如烟海,文化普及,各专业的研究务求精密,皆远胜于古人,但是对真理的认识突破了多少呢?如此等等。一句话,文明是大大发展了,但人之为万物之灵的"灵"的方面却无甚进步。

尤使杨先生痛心的是:"当今之世,人性中的灵性良心,迷蒙在烟雨云雾间。"这位九十六岁的老人依然心明眼亮,对这个时代偏离神明指引的种种现象看得一清二楚:上帝已不在其位,财神爷当道，人世间只成了争权夺利、争名夺位的战场，穷人、富人有各自操不完的心，都陷在苦恼之中……在这个物欲横流的人世间，好人更苦："你存心做一个与世无争的老实人吧，人家就利用你，欺侮你。你稍有才德品貌，人家就嫉妒你、排挤你。你大度退让，人家就侵犯你、损害你。你要保护自己，就不得不时刻防御。你要不与人争，就得与世无求，同时还要维持实力，准备斗争。你要和别人和平共处，就先得和他们周旋，还得准备随处吃亏……"不难看出，杨先生说的是她的切身感受。她不禁发出悲叹："曾为灵性良心奋斗的人，看到自己的无能为力而灰心绝望，觉得人生只是一场无可奈何的空虚。"

况且我们还看到，命运惯爱捉弄人，笨蛋、浑蛋安享富贵尊荣，不学无术可以欺世盗名，有品德的人一生困顿不遇，这类事例数不胜数。"造化小儿的胡作非为，造成了一个不合理的人世。"这就使人对上天的神明产生了怀疑。然而，杨先生不赞成怀疑和绝望，她说："我们可以迷惑不解，但是可以设想其中或有缘故。因为上天的神明，岂是人人都能理解的呢。"进而设问："让我们生存的这么一个小小的地球，能是世人的归宿处吗？又安知这个不合理的人间，正是神明的大自然故意安排的呢？"如果我没有理解错的话，杨先生的潜台词是：这个人世间可能只是一个过渡，神明给人安排的真正归宿处可能在别处。在哪里呢？她没有说，但我们可设想的只能是类似佛教的净土、基督教的天国那样的所在了。

这一点推测，可由杨先生关于灵魂不灭的论述证明。她指出：人需要锻炼，而受锻炼的是灵魂，肉体不过是中介，锻炼的成绩只留在灵魂上；灵魂接受或不接受锻炼，就有不同程度的成绩或罪孽；人死之后，肉体没有了，但灵魂仍在，锻炼或不锻炼的结果也就仍在。她的结论是："所以，只有相信灵魂不灭，才能对人生有合理的价值观，相信灵魂不灭，得是有信仰的人。有了信仰，人生才有价值。"

那么，杨先生到底相信不相信灵魂不灭呢？在正文的末尾，她写道："有关这些灵魂的问题，我能知道什么？我只能胡思乱想罢了。我无从问起，也无从回答。孔子曰'未知生，焉知死'，'不知为不知'，我的自问自答，只可以到此为止了。"看来不能说她完全相信，她好像是将信将疑，但信多于疑。虽然如此，我仍要说，她是一个有信仰的人，因为在我看来，信仰的实质在于不管是否确信灵魂不灭，都按照灵魂不灭的信念做人处世，好好锻炼灵魂。孔子说"祭神如神在"，一个人若能事事都怀着"如神在"的敬畏之心，就可以说是有信仰的了。

杨先生向许多"聪明的年轻人"请教灵魂的问题，得到的回答很一致，都说人死了就什么都没有了，而且对自己的见解都坚信不疑。我不禁想起了二千五百多年前苏格拉底的同样遭遇，当年这位哲人也曾向雅典城里许多"聪明的年轻人"请教灵魂的问题，得到的也都是自信的回答，于是发出了"我知道我一无所知"的感叹。杨先生也感叹："真没想到我这一辈子，脑袋里全是想不通的问题。""我提的问题,他们看来压根儿不成问题。""老人糊涂了!"但是,也和当年苏格拉底的情况相似,正是这种普遍的自以为知激起了杨先生更深入探究的愿望。我们看到,她不依据任何已有的理论或教义,完全依靠自己的生活经验和独立思考,一步一步自问自答,能证实的予以肯定,不能证实的存疑。例如肉体死后灵魂是否继续存在,她在举了亲近者经验中的若干实例后指出:"谁也不能证实人世间没有鬼。因为'没有'无从证实;证实'有',倒好说。"由于尚无直接经验,所以她自己的态度基本上是存疑,但绝不断然否定。

杨先生的诚实和认真,着实令人感动。但不止于此,她还是敏锐和勇敢的,她的敏锐和勇敢令人敬佩。由于中国两千多年传统文化的实用品格,加上几十年的唯物论宣传和教育,人们对于看不见、摸不着的东西往往不肯相信,甚至毫不关心。杨先生问得好:"'真、善、美'看得见吗?摸得着吗?看不见、摸不着的,不是只能心里明白吗?信念是看不见的,只能领悟。"我们的问题正在于太"唯物"了,只承认物质现实,不相信精神价值,于是把信仰视为迷信。她所求教的那些"聪明的年轻人"都是"先进知识分子",大抵比她小一辈,其实也都是老年人了,但浸染于中国的实用文化传统和主流意识形态,对精神事物都抱着不思、不信乃至不屑的态度。杨先生尖锐地指出:"什么都不信,就保证不迷吗?""他们的'不信不迷'使我很困惑。他们不是几个人。他们来自社会各界:科学界、史学界、文学界等,而他们的见解却这么一致、这么坚定,显然是代表这一时代的社会风尚,都重物质而怀疑看不见、摸不着的'形而上'境界。他们下一代的年轻人,是更加偏离'形而上'境界,也更偏重金钱和物质享受的。"凡是对我们时代的状况有深刻忧虑和思考的人都知道,杨先生的这番话多么切中时弊,不啻是醒世良言。这个时代有种种问题,最大的问题正是信仰的缺失。

我无法不惊异于杨先生的敏锐,这位九十六岁的老人实在比绝大多数比她年轻的人更年轻,心智更活泼,精神更健康。作为证据的还有附在正文后面的"注释",我劝读者千万不要错过,尤其是《温德先生爬树》《劳神父》《记比邻双鹊》《〈论语〉趣》诸篇,都是大手笔写出的好散文啊。尼采有言:"句子的步态表明作者是否疲倦了。"我们可以看出,杨先生在写这些文章时是怎样地毫不疲倦,精神饱满,兴趣盎然,遣词造句、布局谋篇是怎样地胸有成竹,收放自如,一切都在掌控之中。这些文章是一位九十六岁的老人写的吗?不可能。杨先生真是年轻!

幸福的悖论

一

把幸福作为研究课题是一件冒险的事。"幸福"一词的意义过于含混,几乎所有人都把自己向往而不可得的境界称作"幸福",但不同的人所向往的境界又是多么不同。哲学家们提出过种种幸福论,可以担保的是,没有一种能够为多数人所接受。至于形形色色所谓幸福的"秘诀",如果不是江湖偏方,也至多是一些老生常谈罢了。

幸福是一种太不确定的东西。一般人把愿望的实现视为幸福,可是,一旦愿望实现了,就真感到幸福吗?萨特一生可谓功成愿遂,常人最企望的两件事,爱情的美满和事业的成功,他几乎都毫无瑕疵地得到了,但他在垂暮之年却说:"生活给了我想要的东西,同时它又让我认识到这没多大意思。不过你有什么办法?"

所以,我对一切关于幸福的抽象议论都不屑一顾,而对一切许诺幸福的翔实方案则简直要嗤之以鼻了。

最近读莫洛亚[1]的《人生的五大问题》,最后一题也是"论幸福"。但在前四题中,他对与人生幸福密切相关的问题,包括爱情和婚姻,家庭,友谊,社会生活,作了生动剔透的论述,令人读而不倦。幸福问题的讨论历来包括两个方面,一是社会方面,关系到幸福的客观条件,另一是心理方面,关系到幸福的主观体验。作为一位优秀的传记和小说作家,莫洛亚的精彩之处是在后一方面。就社会方面而言,他的见解大体是肯定传统的,但由于他体察人类心理,所以并不失之武断,给人留下了思索和选择的余地。

二

自古以来,无论在文学作品中,还是在现实生活中,爱情和婚姻始终被视为个人幸福之命脉所系。多少幸福或不幸的喟叹,都缘此而起。按照孔德[2]的说法,女人是感情动物,爱情和婚姻对于女人的重要性自不待言。但即使是行动动物的男人,在事业上获得了辉煌的成功,倘若在爱情和婚姻上失败了,他仍然会觉得自己非常不幸。

---

[1] 安德烈·莫洛亚(André Maurois,1885年—1967年),法国作家。其传记作品资料丰富,严谨有据,具学术价值;同时又文字优美,生动细致,具高度的艺术性与文学性。1938年当选法兰西语文学院院士。

[2] 奥古斯特·孔德(Auguste Comte,1798年—1857年),法国哲学家、社会学和实证主义的创始人。开创了社会学这一学科,被尊称为"社会学之父"。

可是，就在这个人们最期望得到幸福的领域里，却很少有人敢于宣称自己是真正幸福的。诚然，热恋中的情人个个都觉得自己是幸福女神的宠儿，但并非人人都能得到热恋的机遇，有许多人一辈子也没有品尝过个中滋味。况且热恋未必导致美满的婚姻，婚后的失望、争吵、厌倦、平淡、麻木几乎是常规，终身如恋人一样缱绻的夫妻毕竟只是幸运的例外。

从理论上说，每一个人在异性世界中都可能有一个最佳对象，一个所谓的"唯一者""独一无二者"，或如吉卜林的诗所云，"一千人中之一人"。但是，人生短促，人海茫茫，这样两个人相遇的概率差不多等于零。如果把幸福寄托在这相遇上，想要幸福几乎是不可能的。不过，事实上，爱情并不如此苛求，冥冥中也并不存在非此不可的命定姻缘。正如莫洛亚所说："如果因了种种偶然（按：应为必然）之故，一个求爱者所认为独一无二的对象从未出现，那么，差不多近似的爱情也会在另一个对象身上感到。"期待中的"唯一者"，会化身为千百种形象向一个渴望爱情的人走来。也许爱情永远是个谜，任何人无法说清自己所期待的"唯一者"究竟是什么样子。只有到了堕入情网，陶醉于爱情的极乐，一个人才会惊喜地向自己的情人喊道："你就是我一直期待着的那个人，就是那个唯一者。"

究竟是不是呢？

也许是的。这并非说，他们之间有一种宿命，注定不可能爱上任何别人。不，如果他们不相遇，他们仍然可能在另一个人身上发现自己的"唯一者"。然而，强烈的感情经验已经改变了他们的心理结构，从而改变了他们与其他可能的对象之间的关系。犹如经过一次化合反应，他们都已经不是原来的元素，因而不可能再与别的元素发生相似的反应了。在这个意义上，一个人一生只能有一次震撼心灵的爱情，而且只有少数人得此幸遇。

也许不是。因为"唯一者"本是痴情的造影，一旦痴情消退，就不再成其"唯一者"了。莫洛亚引用哲学家桑塔亚那[1]的话："爱情的十分之九是由爱人自己造成的，十分之一才靠那被爱的对象。"凡是经历过热恋的人都熟悉爱情的理想化力量，幻想本是爱情不可或缺的因素。太理智、太现实的爱情算不上爱情。最热烈的爱情总是在两个最富于幻想的人之间发生，不过，同样真实的是，他们也最容易感到幻灭。如果说普通人是因为运气不佳而不能找到意中人，那么，艺术家则是因为期望过高而对爱情失望的。爱情中的理想主义往往导致拜伦式的感伤主义，又进而导致纵欲主义，唐璜有过一千零三个情人，但他仍然没有找到他的"唯一者"，他注定找不到。

无幻想的爱情太平庸，基于幻想的爱情太脆弱，幸福的爱情究竟可能吗？我知道有一种真实，它能不断地激起幻想，有一种幻想，它能不断地化为真实。我相信，幸福的爱情是一种能不断地激起幻想又不断地被自身所激起的幻想改造的真实。

---

1 乔治·桑塔亚那（George Santayana，1863年—1952年），西班牙裔美籍哲学家、美学家，美国美学的开创者，同时还是著名的诗人与文学批评家。

三

爱情是无形的,只存在于恋爱者的心中,即使人们对于爱情的感受有千万差别,但在爱情问题上很难作认真的争论。婚姻就不同了,因为它是有形的社会制度,立废取舍,人是有主动权的。随着文明的进展,关于婚姻利弊的争论愈演愈烈。有一派人认为婚姻违背人性,束缚自由,败坏或扼杀爱情,本质上是不可能幸福的。莫洛亚引婚姻反对者的话说:"一对夫妇总依着两人中较为庸碌的一人的水准而生活。"此言可谓刻薄。但莫洛亚本人持赞成婚姻的立场,认为婚姻是使爱情的结合保持相对稳定的唯一方式。只是他把艺术家算作了例外。

在拥护婚姻的一派人中,对于婚姻与爱情的关系又有不同看法。两个截然不同的哲学家——尼采和罗素都要求把爱情与婚姻区分开来,反对以爱情为基础的婚姻,而主张婚姻以优生和培育后代为基础,同时保持婚外爱情的自由。法国哲学家阿兰[1]认为,婚姻的基础应是逐渐取代爱情的友谊。莫洛亚修正说:"在真正幸福的婚姻中,友谊必得与爱情融和在一起。"也许这是一个比较令人满意的答案。爱情基于幻想和冲动,因而爱情的婚姻结局往往不幸。但是,无爱情的婚姻更加不幸。仅以友谊为基础的夫妇关系诚然彬彬有礼,但未免失之冷静。保持爱情的陶醉和热烈,辅以友谊的宽容和尊重,从而除去爱情难免会有的嫉妒和

---

[1] 埃米尔-奥古斯特·沙尔捷(Emile Auguste Chartier,1868年—1951年),笔名阿兰(Alain),法国哲学家、记者和和平主义者。著有《幸福散论》等。

挑剔，正是加固婚姻的爱情基础的方法。不过，实行起来并不容易，其中诚如莫洛亚所说必须有诚意，但单凭诚意又不够。爱情仅是感情的事，婚姻的幸福却是感情、理智、意志三方通力合作的结果，因而更难达到。"幸福的家庭都是相似的；不幸的家庭各有各的不幸。"[1] 此话也可解为：千百种因素都可能导致婚姻的不幸，但没有一种因素可以单独造成幸福的婚姻。结婚不啻是把爱情放到琐碎平凡的日常生活中去经受考验。莫洛亚说得好，准备这样做的人不可抱着买奖券侥幸中头彩的念头，而必须像艺术家创作一部作品那样，具有一定要把这部艰难的作品写成功的决心。

四

两性的天性差异可以导致冲突，从而使共同生活变得困难，也可以达成和谐，从而造福人生。

尼采曾说："同样的激情在两性身上有不同的节奏，所以男人和女人不断地发生误会。"可见，两性之间的和谐并非现成的，它需要一个彼此接受、理解、适应的过程。

一般而论，男性重行动，女性重感情，男性长于抽象观念，女性长于感性直觉，男性用刚强有力的线条勾画出人生的轮廓，女性为之抹上美丽柔和的色彩。

---

[1] 这句话出自列夫·托尔斯泰的长篇小说《安娜·卡列尼娜》。

欧洲妇女解放运动初起时，一帮女权主义者热情地鼓动妇女走上社会，从事与男子相同的职业。爱伦·凯[1]女士指出，这是把两性平权误认作两性功能相等了。她主张女子在争得平等权利之后，回到丈夫和家庭那里去，以自由人的身份从事其最重要的工作——爱和培育后代。现代的女权主义者已经越来越重视发展女子天赋的能力，而不再天真地孜孜于抹平性别差异了。

女性在现代社会中的特殊作用尚有待于发掘。马尔库塞认为，由于女性与资本主义异化劳动世界相分离，因此她们能更多地保持自己的感性，比男子更人性化。的确，女性比男性更接近自然，更扎根于大地，有更单纯的、未受污染的本能和感性。所以，莫洛亚说："一个纯粹的男子，最需要一个纯粹的女子去补充他……因了她，他才能和种族这深切的观念保持恒久的接触。"又说："我相信若是一个社会缺少女人的影响，定会堕入抽象，堕入组织的疯狂，随后是需要专制的现象……没有两性的合作，绝没有真正的文明。"在人性片面发展的时代，女性是一种人性复归的力量。德拉克洛瓦[2]的名画《自由引导人民》，画中的自由神是一位袒着胸脯、未着军装、面容安详的女子。歌德诗

---

[1] 爱伦·凯（Ellen Key，1849年—1926年），瑞典作家、女性运动活动家。一生主要从事写作和社会宣传活动，其中心内容是妇女解放和儿童的权利及教育问题。代表作有论著《恋爱与结婚》《恋爱与道德》《女性的道德》《妇女运动》《儿童的世纪》等。

[2] 德拉克洛瓦（Eugène Delacroix，1798年—1863年），法国画家，浪漫主义画派的典型代表。

曰："永恒之女性，引导我们走。"走向何方？走向一个更实在的人生，一个更有人情味的社会。

莫洛亚可说是女性的一位知音。人们常说，女性爱慕男性的"力"，男性爱慕女性的"美"。莫洛亚独能深入一步，看出："真正的女性爱慕男性的'力'，因为她们稔知强有力的男子的弱点。""女人之爱强的男子只是表面的，且她们所爱的往往是强的男子的弱点。"我只想补充一句：强的男子可能对千百个只知其强的崇拜者无动于衷，却会在一个知其弱点的女人面前倾倒。

五

男女之间是否可能有真正的友谊？这是在实际生活中常常遇到、常常引起争论的一个难题。即使在最封闭的社会里，一个人恋爱了，或者结了婚，仍然不免与别的异性接触和产生好感。这里不说泛爱者和爱情转移者，一般而论，一种排除情欲的澄明的友谊是否可能呢？

莫洛亚对这个问题的讨论是饶有趣味的。他列举了三种异性之间友谊的情形：一方单恋而另一方容忍；一方或双方是过了恋爱年龄的老人；旧日的恋人转变为友人。分析下来，其中每一种都不可能完全排除性吸引的因素。道德家们往往攻击这种"杂有爱的成分的友谊"，莫洛亚的回答是：即使有性的因素起作用，又有什么要紧呢！"既然身为男子与女子，若在生活中忘记了肉体的作用，始终是种疯狂的行为。"

异性之间的友谊即使不能排除性的吸引，它仍然可以是一种真正的友谊。蒙田曾经设想，男女之间最美满的结合方式不是婚姻，而是一种肉体得以分享的精神友谊。拜伦在谈到异性友谊时也赞美说："毫无疑义，性的神秘力量在其中也如同在血缘关系中占据着一种天真无邪的优越地位，把这谐音调弄到一种更微妙的境界。如果能摆脱一切友谊所防止的那种热情，又充分明白自己的真实情感，世间就没有什么能比得上做女人的朋友了，如果你过去不曾做过情人，将来也不愿做了。"在天才的生涯中起重要作用的女性未必是其妻子或情人，有不少倒是天才的精神挚友，只要想一想贝蒂娜与歌德、贝多芬，梅森葆夫人与瓦格纳、尼采、赫尔岑[1]、罗曼·罗兰，莎乐美与尼采、里尔克、弗洛伊德，梅克夫人与柴可夫斯基，就足够了。当然，性的神秘力量在其中起的作用也是不言而喻的。区别只在于，这种力量因客观情境或主观努力而被限制在一个有益无害的地位，既可为异性友谊罩上一种为同性友谊所未有的温馨情趣，又不致像爱情那样激起一种疯狂的占有欲。

六

在经过种种有趣的讨论之后，莫洛亚得出了一个似乎很平凡的结论：幸福在于爱，在于自我的遗忘。

---

[1] 赫尔岑（Alexander Herzen，1812年—1870年），俄国哲学家、作家、革命家，被称为"俄国社会主义之父"。主要作品有《谁之罪》《往后与随想》等。

当然，事情并不这么简单。康德曾经提出理性面临的四大二律背反，我们可以说人生也面临种种二律背反，爱与孤独便是其中之一。莫洛亚引用了拉伯雷《巨人传》中的一则故事。巴奴越去向邦太葛吕哀征询关于结婚的意见，他在要不要结婚的问题上陷入了两难的困境：结婚吧，失去自由，不结婚吧，又会孤独。其实这种困境不独在结婚问题上存在。个体与类的分裂早就埋下了冲突的种子，个体既要通过爱与类认同，但又不愿完全融入类之中而丧失自身。绝对的自我遗忘和自我封闭都不是幸福，并且也是不可能的。在爱之中有许多烦恼，在孤独之中又有许多悲凉。另一方面呢，爱诚然使人陶醉，孤独也未必不使人陶醉。当最热烈的爱受到创伤而返诸自身时，人在孤独中学会了爱自己，也学会了理解别的孤独的心灵和深藏在那些心灵中的深邃的爱，从而体味到一种超越的幸福。

一切爱都基于生命的欲望，而欲望不免造成痛苦。所以，许多哲学家主张节欲或禁欲，视宁静、无纷扰的心境为幸福。但另一些哲学家却认为拼命感受生命的欢乐和痛苦才是幸福，对于一个生命力旺盛的人，爱和孤独都是享受。如果说幸福是一个悖论，那么，这个悖论的解决正存在于争取幸福的过程之中。其中有斗争，有苦恼，但只要希望尚存，就有幸福。所以，我认为莫洛亚这本书的结尾句是说得很精彩的："若将幸福分析成基本原子时，亦可见它是由斗争与苦恼形成的，唯此斗争与苦恼永远被希望所挽救而已。"

理想主义的绝唱

——读吴宓《文学与人生》

一

二十世纪三十年代,清华大学一位教授给学生开设了一门题为《文学与人生》的课程。他在教案上列出了这门课程的目标,其第一条是:

把我自己的——我的所读所闻,我的所思所感,我的直接和间接人生经验中的——最好的东西给予学生。

读到这话,我不禁肃然起敬,知道自己面对的不只是一位文学教授,更是一个真诚的人。他的课程不只是传授知识,而更是一种严肃的精神活动。

"文学与人生"似乎是一个早被说烂了的题目,何以如此牵扯吴宓先生的感情呢?读下去我发现,在这门课程中,他谈得最多的不是文学,而是哲学,不过不是书本上的哲学,而是通过半生阅读和思考所形成的他自己的哲学人生观。于是我愈加明白,吴宓首先是一个认真的人生思考者，他的文学研究是在他的人生思考的轨道上，并且作为这种思考的重要组成部分展开的。因此，"文学与人生"就不是他的专业领域内诸多学术课题中的一个，而是体现了他的毕生追求的志业之所在，难怪他要全身心地投入了。

吴宓之研究文学，是把文学当作"人生的表现"和"精髓"，"通过文学来研究人生"。抱着这个目的，他便把凡是表现了人生之精髓的作品都视为文学。这样的文学是广义的，不仅包括诗、小说、戏剧等，也包括历史和哲学著作，乃至于一切文字作品。这样的文学又是狭义的，必须是"世上最精美的思想和言论"（马修·阿诺德语），而非徒具文学体裁的外表便可以充数的。综合这两个方面，他心目中的文学就是古今中外文史哲的一切精品。他认为，唯有熟读这些"每个善良聪明的男女都应阅读的基本好书"，博学精研，合观互成，方可通晓人生全体之真相，达到借文学研究人生的目的。

吴宓所说的文学，实际上是指人类文化宝库中的那些不朽之作。如同天才不可按专业归类一样，这些伟大作品也是不可按学科归类的。永恒的书必定表现了人生的某些永恒内涵，因而具有永恒的价值。然而，在浮躁的现代生活中，人们浮在人生的表面，不复关心永恒，于是只读谋职所需的专业书和用以解闷的消遣书，冷落了这些永恒的书。有感于此，在二十世纪三十年代的美国，由吴宓的导师白璧德领导的新人文主义文学批评运动和由赫钦斯等人代表的永恒主义教育思潮,便起而提倡回到古典名著,但收效甚微。那么,就让过眼烟云的人去读过眼烟云的书和报纸吧,而像吴宓这样关心人生永恒问题的人自会"以取法乎上四字为座右铭","非极佳之书不读",做永恒的书的知音,在寂寞中"与古今东西之圣贤哲士通人名流共一堂而为友"。(《文学研究法》,《学衡》第二期)

对于文学和人生,吴宓皆从大处着眼。他说:"在人生中……重要的不是行为,也不是结果,而是如此行为的男女的精神和态度。"同样,"在艺术与文学中,重要的不是题材,而是处理"。因此读书"首须洞明大体,通识全部,勿求细节"(《文学研究法》),注重作品所表现的"作家对人生和宇宙的整体观念,而非他对特定人、事的判断"。可见无论在人生中,还是在文学中,吴宓看重的均是贯穿其中的整体的人生哲思,正是这种哲思把文学与人生也贯通了起来,把文学研究变成了人生探索的一种方式。

其实,吴宓所表达的无非是一种古典的人文信念。按照这种信念,治学的目的不在获取若干专门知识,而在自身的精神完善,好的学者不只是某个领域的专家,甚至也不只是文史哲的通才,而更是具备人生识见的智者。这种信念是东西方古典人文传统所共有的,而在功利日重和分工日细的现代却式微了。但是,某些基本的真理只会遭到忽视,不会过时。我相信,不论学术如何进展,孔子所云"古之学者为己"永远是治学的正道。背离这个正道，治学和做人脱节，仅仅寄居在学术的一枝一节上讨生活，或追逐着时髦的一流一派抢风头，是决计成不了大气候的。

二

吴宓的哲学观点并不复杂，大致袭用了柏拉图以来西方传统形而上学把世界划分为本体界和现象界的模式。他爱用的表述是"一"与"多"。事实上，不论古今东西，凡具形而上性质的宇宙观都不脱这二分的模式。但是，正如吴宓所说："每人必须在自己的灵魂中重建哲学的真理。"在他的灵魂中，这个"一"与"多"的公式的确经过了重建，获得了新的生命，成了他据以建立自己的全部人生观的基石。

至少自十九世纪中叶以来，立足于世界二分模式的西方传统形而上学呈现出了崩溃之势，遭到了许多思想家的批判。如此看来，吴宓在哲学上似乎是一个落伍者。然而，问题在于，世界二分模式不只是逻辑虚构物，它在人性中有着深刻的根源。如果人类站在尘世不再仰望头顶的星空，沉湎于物欲不再敬畏心中的道德律，人类会是什么样子？摆脱了对绝对之物的形而上追问，哲学又会是什么样子？宣告"上帝死了"的尼采不是也在盼望"超人"诞生吗？

吴宓正是站在价值论立场上来运用世界的二分模式的。在他那里，"一"的真正含义是指绝对精神价值，"多"的真正含义是指现实世界和社会中的相对价值。与此相对应，便有两种艺术是一朵不结果实的花,正因为不结果实而更显出它的美来,它是以美为目的本身的自为的美。

《灯塔山》

爱德华·霍珀,1927 年

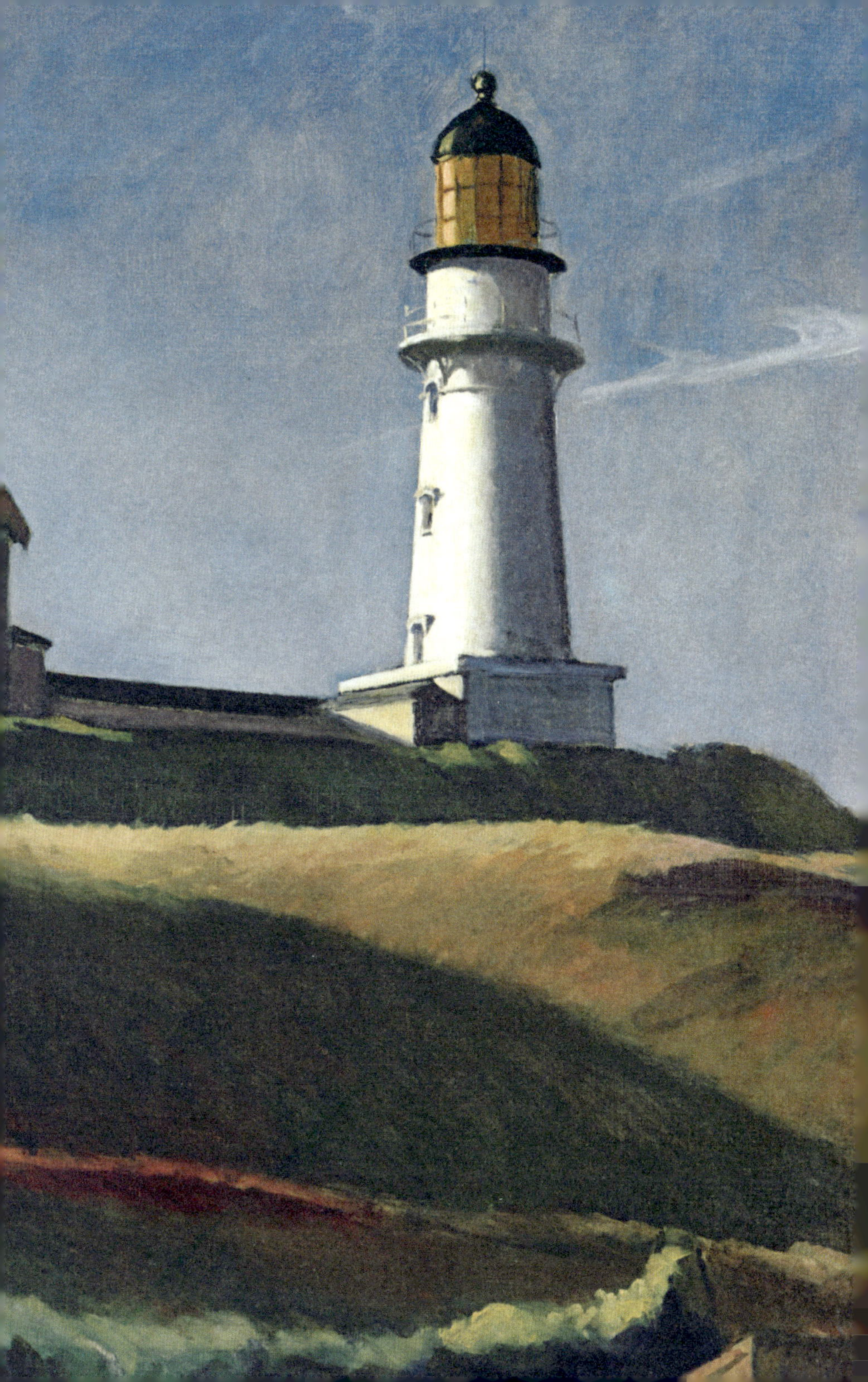

如果说幸福是一个悖论,那么,这个悖论的解决正存在于争取幸福的过程之中。其中有斗争,有苦恼,但只要希望尚存,就有幸福。

人生。一种是永生、理想的人生,即守住"多"中之"一",修"天爵",追求仁义忠信。另一种是浮生、世俗的人生,即自溺于"多"而遗忘"一",修"人爵",追求功名富贵。他向往的是前者,自云兼识"一"与"多",且知"一"存在于"多"之中,但"宓之态度及致力之趋向"则注重于"一",所以"宓之总态度可名为理想主义",而"其他名词或派别均不足以代表宓"。

理想主义(idealism)一词可有二义。一是与实利主义(materialism)相对立,指注重精神生活达到价值,视精神生活的满足为人生真正幸福之所在。二是与虚无主义(nihilism)相对立,指信仰某种绝对价值。这种信仰与对某宗教、某学说的信奉并无必然联系,一个不是任何教条的信徒的人仍可有执着的精神追求。说到底,理想主义是一种精神素质,凡具此素质的人,必孜孜以求"一",无论是否求得,都仍是理想主义者。

在吴宓身上就有这样的精神素质,他之成为理想主义者,实出于天性不得不然。他必须相信"浮象"中有"至理","世间有绝对之善恶是非美丑",借此信念,他才感到"虽在横流之中,而犹可得一立足点","虽当抑郁懊丧之极,而精神上犹有一线之希望"。(《我之人生观》,《学衡》第十六期)吴宓对现代人的精神危机有着清醒的认识,不止一次指出:"学术思想之淆乱,精神之迷离痛苦,群情之危疑惶骇,激切鼓荡,信仰之全失,正当之人生观之不易取得,此非特吾国今日之征象,盖亦全世之所同也。"(《我之人生观》)"宗教信仰已失,无复精神生活。全世皆然,不仅中国。"(转引自《吴宓与陈寅恪》,清华大学出版社,1992年出版,第70页)正是痛感这"博放之世"的"偏于多",他才力主"须趋重一以救其失",亟欲为自己也为国人"取得一贯之精神及信仰"(转引自《吴宓与陈寅恪》第62页)。

二十世纪以来,在中国的土地上,各种社会变革思潮迭起,不外乎资本主义和社会主义两端。然而,富国强兵也罢,共产平权也罢,着眼点均在政治和经济的改造。一切社会运动都不涉及绝对价值的问题,不能为精神提供形而上层次的信仰。吴宓认为,"社会改革者的失误"在于试图由"多"达到"一",这当然是不可能的。情况也许正好相反,无论知识分子接受再教育,还是文人下海,结果都是精神的贫困化。在任何时代,智者的使命都在于超越社会潮流而关注人类精神的走向,灵魂的寻求都是每个人必须独立完成的事情。

在一个普遍重实利、轻理想的时代,像吴宓这样一位真诚的理想主义者难免会感觉孤独的痛苦。但他毫不动摇,"甘为时代之落伍者"(转引自《吴宓与陈寅恪》第69页)。在孤独中,他用孟子的穷达之论自勉。他运用"一"与"多"的理论,对这个命题有独到的发挥。他指出,首先,这个命题指的是"一",而非"多"。"独善"和"兼善"是"对同一个人的品质的描述,而非供人选择的不同(例如两种)生活"。事实上,贯穿于两者之中的是同样的理想主义精神。其次,"独善"是"原初意向""真正目的","兼善"则是"自然后果""始所未料的结果"。我很赞赏他的这个解释。中国知识分子对社会政治进程往往有强烈的使命感和参与意识，以拯救天下为己任，这大约是来自集学与仕于一身的儒家传统吧。然而，依我之见，或许至少应有一部分知识分子不妨超脱些，和社会进程保持一定距离，以便在历史意识和人生智慧的开阔视野中看社会进程。也就是说，首先要自救，在躁动中保持静观沉思，在芸芸众生中做智者（而不是导师或领袖），守护好人类和人生的那些永恒的基本价值。这样的人的存在本身就会对社会进程产生制约作用，至少会对人类的精神走向产生良好的影响。在这个意义上，自救就是救世，独善其身收到了兼善天下的效果。即使收不到也无憾，因为对于智者来说，独善却是性之必然，即使天下无一人听他，他仍然是一个智者。

三

当然，一个健全的理想主义者是不该脱离实际和逃避现实的，因而终归面临着如何处理理想与实际、"一"与"多"的关系这个重大问题。所谓实际或"多"，概括地说，包括事功、实利、情欲三个方面。吴宓的解决办法，一言以蔽之，便是"中庸"。他运用"一"与"多"的公式对儒家经典多有独到发挥，"中庸"又是一例。

孔子说："执其两端，用其中于民。"据此，"中庸"即"执两用中"。"两端"究竟何所指？一般认为，是指"过"与"不及"。但这样就会产生一个问题：衡量"过"和"不及"的标准又是什么？只能是"中"，陷入了循环论证。吴宓独释"两端"为"一"与"多"，准此，"执两用中"就是"一＋多"，而非"多中之一＋多中之另一"，"中庸"就是"一与多之间居中"，而非"多与多之间的中心点"。这个解释是否符合孔子的原意姑且不论，却是能自圆其说的，对于吴宓也是很重要的，因为它坚持了理想主义。按照这个解释，"中庸"即是守住理想，以理想为"最终标准"，同时方便变通，应用理想于实际，这叫作"守经而达权"。

例如在事功方面，吴宓自己是极努力的，除教学和著述外，还劳苦奔走，自费贴补，苦心营办《学衡》杂志，而目的只在贯彻自己的理想。至于努力的结果如何，则不必太看重。他以古印度神曲中"行而无著"和曾文正公"不问收获，但问耕耘"之语自勉（《我之人生观》），鼓励自己"强勉奋斗，不计成功之大小，至死而止"（转引自《吴宓与陈寅恪》第69页）。坚持理想而不务求理想之必定实现，努力事功而不执着事功之成败，这种态度就是"中庸"。事实上，理想之为绝对精神价值，原本就不可能完全变为现实，否则就不成其为理想了。但是，它的作用并不因此稍减，有了它，事功之相对价值才有了根据和目标。

又如义与利的关系，吴宓强调，义属于"一"和理想，利属于"多"和实际。"理想必取全真，而实际应重适宜。"在义的领域，包括思想、道德、文艺、爱情等，"必须用理想标准，力求高美"。在利的领域，包括衣食、名位、事务、婚姻等，"可但就实际取样，得此便足"。孔子注重理想生活，对于实际生活则随遇而安，无可无不可，这就是在义利问题上的中庸态度。市侩唯利是图，毫无理想；苦行僧枯守理想，绝对排斥物欲；伪君子既无理想，又诅咒物欲，均不合中庸之道。一个有着充实的精神生活的人，对待身外之物自会有一种淡泊的态度，既不刻意追求，也不刻意拒斥，能吃苦也能享受，贫富皆不改其志。他真正看轻了得失，以至于对得和失都泰然处之了。

在吴宓看来，"义"并非抽象的"理"，也包括真挚的"情"，是真情与至理的统一。他给自己树立的目标是"情智双修"，或曰"情理兼到"。不过，这里的"情"指一种类似于宗教感情的诚爱之心，而非情欲。情欲却是属于"多"的范畴的。灵魂为"一"，肉体为"多"，中庸即是重灵魂生活而顺肉体之自然，禁欲和纵欲皆为偏执。他对性爱的分析十分有趣。他说，任何男人与任何女人之间的关系均是相对的，都在"多"之中。因此，一男爱一女，一男爱多女，一女爱多男，多男爱多女，或同时，或先后，这种种情形形而上学地说都同样是有道理的。由此使恋爱极不稳定，如沙上筑屋，常是轮盘式、三角式、交织式，很少互相式的，遂导致痛苦和悲哀。吴宓自己是一个经历了失恋痛苦和离婚悲剧的人，所以这番话不仅是出于理性思考，而且包含着身世之叹。事实上，世上确无命定姻缘，男女之爱充满着偶然和变易的因素，造成了无数恩怨。因此，爱情上的理想主义是很难坚持到底的。多数人由于自身经验的教训，会变得实际起来，唯求安宁，把注意力转向实利或事功。那些极执着的理想主义者往往会受幻灭感所驱，由情入空，走向虚无主义，如拜伦一样玩世不恭，或如贾宝玉一样看破红尘。吴宓也是一个极执着的理想主义者，但他不肯放弃理想，试图在爱情上也寻求"一多并在"的中庸，于是提出"由情入道""由情悟道"，即"由爱情入宗教"，"藉人生的痛苦经历而逐步理解和信仰上帝的世界"。可是，作为一个本无基督教信仰的中国人，又生在西方人也惊呼"上帝死了"的时代，这条路能走通吗？抑或他所说的"宗教"和"上帝"别有所指？

四

宗教植根于人的天性和人生的基本处境，绝非科学进步和社会改造能够使之消灭的。人生的某些根本缺陷是永恒的，没有任何力量可以使人免除生老病死之苦。诚如吴宓所说："众生的共同状态，即'人生'，是不幸的。虽不断努力（娱乐，消遣，以试图忘却，浪漫之爱，仅其一耳），亦从不满意；人无'安宁'——作为幸福和仅仅来自上帝的那种'安宁'。"无论何人，只要执意在短暂的人生中求永生，在人生的不完善中求完善，他便已经具有一种宗教倾向了。宗教乃理想主义之极致，理想主义者所相信的绝对精神价值不过是神的同义语罢了。在此意义上，吴宓恰当地自道有"宗教精神"。

真正的宗教精神只关涉个人的灵魂，与世俗教派无关。我很赞赏吴宓的话:"盖宗教之功固足救世,然其本意则为人之自救。"(《我之人生观》)一个人如果不是因为灵魂中发生危机而求自救,无论他怎样具备救世的热情,宗教始终是外在于他的东西。

然而,灵魂渴求信仰,世道亟需宗教,便会有宗教的信仰了吗?可惜并不。恰恰相反,越是渴求信仰的灵魂越是难以盲信,而要在信仰业已沦丧的时代人工培植宗教更是缘木求鱼。请听吴宓的自白:"吾虽信绝对观念之存在,而吾未能见之也。吾虽日求至理,而今朝所奉为至理者,固犹是浮像,其去至理之远近如何,不可知也……于此则须虚心,则须怀疑。然徒虚心怀疑而无信仰,则终迷惘消极而无所成就而已。故吾须兼具信仰与怀疑,二者互相调剂而利用之。"他还说:"究极论之,道德理想功业,无非幻象。人欲有所成就,有所树立,亦无非利用此幻象,所谓弄假成真,逢场作戏而已。"(《我之人生观》)原来,他之所以信仰,是因为他必须有信仰,不能无信仰,无信仰会导致对人生抱迷惘消极的态度,而这是他万万不愿意的。至于所信仰的理想、至理、绝对观念究竟是否存在,他是怀疑的。不但怀疑,而且明确其为"浮象""幻象"。但他要"利用"之,借以勉励自己在人生中有所作为。

前面说到,作为理想主义者,吴宓视理想为根本,而把实际看作理想的应用,也就是利用实际以贯彻理想。现在又说利用理想,理想成了手段,岂不自相矛盾?似乎是的,但矛盾只是表面的，其中有一以贯之的东西，就是他的理想主义一生态度。他之所以明知理想是幻象而仍姑妄信之，正是因为他无论如何不肯放弃理想主义人生态度。即使理想连同实际都是幻象，他仍然要利用它们来追求一种理想的人生，这种追求是完全真实的。当然，一个执着的理想主义者竟清醒地看到理想仅是幻象，无疑透出了悲观的底蕴，但这乃是信仰崩溃时代一切理想主义者的共同悲剧，几乎无人能够幸免。

既然吴宓在宗教中所寻求的是可以为理想人生提供根据的根本信念，他对宗教的外壳就不必在意了。他看得明白，人之信何教何派大抵出于事境之偶然和先入为主，并不太重要。鉴于受中国文化传统的熏陶，儒教已是他的先入之见，他表示将终身依从儒教。但是，他又看得明白，儒学不成其为宗教，只是道德学说。然而，既然世界处于宗教衰败的时代，不得已而求其次，道德也许是唯一可行的选择了。当他把道德当作自救和救世之道时，一种广义的宗教信念仍是他的内在动力。他相信宇宙间必有至善存在，这个信念鼓舞着他为建立道德兢兢工作，成为一个他恰如其分自命的"具有浪漫主义气质的现实主义道德家"。绝对价值的存在是必要的假设，一个人如果没有宁信其有的宗教精神或曰浪漫气质，怎么可能从事任何真正的精神事业呢？

吴宓所欲建立的道德是广义的，与人文主义同义。按照他的理解，人文主义即"个人的教养或完善"，为此须研习人类一切文化精品。这就回到了本文开头所阐述的他的古典人文信念。从这种信念出发，他反对"存中西门户之见"，主张"兼取中西文明之精华，而熔铸之贯通之"。在他之前，辜鸿铭、蔡元培、梁启超、梁漱溟、张君劢等人均已走入这个融合中西文化之精华的思路。在我看来，这个思路的合理是一目了然的。我确信人性和人生基本境况是不变的，人类不分古今东西都面临着某些永恒的根本问题，对这些问题的思考构成了一切精神文化的核心。当然，对于每个人来说，如何融会贯通却是要他独立完成的事情，并且必定显出文化背景和价值取向的差异。说句老实话，我已听厌了不断老调重弹的中西文化讨论，既不相信全盘西化，也不相信儒学复兴，并且也不相信可以人为地造就一种东西合璧、普遍适用的新文化新人生观。当务之急不是制订救世的方案，而是启迪自救的觉悟，不是建立统一的价值体系，而是鼓励多元精神价值的真诚追求。如果有更多的人注重精神生活，热爱全人类文化遗产，认真思考人生问题，那么，不管思考的结果怎样纷异，都是中国文化乃至中华民族前途的福音。我们已经有了许多热衷于文化讨论的学者，缺少的是真诚的儒者、释者、基督徒、人文主义者等等，一句话，真诚的理想主义者。读完吴宓的《文学与人生》，掩卷沉思，我明白这本书使我如此感动的原因之所在了。

五

承蒙吴学昭女士信任，得以先睹其亡父吴宓先生《文学与人生》一书的校样，并遵嘱写下了我的感想。

该书是吴宓毕生心血之凝聚和理想之寄托，他本人极其重视。自 1936 年在清华大学和北平女子文理学院同时开设这门课程之后，他辗转从教于西南联大、成都燕京大学、武汉大学，均开设此课，并不断充实提纲的内容。1948 年底，他又写成文稿，计 25 万余字。1949 年 4 月，他取道重庆，准备上峨眉山出家，随身即携着这部文稿。后出家未果，留西南师范学院教学，由于政治形势而不能再开设此课，便将文稿珍藏了起来。1973 年 8 月，在他因反对"批孔"被打成"现行反革命"前不久，风声日紧，他将两包文件交昔日的一个学生保管，作为他身后"永久保存并传后之文件一部分"，并开示清单，列在第一的就是这部《文学与人生》文稿（《雨僧日记》1973 年 8 月 12 日）。遗憾的是，我们现在读到的仍只是 1936 年的提纲，文稿却至今未见天日。作为一名读者，我只能期盼文稿早日出版，使吴宓最渴望传后的这部心血之作真正得以传之后学。这位生前寂寞的理想主义者倘若知道他的最后遗愿也所托非人，他的在天之灵该如何的悲哀啊。但愿事实不是如此。

经典和我们

"蝙蝠文丛"从西方自古及今人文经典著作中选择比较轻松易读的文本，按照主题分辑，按照作者分册，陆续出版。这套丛书的宗旨是"经典文本，轻松阅读"，很合我读书的旨趣，我来说一说自己的理解。

读什么书，取决于为什么读。人之所以读书，无非有三种目的。一是为了实际的用途，例如因为职业的需要而读专业书籍，因为日常生活的需要而读实用知识。二是为了消遣，用读书来消磨时光，可供选择的有各种无用而有趣的读物。三是为了获得精神上的启迪和享受，如果是出于这个目的，我觉得读人文经典是最佳选择。

人类历史上产生了那样一些著作，它们直接关注和思考人类精神生活的重大问题，因而是人文性质的，同时其影响得到了许多世代的公认，已成为全人类共同的财富，因而又是经典性质的。我们把这些著作称作人文经典。在人类精神探索的道路上，人文经典构成了一种伟大的传统，任何一个走在这条路上的人都无法忽视其存在。

认真地说，并不是随便读点什么都能算是阅读的。譬如说，我不认为背功课或者读时尚杂志是阅读。真正的阅读必须有灵魂的参与，它是一个人的灵魂在一个借文字符号构筑的精神世界里的漫游，是在这漫游途中的自我发现和自我成长，因而是一种个人化的精神行为。什么样的书最适合于这样的精神漫游呢？当然是经典，只要我们翻开它们，便会发现里面藏着一个个既独特又完整的精神世界。

一个人如果并无精神上的需要，读什么倒是无所谓的，否则就必须慎于选择。也许没有一个时代拥有像今天这样多的出版物，然而，很可能今天的人们比以往任何时候都阅读得少。在这样的时代，一个人尤其必须懂得拒绝和排除，才能够进入真正的阅读。这是我主张坚决不读二三流乃至不入流读物的理由。

图书市场上有一件怪事，别的商品基本上是按质论价，唯有图书不是。同样厚薄的书，不管里面装的是垃圾还是金子，价钱都差不多。更怪的事情是，人们宁愿把可以买回金子的钱用来买垃圾。至于把宝贵的生命耗费在垃圾上还是金子上，其间的得失就完全不是钱可以衡量的了。

古往今来，书籍无数，没有人能够单凭一己之力从中筛选出最好的作品来。幸亏我们有时间这位批评家，虽然它也未必绝对智慧和公正，但很可能是一切批评家中最智慧和最公正的一位，多么独立思考的读者也不妨听一听它的建议。所谓经典，就是时间这位批评家向我们提供的建议。

对经典也可以有不同的读法。一个学者可以把经典当作学术研究的对象，对某部经典或某位经典作家的全部著作下考证和诠释的功夫，从思想史、文化史、学科史的角度进行分析。这是学者的读法。但是，如果一部经典只有这一种读法，我就要怀疑它作为经典的资格，就像一个学者只会用这一种读法读经典，我就要断定他不具备大学者的资格一样。唯有今天仍然活着的经典才配叫作经典，它们不但属于历史，而且超越历史，仿佛有一颗不死的灵魂在其中永存。正因为如此，在阅读它们时，不同时代的个人都可能感受到一种灵魂觉醒的惊喜。在这个意义上，经典属于每一个人。

作为普通人，我们如何读经典？我的经验是，不妨就把经典当作闲书来读。也就是说，阅读的心态和方式都应该是轻松的。千万不要端起做学问的架子，刻意求解。读不懂不要硬读，先读那些读得懂的、能够引起自己兴趣的著作和章节。这里有一个浸染和熏陶的过程，所谓人文修养就是这样熏染出来的。在不实用而有趣这一点上，读经典的确很像是一种消遣。事实上，许多心智活泼的人正是把这当作最好的消遣的。能否从阅读经典中感受到精神的极大愉悦，这差不多是对心智品质的一种检验。不过，也请记住，经典虽然属于每一个人，但永远不属于大众。我的意思是说，读经典的轻松绝对不同于读大众时尚读物的那种轻松。每一个人只能作为有灵魂的个人，而不是作为无个性的大众，才能走到经典中去。如果有一天你也陶醉于阅读经典这种美妙的消遣，你就会发现，你已经距离一切大众娱乐性质的消遣多么遥远。

根据以上理解，我祝愿这套丛书成为普通读者和人文经典之间的一座桥梁，使更多的人品尝到读经典的愉快，也使更多的人文大师成为普通读者的心灵朋友。

私人写作

一

一八六二年秋天的一个夜晚,托尔斯泰几乎通宵失眠,心里只想着一件事:明天他就要向索菲亚求婚了。他非常爱这个比他小十六岁、年方十八的姑娘,觉得即将来临的幸福简直难以置信,因此兴奋得睡不着觉了。

求婚很顺利。可就在求婚被接受的当天,他想到的是:"我不能为自己一个人写日记了。我觉得,我相信,不久我就不再会有属于一个人的秘密,而是属于两个人的,她将看我写的一切。"

当他在日记里写下这段话时,他显然不是为有人将分享他的秘密而感到甜蜜,而是为他不再能独享仅仅属于他一个人的秘密而感到深深的不安。这种不安在九个月后完全得到了证实,清晰成了一种强烈的痛苦和悔恨:"我自己喜欢并且了解的我,那个有时整个地显身、叫我高兴也叫我害怕的我,如今在哪里?我成了一个渺小的微不足道的人。自从我娶了我所爱的女人以来，我就是这样一个人。这个簿子里写的几乎全是谎言——虚伪。一想到她此刻就在我身后看我写东西，就减少、破坏了我的真实性。"

托尔斯泰并非不愿对他所爱的人讲真话。但是，面对他人的真实是一回事，面对自己的真实是另一回事，前者不能代替后者。作为一个珍惜内心生活的人，他从小就养成了写日记的习惯。如果我们不把记事本、备忘录之类和日记混为一谈的话，就应该承认，日记是最纯粹的私人写作，是个人精神生活的隐秘领域。在日记中，一个人只面对自己的灵魂，只和自己的上帝说话。这的确是一个神圣的约会，是绝不容许有他人在场的。如果写日记时知道所写的内容将被另一个人看到，那么，这个读者的无形在场便不可避免地会改变写作者的心态，使他有意无意地用这个读者的眼光来审视自己写下的东西。结果，日记不再成其为日记，与上帝的密谈蜕变为向他人的倾诉和表白，社会关系无耻地占领了个人的最后一个精神密室。当一个人在任何时间内，包括在写日记时，面对的始终是他人，不复能够面对自己的灵魂时，不管他在家庭、社会和一切人际关系中是一个多么诚实的人，他仍然失去了最根本的真实，即面对自己的真实。

因此，无法只为自己写日记，这一境况成了托尔斯泰婚后生活中一个持久的病痛。三十四年后，他还在日记中无比沉痛地写道："我过去不为别人写日记时有过的那种宗教感情，现在都没有了。一想到有人看过我的日记而且今后还会有人看，那种感情就被破坏了。而那种感情是宝贵的，在生活中帮助过我。"这里的"宗教感情"是指一种仅仅属于每个人自己的精神生活，因为正像他在生命最后一年给索菲亚的一封信上所说的："每个人的精神生活是这个人与上帝之间的秘密，别人不该对它有任何要求。"在世间一切秘密中，唯此种秘密最为神圣，别种秘密的被揭露往往提供事情的真相，而此种秘密的受侵犯却会扼杀灵魂的真实。

可是，托尔斯泰仍然坚持写日记，直到生命最后的日子，而且在我看来，他在日记中仍然是非常真实的，比我所读到过的任何作家日记都真实。他把他不能真实地写日记的苦恼毫不隐讳地诉诸笔端，也正证明了他的真实。真实是他的灵魂的本色，没有任何力量能使他放弃，他自己也不能。

二

似乎也是出于对真实的热爱，萨特却反对一切秘密。他非常自豪他面对任何人都没有秘密，包括托尔斯泰所异常珍视的个人灵魂的秘密。他的口号是用透明性取代秘密。在他看来，写作的使命便是破除秘密，每个作家都完整地谈论自己，如此缔造一个一切人对一切人都没有秘密的完全透明的理想社会。

我不怀疑萨特对透明性的追求是真诚的，并且出于一种高尚的动机。但是，它显然是乌托邦。对于我们来说，重要的是：写作的真实存在于透明性之中吗？

当然，写作总是要对人有所谈论。在此意义上，萨特否认有为自己写作这种事。他断言："一旦你开始写作，不管你愿意不愿意，你已经介入了。"可是，问题在于，在"介入"之前，作家所要谈论的问题已经存在了，它并不是在作家开口向人谈论的时候才突然冒出来的。一个真正的作家必有一个或者至多几个真正属于他的问题，这些问题往往伴随他的一生，它们的酝酿和形成恰好是他的灵魂的秘密。他的作品并非要破除这个秘密，而只是从这个秘密中生长出来的看得见的作物罢了。就写作是一个精神事件，作品是一种精神产品而言，有没有真正属于自己灵魂的问题和秘密，便是写作的真实一个基本的前提。这样的问题和秘密会引导写作者探索存在的未经勘察的领域，发现一个别人尚未发现的、仅仅属于他的世界，他作为一个作家的存在理由和价值就在于此。没有这样的问题和秘密的人诚然也可以写点什么，甚至写很多的东西，然而，在最好的情况下，他们只是在传授知识，发表意见，报告新闻，编讲故事，因而不过是教师、演说家、记者、故事能手罢了。

第二次世界大战期间，加缪出于对法西斯的义愤加入了法国抵抗运动。战后，在回顾这一经历时，他指责德国人说："你们强迫我进入了历史，使我五年中不能享受鸟儿的歌鸣。可是，历史有一种意义吗？"针对这一说法，萨特批评道："问题不在于是否愿意进入历史和历史是否有意义，而在于我们已经身在历史中，应当给它一种我们认为最好的意义。"他显然没有弄懂加缪苦恼的真正缘由：对于真正属于自己灵魂的问题的思考被外部的历史事件打断了。他太多地生活在外部的历史中，因而很难理解一个沉湎于内心生活的人的特殊心情。

我相信萨特是不为自己写日记的，他的日记必定可以公开，至少可以向波伏瓦公开，因此他完全不会有托尔斯泰式的苦恼。我没有理由据此断定他不是一个好作家。不过，他的文学作品，包括小说和戏剧，无不散发着浓烈的演讲气息，而这不能不说与他主张并努力实行的透明性有关。昆德拉在谈到萨特的《恶心》时挖苦说，这部小说是存在主义哲学穿上了小说的可笑服装，就好像一个教师为了给打瞌睡的学生提神，决定用小说的形式上一课。的确，我们无法否认萨特是一名出色的教师。

三

对于我们今天的作家来说，托尔斯泰式的苦恼就更是一种陌生的东西了。一个活着时已被举世公认的文学泰斗和思想巨人，却把自己的私人日记看得如此重要，这个现象似乎只能解释为一种个人癖好，并无重要性。据我推测，今天以写作为生的大多数人是不写日记的，至少是不写灵魂密谈意义上的私人日记的。有些人从前可能写过，一旦成了作家，就不写了。想要或预约要发表的东西尚且写不完，哪里还有工夫写不发表的东西呢？

一位研究宗教的朋友曾经不胜感慨地向我诉苦：他忙于应付文债，几乎没有喘息的工夫，只在上厕所时才得到片刻的安宁。

我笑笑说：可不，在这个忙碌的时代，我们只能在厕所里接待上帝。上帝在厕所里——这不是一句单纯的玩笑，而是我们这个时代的真实写照，厕所是上帝在这个喧嚣世界里最后的避难所。这还算好的呢，多少人即使在厕所里也无暇接待上帝，依然忙着尘世的种种事务，包括写作！

是的，写作成了我们在尘世的一桩事务。这桩事务又派生出了许多别的事务，于是我们忙于各种谈话：与同行、编辑、出版商、节目主持人等等。其实，写作也只是我们向公众谈话的一种方式而已。最后，我们干脆抛开纸笔，直接在电视台以及各种会议上频频亮相和发表谈话，并且仍然称这为写作。

曾经有一个时代，那时的作家、学者中出现了一批各具特色的人物，他们每个人都经历了某种独特的精神历程，因而都是一个独立的世界。在他们的一生中，对世界、人生、社会的观点也许会发生重大的变化，不论这些变化的促因是什么，都同时是他们灵魂深处的变化。我们尽可以对这些变化评头论足，但又不得不承认，由这些变化组成的他们的精神历程，在我们眼前无不呈现为一种独特的精神景观，闪耀着个性的光华。可是，今日的精英们却只是在无休止地咀嚼从前的精英留下的东西，名之曰文化讨论，并且人人都以能够在这讨论中插上几句话而自豪。他们也在不断改变着观点，例如昨天鼓吹革命，今天讴歌保守，昨天崇洋，今天尊儒，但是这些变化与他们的灵魂无关，我们从中看不到精神历程，只能看到时尚的投影。他们或随波逐流，或标新立异，而标新立异也无非是随波逐流的夸张形式罢了。把他们先后鼓吹过的观点搜集到一起，我们只能得到一堆意见的碎片，用它们是怎么也拼凑不出一个完整的个性的。

四

我把一个作家不为发表而从事的写作称为私人写作，它包括日记、笔记、书信等。这是一个比较宽泛的定义，哪怕在写时知道甚至期待别人——例如爱侣或密友——读到的日记也包括在内，因为它们起码可以算是情书和书信。当然，我所说的私人写作肯定不包括预谋要发表的日记、公开的情书、登在报刊上的致友人书之类，因为这些东西不符合我的定义。要言之，在进行私人写作时，写作者所面对的是自己或者某一个活生生的具体的个人，而不是抽象的读者和公众。因而，他此刻所具有的是一个生活、感受和思考着的普通人的心态，而不是一个专业作家的职业心态。

毫无疑问，最纯粹、在我看来也最重要的私人写作是日记。我甚至相信，一切真正的写作都是从写日记开始的，每一个好作家都有一个相当长久的纯粹私人写作的前史，这个前史决定了他后来之成为作家不是仅仅为了谋生，也不是为了出名，而是因为写作乃是他的心灵的需要，至少是他的改不掉的积习。他向自己说了太久的话，因而很乐意有时候向别人说一说。

私人写作的反面是公共写作，即为发表而从事的写作，这是就发表终究是一种公共行为而言的。对于一个作家来说，为发表的写作当然是不可避免也无可非议的，而且这是他锤炼文体功夫的主要领域，传达的必要促使他寻找贴切的表达，尽量把话说得准确生动。但是，他首先必须有话要说，这是非他说不出来的独一无二的话，是发自他心灵深处的话，如此他才会怀着珍爱之心为它寻找最好的表达，生怕它受到歪曲和损害。这样的话在向读者说出来之前，他必定已经悄悄对自己说过无数遍了。一个忙于向公众演讲而无暇对自己说话的作家，说出的话也许漂亮动听，但几乎不可能是真切感人的。

　　托尔斯泰认为，写作的职业化是文学堕落的主要原因。此话愤激中带有灼见。写作成为谋生手段，发表就变成了写作的最直接的目的，写作遂变为制作，于是文字垃圾泛滥。不被写作的职业化败坏是一件难事，然而仍是可能的，其防御措施之一便是适当限制职业性写作所占据的比重，为自己保留一个纯粹私人写作的领域。私人写作为作家提供了一个必要的空间，使他暂时摆脱职业，回到自我，得以与自己的灵魂会晤。他从私人写作中得到的收获必定会给他的职业性写作也带来好的影响，精神的洁癖将使他不屑于制造文字垃圾。我确实相信，一个坚持为自己写日记的作家，是不会高兴去写仅仅被市场所需要的东西的。

五

　　一九一〇年的一个深秋之夜，离那个为求婚而幸福得睡不着觉的秋夜快半个世纪了，对于托尔斯泰来说，这是又一个不眠之夜。这天深夜，这位八十二岁的老翁悄悄起床，离家出走，十天后病死在一个名叫阿斯塔波沃的小车站。

关于托尔斯泰晚年的出走，后人众说纷纭。最常见的说法是，他试图以此表明他与贵族生活——以及不肯放弃这种生活的托尔斯泰夫人——的决裂，走向已经为时过晚的自食其力的劳动生活。因此，他是为平等的理想而献身的。然而，事实上，托尔斯泰出走的真正原因也就是四十八年前新婚时令他不安的那个原因：日记。

如果说不能为自己写日记是托尔斯泰的一块心病，那么，不能看丈夫的日记就是索菲亚的一块心病，夫妇之间围绕日记展开了旷日持久的战争。到托尔斯泰晚年，这场战争达到了高潮。为了有一份只为自己写的日记，托尔斯泰真是费尽了心思，伤透了脑筋。有一段时间，这个举世闻名的大文豪竟然不得不把日记藏在靴筒里，连他自己也觉得滑稽。可是，最后还是被索菲亚翻出来了。索菲亚又要求看他其余的日记，他坚决不允，把他最后十年的日记都存进了一家银行。索菲亚为此不断地哭闹，她想不通做妻子的为什么不能看丈夫的日记，对此只能有一个解释：那里面一定写了她的坏话。在她又一次哭闹时，托尔斯泰喊了起来：

"我把我的一切都交了出来：财产，作品……只把日记留给了自己。如果你还要折磨我，我就出走，我就出走！"

说得多么明白。这话可是索菲亚记在她自己的日记里的，她不可能捏造对自己不利的话。那个夜晚她又偷偷翻寻托尔斯泰的文件,终于促使托尔斯泰把出走的决心付诸行动。把围绕日记的纷争解释为争夺遗产继承权的斗争,未免太势利眼了。对于托尔斯泰来说,他死后日记落在谁手里是一件相对次要的事情,他不屈不挠争取的是为自己写日记的权利。这位公共写作领域的巨人同时也是一位为私人写作的权利献身的烈士。

与书结缘

我此生与书有缘,在书中度过了多半的光阴。不过,结缘的开端似乎不太光彩。那是上小学的时候,在老师号召下,班上同学把自己的图书凑集起来,放在一只箱子里,办起了一个小小的图书馆。我从中借了一本书,书中主人公是一个喜欢恶作剧的男孩,诸如把苍蝇包在包子里给人吃之类,我一边看,一边笑个不停。我实在太想拥有这本有趣的书了,归还后又把它偷了出来。从此以后,我对书产生了浓厚的兴趣,每一本书,不管是否读得懂,都使我神往,我相信其中一定藏着一些有趣的或重要的东西,等待我去把它们找出来。

小学六年级时,我家搬到了人民公园附近,站在窗前,可以望见耸立在公园背后的大自鸣钟。上海图书馆的这个标志性建筑对我充满了诱惑力,我常常不由自主地走到那里,在图书馆的院子里徘徊,有一天终于鼓起勇气朝楼里走,却被挡驾了。按照规定，儿童身高一米四五以上才能进阅览室，我当时十岁，个儿小，还差得远。小学刚毕业，拿到了考初中的准考证，听说凭这个证件就可以进到楼内，我喜出望外。整个暑假，我几乎天天坐在上海图书馆的阅览室里看书。我喜欢阅览室里的气氛，寂静笼罩之下，一张张宽大的桌子旁，互不相识的人们专心读着不同的书，彼此之间却仿佛有着一种神秘的联系。这是知识的圣殿，我为自己能够进入这个圣殿而自豪。

我仍渴望占有自己所喜欢的书，毕竟懂事了，没有再偷，而是养成了买书的癖好。初中三年级时，我家搬迁，从家到学校乘电车有五站地，只花四分钱，走路要用一小时。由于家境贫寒，父亲每天只给我四分钱的单程车费，我连这钱也舍不得花，总是徒步往返。路途的一长段是繁华的南京西路，放学回来正值最热闹的时候，两旁橱窗里的商品琳琅满目，但我心里惦记着这一段路上的两家旧书店，便以目不旁视的气概勇往直前。这两家旧书店是物质诱惑的海洋中的两座精神灯塔，我每次路过必进，如果口袋里的钱够，就买一本我看中的书。当然，经常的情形是看中了某一本书，但钱不够，于是我不得不天天去看那本书是否还在，直到攒够了钱把它买下才松一口气。读高中时，我住校，从家到学校要乘郊区车，往返票价五角。我每两周回家一次，父亲每月给我两元钱，一元乘车，一元零用。这使我在买书时仿佛有了财大气粗之感，为此总是无比愉快地跋涉在十几公里长的郊区公路上。

回想起来，从中学开始，我就已经把功课看得很次要，而把主要的精力用于读课外书。我是在上海中学读的高中，学校阅览室的墙上贴着高尔基的一句语录："我扑在书上，就像饥饿的人扑在面包上一样。"这句话对于当时的我独具魔力，它如此贴切地表达了一个饥不择食的少年人的心情和状态，使我永远记住了它。不过，虽然我酷爱读书，却并不知道该读什么书，始终是在黑暗中摸索。直到进了北京大学，在郭沫若的儿子郭世英影响下，我才开始大量阅读世界文学名著。一开始是俄国文学，把屠格涅夫、托尔斯泰、陀思妥耶夫斯基的中译本都读了，接着是西方文学和哲学，一发而不可收。我永远感谢我的这位不幸早逝的朋友，在我求知欲最旺盛的时候，他做了我的引路人，把我带到了世界文化宝库的大门前。那一年我十七岁，在我与书结缘的历史上，这是一个转折点。一个人一旦走进宝库，看过了真正的珍宝，他就获得了基本的鉴赏力，懂得区分宝物和垃圾了。在那以后，我仿佛逐渐拥有了一种内在的嗅觉，能够嗅出一本书的优劣，本能地拒斥那些平庸的书，不肯再为它们浪费宝贵的光阴了。

我的读书旨趣有三个特点。第一，虽然我学的专业是哲学，但我的阅读范围不限于哲学，始终喜欢看"课外书"，而我从文学作品和各类人文书籍中同样学到了哲学。第二，虽然我的阅读范围很宽，但对书的选择却很挑剔，以读经典名著为主，其他的书只是随便翻翻，对媒体宣传的畅销书完全不予理睬。第三，虽然读的是经典名著,但我喜欢把它们当作闲书来读,不端做学问的架子,而我确实在读经典名著中得到了最好的消遣。

直接与大师交流,结识和欣赏人类历史上那些最优秀的灵魂,真是人生莫大的享受。有时候,我会拿起笔来,写下自己的收获,这就是我的写作。所以,我的写作实际上是我的阅读的一个延伸。曾有人问我,阅读和写作在我的生活中各扮演什么角色,我脱口说:阅读是我的情人,写作是我的妻子。事后一想,对这句话可有多种理解。妻子是由情人转变过来的,我的写作是由我的阅读转变过来的,这是一解。阅读是浪漫的精神游历,写作是日常的艰苦劳动,这又是一解。最后,鉴于写作已成为我的职业,我必须警惕不让它排挤掉阅读的时间,倘若我写得多读得少,甚至只写不读,我的写作就会沦为毫无生气的职业习惯,就像没有爱情的婚姻一样。对我来说,这是最重要的一解,我要铭记不忘。

人和书之间

弄了一阵子尼采研究,不免常常有人问我:"尼采对你的影响很大吧?"有一回我忍不住答道:"互相影响嘛,我对尼采的影响更大。"其实,任何有效的阅读不仅是吸收和接受,同时也是投入和创造。这就的确存在人与他所读的书之间相互影响的问题。我眼中的尼采形象掺入了我自己的体验,这些体验在我接触尼采著作以前就已产生了。

近些年来,我在哲学上的努力似乎有了一个明确的方向,就是要突破学院化、概念化状态,使哲学关心人生根本,把哲学和诗沟通起来。尼采研究无非为我的追求提供了一种方便的学术表达方式而已。当然,我不否认,阅读尼采的著作使我的一些想法更清晰了,但同时起作用的还有我的气质、性格、经历等因素,其中包括我过去的读书经历。

有的书改变了世界历史,有的书改变了个人命运。回想起来，书在我的生活中并无此类戏剧性效果，它们的作用是日积月累的。我说不出对我影响最大的书是什么，也不太相信形形色色的"世界之最"。我只能说，有一些书，它们在不同方面引起了我的强烈共鸣，在我的心灵历程中留下了痕迹。

中学毕业时，我报考北大哲学系，当时在我就学的上海中学算爆了个冷门，因为该校素有重理轻文传统，全班独我一人报考文科，而我一直是班里的数学课代表，理科底子并不差。同学和老师差不多用一种怜悯的眼光看我，惋惜我误入了歧途。我不以为然，心想我反正不能一辈子生活在与人生无关的某个专业小角落里。怀着囊括人类全部知识的可笑的贪欲，我选择哲学这门"凌驾于一切科学的科学"，这个不是专业的专业。

然而，哲学系并不如我想象的那般有意思，刻板枯燥的哲学课程很快就使我厌烦了。我成了最不用功的学生之一，"不务正业"，耽于课外书的阅读。上课时，课桌上摆着艾思奇编的教科书，课桌下却是托尔斯泰、陀思妥耶夫斯基、屠格涅夫、易卜生等，读得入迷。老师课堂提问点到我，我站起来问他有什么事，引得同学们哄堂大笑。说来惭愧，读了几年哲学系，哲学书没读几本，读得多的却是小说和诗。我还醉心于写诗，写日记，积累感受。现在看来，当年我在文学方面的这些阅读和习作并非徒劳，它们使我的精神趋向发生了一个大转变，不再以知识为最高目标，而是更加珍视生活本身，珍视人生的体悟。这一点认识，对于我后来的哲学追求是很重要的。

我上北大正值青春期，一个人在青春期读些什么书可不是件小事、书籍、友谊、自然环境三者构成了心灵发育的特殊氛围，其影响毕生不可磨灭。幸运的是，我在这三方面遭遇俱佳，卓越的外国文学名著、才华横溢的挚友和优美的燕园风光陪伴着我，启迪了我的求真爱美之心，使我愈加厌弃空洞丑陋的哲学教条。如果说我学了这么多年哲学而仍未被哲学败坏，则应当感谢文学。

我在哲学上的趣味大约是受文学熏陶而形成的。文学与人生有不解之缘，看重人的命运、个性和主观心境，我就在哲学中寻找类似的东西。最早使我领悟哲学之真谛的书，是古希腊哲学家的一本著作残篇集，赫拉克利特的"我寻找过自己"，普罗塔哥拉的"人是万物的尺度"，苏格拉底的"未经省察的人生没有价值"，犹如抽象概念迷雾中耸立的三座灯塔，照亮了久被遮蔽的哲学古老航道。我还偏爱具有怀疑论倾向的哲学家，例如笛卡尔、休谟，因为他们教我对一切貌似客观的绝对真理体系怀着戒心。可惜的是，哲学家们在批判早于自己的哲学体系时往往充满怀疑精神，一旦构筑自己的体系却又容易陷入独断论。相比之下，文学艺术作品就更能保持多义性、不确定性、开放性，并不孜孜于给宇宙和人生之谜一个终极答案。

长期的文化禁锢使得我这个哲学系学生竟也无缘读到尼采或其他现代西方人的著作。上学时，只偶尔翻看过萧赣译的《查拉图斯特拉如是说》，因为是用文言翻译，译文艰涩，未留下深刻印象。直到大学毕业以后很久,才有机会系统阅读尼采的作品。我的确感觉到一种发现的喜悦,因为我对人生的思考、对诗的爱好以及对学院哲学的怀疑都在其中找到了呼应。一时兴发,我搞起了尼采作品的翻译和研究,而今已三年有余。现在,我正准备同尼采告别。

读书犹如交友,再情投意合的朋友,在一块儿待得太久也会腻味的。书是人生的益友,但也仅止于此,人生的路还得自己走。在这路途上,人与书之间会有邂逅、离散、重逢、诀别、眷恋、反目、共鸣、误解,其关系之微妙,不亚于人与人之间,给人生添上了如许情趣。也许有的人对一本书或一位作家一见倾心,爱之弥笃,乃至白头偕老。我在读书上却没有如此坚贞专一的爱情。倘若临终时刻到来,我相信使我含恨难舍的不仅有亲朋好友,还一定有若干册体己的好书。但尽管如此,我仍不愿同我所喜爱的任何一本书或一位作家厮守太久,受染太深,丧失了我自己对书对人的影响力。

对每个具有独特个性和追求的人来说,他的必读书的书单绝非照抄别人的,而是在他自己阅读的过程中形成的,这个书单本身也体现出了他的个性。

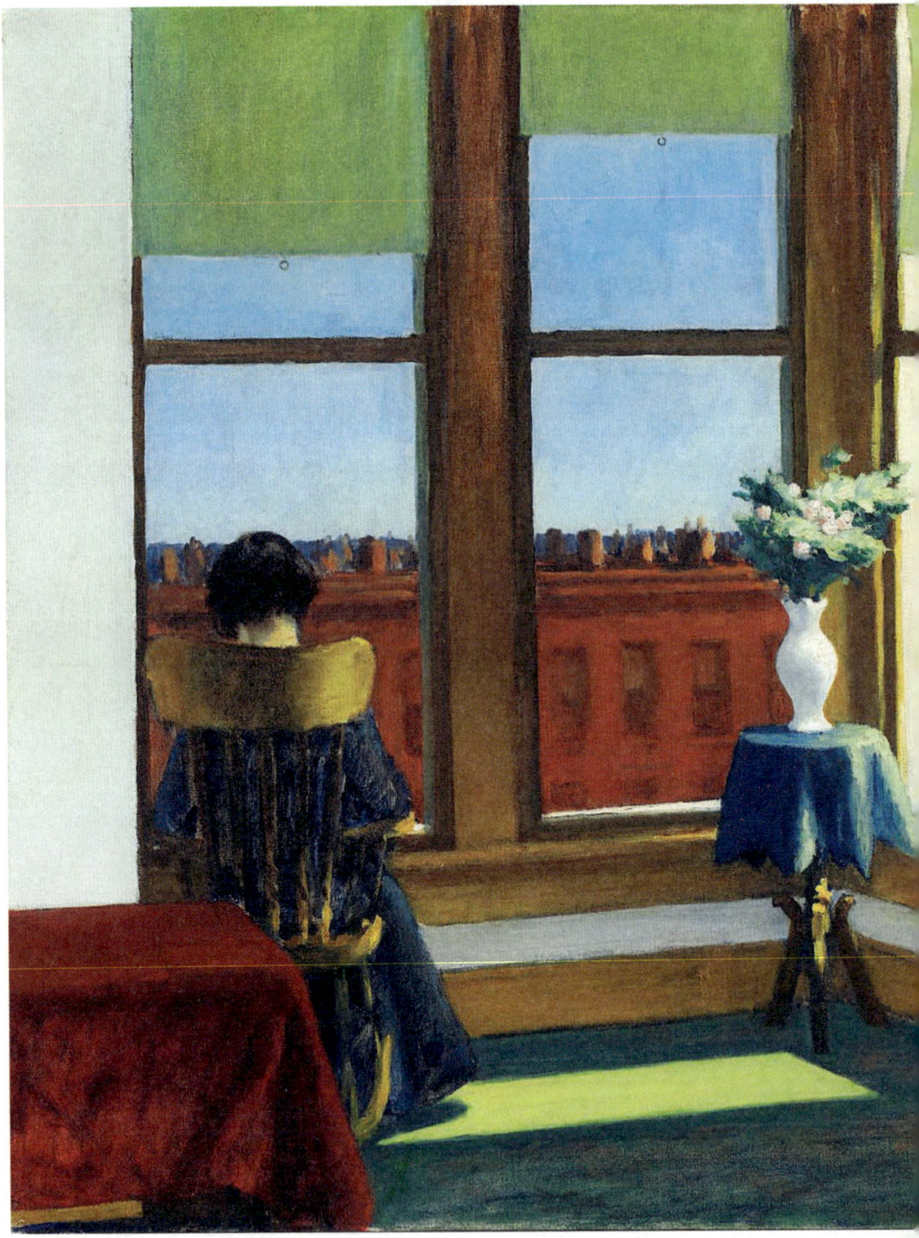

《布鲁克林的房间》

爱德华·霍珀，1932年

人生的智慧就在于自觉限制对于外物的需要，过一种简朴的生活，以便不为物役，保持精神的自由。

读永恒的书

人类所创造的精神财富是通过各种物质形式得以保存的，其中最重要的一种形式就是文字。因而，在我们日常的精神活动中，读书便占据着很大的比重。据说最高的境界是无文字之境，真正的高人如同村夫野民一样是不读人间之书的，这里姑且不论。一般而言，我们很难想象一个关注精神生活的人会对书籍毫无兴趣。尤其在青少年时期，心灵世界的觉醒往往会表现为一种勃发的求知欲，对书籍产生热烈的向往。"我扑在书上，就像饥饿的人扑在面包上一样。"高尔基回忆他的童年时所说的这句话，非常贴切地表达了读书欲初潮来临的心情。一个人在早年是否经历过这样的来潮，在一定程度上透露和预示了他的精神素质。

然而，古今中外，书籍不计其数，该读哪些书呢？从精神生活的角度出发，我们也许可以极粗略地把天下的书分为三大类：一是完全不可读的书，这种书只是外表像书罢了，实际上是毫无价值的印刷垃圾，不能提供任何精神的启示、艺术的欣赏或有用的知识。在今日的市场上，这种以书的面目出现的假冒伪劣产品比比皆是。二是可读可不读的书，这种书读了也许不无益处，但不读肯定不会造成重大损失和遗憾。世上的书，大多属于此类。我把一切专业书籍也列入此类，因为它们只对有关的专业人员才可能是必读书，对于其余人却是不必读的，至多是可读可不读的。三是必读的书。所谓必读，是就精神生活而言，即每一个关心人类精神历程和自身生命意义的人都应该读，不读便会是一种欠缺和遗憾。

应该说，这第三类书在书籍的总量中只占极少数，但绝对量仍然非常大。它们实际上是指人类文化宝库中的那些不朽之作，即所谓经典名著。对于这些伟大作品，不可按学科归类，不论它们是文学作品还是理论著作，都必定表现了人类精神的某些永恒内涵，因而具有永恒的价值。在此意义上，我称它们为永恒的书。要确定这类书的范围是一件难事，事实上不同的人就此开出的书单一定会有相当的出入。不过，只要开书单的人确有眼光，就必定会有一些最基本的好书被共同选中。例如，他们绝不会遗漏掉《论语》《史记》《红楼梦》这样的书，柏拉图、莎士比亚、托尔斯泰这样的作家。

在我看来，真正重要的倒不在于你读了多少名著、古今中外的名著是否读全了，而在于要有一个信念，便是非最好的书不读。有了这个信念，即使你读了许多并非最好的书，你仍然会逐渐找到那些真正属于你的最好的书,并且成为它们的知音。事实上,对每个具有独特个性和追求的人来说,他的必读书的书单绝非照抄别人的,而是在他自己阅读的过程中形成的,这个书单本身也体现出了他的个性。正像罗曼·罗兰在谈到他所喜欢的音乐大师时说的:"现在我有我的贝多芬了,犹如已经有了我的莫扎特一样。一个人对他所爱的历史人物都应该这样做。"

费尔巴哈说,人就是他所吃的东西。至少就精神食物而言,这句话是对的。从一个人的读物大致可以判断他的精神品级。一个在阅读和沉思中与古今哲人文豪倾心交谈的人,与一个只读明星逸闻和凶杀故事的人,他们当然有着完全不同的内心世界。我甚至要说,他们也是生活在完全不同的外部世界上,因为世界本无定相,它对于不同的人呈现不同的面貌。列车上、地铁里,我常常看见人们捧着形形色色的小报,似乎读得津津有味,心中不免为他们惋惜。天下好书之多,一辈子也读不完,岂能把生命浪费在读这种无聊的东西上。我不是故作清高,其实我自己也曾拿这类流行报刊来消遣,但结果总是后悔不已。读了一大堆之后,只觉得头脑里乱糟糟又空洞洞,没有得到任何有价值的东西。歌德做过一个试验,半年不读报纸,结果他发现,与以前天天读报相比,没有任何损失。所谓新闻,大多是过眼烟云的人闹的一点过眼烟云的事罢了,为之浪费只有一次的生命确实是不值得的。

直接读原著

叔本华在《作为意志和表象的世界》第二版序中说:"只有从那些哲学思想的首创人那里,人们才能接受哲学思想。因此,谁要是向往哲学,就得亲自到原著那肃穆的圣地去找永垂不朽的大师。"对于每一个有心学习哲学的人,我要向他推荐叔本华的这一指点。

叔本华是在谈到康德时说这句话的。在康德死后两百年,我们今天已经能够看明白,康德在哲学中的作用真正是划时代的,根本扭转了西方哲学的发展方向。近两百年西方哲学的基调是对整个两千年西方形而上学传统的反省和背叛,而这个调子是康德一锤敲定的。叔本华从事哲学活动时,康德去世不久,但他当时即已深切地感受到康德哲学的革命性影响。用他的话说,那种效果就好比给盲人割治翳障的手术,又可看作"精神的再生",因为它"真正排除掉了头脑中那天生的、从智力的原始规定而来的实在论"，这种实在论"能教我们搞好一切可能的事情，就只不能搞好哲学"。使他恼火的是，当时在德国占据统治地位的是黑格尔哲学，青年们的头脑已被其败坏，无法再追随康德的深刻思路。因此，他号召青年们不要从黑格尔派的转述中，而要从康德的原著中去了解康德。

叔本华一生备受冷落，他的遭遇与和他同时代的官方头号哲学家黑格尔恰成鲜明对照。但是，因此把他对黑格尔的愤恨完全解释成个人的嫉妒，我认为是偏颇的。由于马克思的黑格尔派渊源，我们对于黑格尔哲学一向高度重视，远在康德之上。这里不是讨论这个复杂问题的地方，我只想指出，至少叔本华的这个意见是对的：要懂得康德，就必须去读康德的原著。广而言之，我们要了解任何一位大哲学家的思想，都必须直接去读其原著，而不能通过别人的转述，哪怕这个别人是这位大哲学家的弟子、后继者或者研究他的专家和权威。我自己的体会是，读原著绝对比读相关的研究著作有趣，在后者中，一种思想的原创力量和鲜活生命往往被消解了，只剩下了一副骨架，躯体某些局部的解剖标本，以及对于这些标本的博学而冗长的说明。

常常有人问我，学习哲学有什么捷径，我的回答永远是：有的，就是直接去读大哲学家的原著。之所以说是捷径，是因为这是唯一的途径，走别的路只会离目的地越来越远，最后还是要回到这条路上来。能够回来算是幸运的呢，常见的是丧失了辨别力，从此迷失在错误的路上了。有一种普遍的误解，即认为可以从各种哲学教科书中学到哲学，似乎哲学最重要最基本的东西都已经集中在这些教科书里了。事实恰恰相反，且不说那些从某种确定的教条出发论述哲学和哲学史的教科书，它们连转述也称不上，我们从中所能读到的东西和哲学毫不相干。即使那些认真的教科书，我们也应记住，它们至多是转述，由于教科书必然要涉及广泛的内容，其作者不可能阅读全部的相关原著，因此它们常常还是转述的转述。一切转述都必定受转述者的眼界和水平所限制，在第二手乃至第三手、第四手的转述中，思想的原创性递减，平庸性递增，这么简单的道理应该是无须提醒的吧。

哲学的精华仅仅在大哲学家的原著中。如果让我来规划哲学系的教学，我会把原著选读列为唯一的主课。当然，历史上有许多大哲学家，一个人要把他们的原著读遍，几乎是不可能的，也是不必要的。以一本简明而客观的哲学史著作为入门索引，浏览一定数量的基本原著，这个步骤也许是省略不掉的。在这过程中，如果没有一种原著引起你的相当兴趣，你就趁早放弃哲学，因为这说明你压根儿就对哲学没有兴趣。倘非如此，你对某一个大哲学家的思想产生了真正的兴趣，那就不妨深入进去。可以期望，无论那个大哲学家是谁，你都将能够通过他而进入哲学的堂奥。不管大哲学家们如何观点相左，个性各异，他们中每一个人都必能把你引到哲学的核心，即被人类所有优秀的头脑所思考过的那些基本问题，否则就称不上是大哲学家了。

叔本华有一副愤世嫉俗的坏脾气，他在强调读原著之后，接着就对只喜欢读第二手转述的公众开骂,说由于"平庸性格的物以类聚",所以"即令是伟大哲人所说的话,他们也宁愿从自己的同类人物那儿去听取"。在我们的分类表上,叔本华一直是被排在坏蛋那一边的,加在他头上的恶名就不必细数了。他肯定不属于最大的哲学家之列,但算得上是比较大的哲学家。如果我们想真正了解他的思想,直接读原著的原则同样适用。尼采读了他的原著,说他首先是一个真实的人。他自己也表示,他是为自己而思考,绝不会把空壳核桃送给自己。我在他的著作中的确捡到了许多饱满的核桃,如果听信教科书中的宣判而不去读原著,把它们错过了,岂不可惜?

第三辑

人所能及的神圣

每个人都是一个宇宙

一

我的怪癖是喜欢一般哲学史不屑记载的哲学家，宁愿绕开一个个曾经显赫一时的体系的颓宫，到历史的荒村陋巷去寻找他们的足迹。爱默生就属于这些我颇愿结识一番的哲学家之列。

我对爱默生向往已久。在我的精神旅行图上，我早已标出那个康科德小镇的方位。尼采常常提到他。如果我所喜欢的某位朋友常常情不自禁地向我提起他所喜欢的一位朋友，我知道我也准能喜欢他的这位朋友。

作为美国文艺复兴的领袖和杰出的散文大师，爱默生已名垂史册。作为一名哲学家，他却似乎进不了哲学的"正史"。他是一位长于灵感而拙于体系的哲学家。他的"体系"，所谓超验主义，如今在美国恐怕也没有人认真看待了。如果我试图对他的体系做一番条分缕析的解说，就未免太迂腐了。我只想受他的灵感的启发，随手写下我的感触。超验主义死了，但爱默生的智慧永存。

二

也许没有一个哲学家不是在实际上试图建立某种体系，赋予自己最得意的思想以普遍性形式。声称反对体系的哲学家也不例外。但是，大千世界的神秘不会屈从于任何公式，没有一个体系能够万古长存。幸好真正有生命力的思想不会被体系的废墟掩埋，一旦除去体系的虚饰，它们反以更加纯粹的面貌出现在天空下，显示出它们与阳光、土地、生命的坚实联系，在我们心中唤起亲切的回响。

爱默生相信，人心与宇宙之间有着对应关系，所以每个人凭内心体验就可以认识自然和历史的真理。这就是他的超验主义，有点像主张"吾心即是宇宙""心即理""致良知"的宋明理学。人心与宇宙之间究竟有没有对应关系，这是永远无法在理论上证实或驳倒的。一种形而上学不过是一种信仰，其作用只是支持一种人生态度和价值立场。我宁可直接面对这种人生态度和价值立场，而不去追究它背后的形而上学信仰。于是我看到，爱默生想要表达的是他对人性完美发展的可能性的期望和信心，他的哲学是一首洋溢着乐观主义精神的个性解放的赞美诗。

但爱默生的人道主义不是欧洲文艺复兴的单纯回声。他生活在十九世纪，和同时代少数几个伟大思想家一样，他也是揭露现代资本主义社会异化现象的先知先觉者。每个人都是一个宇宙，但在现实中却成了碎片。"社会是这样一种状态，每一个人都像是从身上锯下来的一段肢体，昂然地走来走去，许多怪物——一个好手指，一个颈项，一个胃，一个肘弯，但是从来不是一个人。"我想起了马克思在一八四四年的手稿中对人的异化的分析。我也想起了尼采的话："我的目光从今天望到过去，发现比比皆是：碎片、断肢和可怕的偶然——可是没有人！"他们的理论归宿当然截然不同，但都同样热烈怀抱着人性全面发展的理想。往往有这种情况：同一种激情驱使人们从事理论探索，结果却找到了不同的理论，甚至彼此成为思想上的敌人。但是，真的是敌人吗？

三

每个人都是一个宇宙，每个人的天性中都蕴藏着大自然赋予的创造力。把这个观点运用到读书上，爱默生提倡一种"创造性的阅读"。这就是：把自己的生活当作正文，把书籍当当注解；听别人发言是为了使自己能说话；以一颗活跃的灵魂，为获得灵感而读书。

几乎一切创造欲强烈的思想家都对书籍怀着本能的警惕。蒙田曾谈到"文殃"，即因读书过多而被文字之斧砍伤，丧失了创造力。叔本华把读书太滥譬作将自己的头脑变成别人思想的跑马场。爱默生也说："我宁愿从来没有看见过一本书，而不愿意被它的吸力扭曲过来，把我完全拉到我的轨道外面，使我成为一颗卫星，而不是一个宇宙。"

许多人热心地请教读书方法，可是如何读书其实是取决于整个人生态度的。开卷有益，也可能有害。过去的天才可以成为自己天宇上的繁星，也可以成为压抑自己的偶像。爱默生俏皮地写道："温顺的青年人在图书馆里长大，他们相信他们的责任是应当接受西塞罗、洛克、培根的意见；他们忘了西塞罗、洛克与培根写这些书的时候，也不过是图书馆里的青年人。"我要加上一句：幸好那时图书馆的藏书比现在少得多，否则他们也许成不了西塞罗、洛克、培根了。

好的书籍是朋友，但也仅仅是朋友。与好友会晤是快事，但必须自己有话可说，才能真正快乐。一个愚钝的人，再智慧的朋友对他也是毫无用处的，他坐在一群才华横溢的朋友中间，不过是一具木偶，一个讽刺，一种折磨。每人都是一个神，然后才有奥林匹斯神界的欢聚。

我们读一本书，读到精彩处，往往情不自禁地要喊出声来：这是我的思想，这正是我想说的，被他偷去了！有时候真是难以分清，哪是作者的本意，哪是自己的混入和添加。沉睡的感受唤醒了，失落的记忆找回了，朦胧的思绪清晰了。其余一切，只是死的"知识"，也就是说，只是外在于灵魂有机生长过程的无机物。

我曾经计算过，尽我有生之年，每天读一本书，连我自己的藏书也读不完。何况还不断购进新书，何况还有图书馆里难计其数的书。这真有点令人绝望。可是，写作冲动一上来，这一切全忘了。爱默生说得漂亮："当一个人能够直接阅读上帝的时候，那时间太宝贵了，不能够浪费在别人阅读后的抄本上。"只要自己有旺盛的创作欲，无暇读别人写的书也许是一种幸运呢。

四

有两种自信：一种是人格上的独立自主，藐视世俗的舆论和功利；一种是理智上的狂妄自大，永远自以为是，自我感觉好极了。我赞赏前一种自信，对后一种自信则总是报以几分不信任。

人在世上，总要有所依托，否则会空虚无聊。有两样东西似乎是公认的人生支柱，在讲究实际的人那里叫职业和家庭，在注重精神的人那里叫事业和爱情。食色，性也，职业和家庭是社会认可的满足人的两大欲望的手段，当然不能说它们庸俗。然而，职业可能不称心，家庭可能不美满，欲望是满足了，但付出了无穷烦恼的代价。至于事业的成功和爱情的幸福，尽管令人向往之至，却更是没有把握的事情。而且，有些精神太敏感的人，即使得到了这两样东西，还是不能摆脱空虚之感。

所以，人必须有人格上的独立自主。你诚然不能脱离社会和他人生活，但你不能一味攀援在社会建筑物和他人身上。你要自己在生命的土壤中扎根。你要在人生的大海上抛下自己的锚。一个人如果把自己仅仅依附于身外的事物，即使是极其美好的事物，顺利时也许看不出他的内在空虚，缺乏根基，一旦起了风浪,例如社会动乱、事业挫折、亲人亡故、失恋等,就会一蹶不振乃至精神崩溃。正如爱默生所说:"然而事实是:他早已是一只漂流着的破船,后来起的这一阵风不过向他自己暴露出他流浪的状态。"爱默生写有长文热情歌颂爱情的魅力,但我更喜欢他的这首诗:

为爱牺牲一切,

服从你的心;

朋友,亲戚,时日,

名誉,财产,

计划,信用与灵感,

什么都能放弃。

……为爱离弃一切;

然而,你听我说……

你须要保留今天,

明天,你整个的未来,

让它们绝对自由,

不要被你的爱人占领。

……如果你心爱的姑娘另有所欢,

……你还她自由……

……你应当知道

半人半神走了,

神就来了。

世事的无常使得古来许多贤哲主张退隐自守,清静无为,无动于衷。我厌恶这种哲学。我喜欢看见人们生气勃勃地创办事业,如痴如醉地堕入情网,痛快淋漓地享受生命。但是,不要忘记了最主要的事情:你仍然属于你自己。每个人都是一个宇宙,每个人都应该有一个自足的精神世界。这是一个安全的场所,其中珍藏着你最珍贵的宝物,任何灾祸都不能侵犯它。心灵是一本奇特的账簿,只有收入,没有支出,人生的一切痛苦和欢乐,都化作宝贵的体验记入它的收入栏中。是的,连痛苦也是一种收入。人仿佛有了两个自我,一个自我到世界上去奋斗,去追求,也许凯旋,也许败归,另一个自我便含着宁静的微笑,把这遍体汗水和血迹的哭着笑着的自我迎回家来,把丰厚的战利品指给他看,连败归者也有一份。

爱默生赞赏儿童身上那种不怕没得饭吃、说话做事从不半点随人的王公贵人派头。一到成年,人就注重别人的观感,得失之患多了。我想,一个人在精神上真正成熟之后,又会返璞归真,重获一颗自足的童心。他消化了社会的成规习见,把它们扬弃了。

五

还有一点余兴,也一并写下。有句成语叫大智若愚。人类精神的这种逆反形式很值得研究一番。我还可以举出大善若恶，大悲若喜，大信若疑，大严肃若轻浮。在爱默生的书里，我也找到了若干印证。

悲剧是深刻的，领悟悲剧也须有深刻的心灵。"性情浅薄的人遇到不幸，他的感情仅只是演说式的做作。"然而这不是悲剧。人生的险难关头最能检验一个人的灵魂深浅。有的人一生接连遭到不幸，却未尝体验过真正的悲剧情感。相反，表面上一帆风顺的人也可能经历巨大的内心悲剧。一切高贵的情感都羞于表白，一切深刻的体验都拙于言辞。大悲者会以笑谑嘲弄命运，以欢容掩饰哀伤。丑角也许比英雄更知人生的辛酸。爱默生举了一个例子：正当喜剧演员卡里尼使整个那不勒斯城的人都笑断肚肠的时候，有一个病人去找城里的一个医生，治疗他致命的忧郁症。医生劝他到戏院去看卡里尼的演出，他回答："我就是卡里尼。"

与此相类似，最高的严肃往往貌似玩世不恭。古希腊人就已经明白这个道理。爱默生引用普鲁塔克的话说："研究哲理而外表不像研究哲理，在嬉笑中做成别人严肃认真地做的事，这是最高的智慧。"正经不是严肃，就像教条不是真理一样。真理用不着板起面孔来增添它的权威。在那些一本正经的人中间，你几乎找不到一个严肃思考过人生的人。不，他们思考的多半不是人生，而是权力，不是真理，而是利益。真正严肃思考过人生的人知道生命和理性的限度，他能自嘲，肯宽容，愿意用一个玩笑替受窘的对手解围，给正经的论敌一个教训。他以诙谐的口吻谈说真理，仿佛故意要减弱他的发现的重要性，以便只让它进入真正知音的耳朵。

尤其是在信仰崩溃的时代，那些佯癫装疯的狂人倒是一些太严肃地对待其信仰的人。鲁迅深知此中之理，说嵇康、阮籍表面上毁坏礼教，实则倒是太相信礼教，因为不满意当权者利用和亵渎礼教，才以反礼教的过激行为发泄内心愤懑。其实，在任何信仰体制之下，多数人并非真有信仰，只是做出相信的样子罢了。于是过分认真的人就起而论究是非，阐释信仰之真谛，结果被视为异端。一部基督教史，就是没有信仰的人以维护信仰之名，把有信仰的人当作邪教徒烧死的历史。殉道者多半死于同志之手而非敌人之手。所以，爱默生说，伟大的有信仰的人永远被视为异教徒，终于被迫以一连串的怀疑论来表现他的信念。怀疑论实在是过于认真看待信仰或知识的结果。苏格拉底为了弄明智慧的实质，遍访雅典城里号称有智慧的人，结果发现他们只是在那里盲目自信，其实并无智慧。他到头来认为自己仍然不知智慧为何物，说出了那句著名的话："我知道我一无所知。"哲学史上的怀疑论者大抵都是太认真地要追究人类认识的可靠性，结果反而疑团丛生。

悲观·执着·超脱

一

人的一生，思绪万千。然而，真正让人想一辈子，有时想得惊心动魄，有时不去想仍然牵肠挂肚，这样的问题并不多。透底地说，人一辈子只想一个问题，这个问题一视同仁无可回避地摆在每个人面前，令人困惑得足以想一辈子也未必想清楚。

回想起来，许多年里纠缠着也连缀着我的思绪的动机始终未变，它催促我阅读和思考，激励我奋斗和追求，又规劝我及时撤退，甘于淡泊。倘要用文字表达这个时隐时显的动机，便是一个极简单的命题：只有一个人生。

如果人能永远活着或者活无数次，人生问题的景观就会彻底改变，甚至根本不会有人生问题存在了。人生之所以成为一个问题，前提是生命的一次性和短暂性。不过，从只有一个人生这个前提，不同的人，不，同一个人可以引出不同的结论。也许，困惑正在于这些彼此矛盾的结论似乎都有道理。也许，智慧也正在于使这些彼此矛盾的结论达成辩证的和解。

二

无论是谁，当他初次意识到只有一个人生这个令人伤心的事实时，必定会产生一种幻灭感。生命的诱惑刚刚在地平线上出现，却一眼看到了它的尽头。一个人生太少了！心中涌动着如许欲望和梦幻，一个人生怎么够用？为什么历史上有好多帝国和王朝，宇宙间有无数星辰，而我却只有一个人生？在帝国兴衰、王朝更迭的历史长河中，在星辰的运转中，我的这个小小人生岂非等于零？它确实等于零，一旦结束，便不留一丝影踪，与从未存在过有何区别？

捷克作家昆德拉笔下的一个主人公常常重复一句德国谚语，大意是："只活一次等于未尝活过。"这句谚语非常简练地把只有一个人生与人生虚无画了等号。

近读金圣叹批《西厢记》，这位独特的评论家极其生动地描述了人生短暂使他感到的无可奈何的绝望。他在序言中写道：自古迄今，"几万万年月皆如水逝、云卷、风驰、电掣，无不尽去，而至于今年今月而暂有我。此暂有之我，又未尝不水逝、云卷、风驰、电掣而疾去也"。我也曾想有作为，但这所作所为同样会水逝、云卷、风驰、电掣而尽去，于是我不想有作为了，只想消遣，批《西厢记》即是一消遣法。可是，"我诚无所欲为，则又何不疾作水逝、云卷、风驰、电掣，顷刻尽去？"。想到这里，连消遣的心思也没了，真是万般无奈。

古往今来，诗哲们关于人生虚无的喟叹不绝于耳，无须在此多举。悲观主义的集大成者当然要数佛教，归结为一个"空"字。佛教的三项基本原则（三法印）无非是要我们由人生的短促（"诸行无常"），看破人生的空幻（"诸法无我"），从而自觉地放弃人生（"涅槃寂静"）。

三

人要悲观实在很容易，但要彻底悲观却也并不容易，只要看看佛教徒中难得有人生前涅，便足可证明。但凡不是悲观到马上自杀，求生的本能自会找出种种理由来和悲观抗衡。事实上，从只有一个人生的前提，既可推论出人生了无价值，也可推论出人生弥足珍贵。物以稀为贵，我们在世上最觉稀少、最嫌不够的东西便是这迟早要结束的生命。这唯一的一个人生是我们的全部所有，失去它我们便失去了一切，我们岂能不爱它，不执着于它呢？诚然，和历史、宇宙相比，一个人的生命似乎等于零。但是，雪莱说得好："同人生相比，帝国兴衰、王朝更迭何足挂齿！同人生相比，日月星辰的运转与归宿又算得了什么！"面对无边无际的人生之爱，那把人生对照得极其渺小的无限时空，反倒退避三舍，不足为虑了。人生就是一个人的疆界，最要紧的是负起自己的责任，管好这个疆界，而不是越过它无谓地悲叹天地之悠悠。

古往今来，尽管人生虚无的悲论如缕不绝，可是劝人执着人生爱惜光阴的教诲更是谆谆在耳。两相比较，执着当然比悲观明智得多。悲观主义是一条绝路，冥思苦想人生的虚无，想一辈子也还是那么一回事，绝不会有柳暗花明的一天，反而窒息了生命的乐趣。不如把这个虚无放到括号里，集中精力做好人生的正面文章。既然只有一个人生，世人心目中值得向往的东西，无论成功还是幸福，今生得不到，就永无得到的希望了，何不以紧迫的心情和执着的努力，把这一切追求到手再说？

四

可是，一味执着也和一味悲观一样，同智慧相去甚远。悲观的危险是对人生持厌弃的态度，执着的危险则是对人生持占有的态度。

所谓对人生持占有的态度，倒未必专指那种唯利是图、贪得无厌的行径。弗洛姆[1]在《占有或存在》一书中具体入微地剖析了占有的人生态度，它体现在学习、阅读、交谈、回忆、信仰、爱情等一切日常生活经验中。据我的理解，凡是过于看重人生的成败、荣辱、福祸、得失，视成功和幸福为人生第一要义和至高目

---

[1] 艾里希·弗洛姆（Erich Fromm，1900年—1980年），德裔美籍心理学家、精神分析学家、哲学家。代表作有《爱的艺术》《人类的破坏性剖析》《逃避自由》《精神分析的危机》等。

标者，即可归入此列。因为这样做实质上就是把人生看成了一种占有物，必欲向之获取最大效益而后快。

但人生是占有不了的。毋宁说，它是侥幸落到我们手上的一件暂时的礼物，我们迟早要把它交还。我们宁愿怀着从容闲适的心情玩味它，而不要让过分急切的追求和得失之患占有了我们，使我们不再有玩味的心情。在人生中还有比成功和幸福更重要的东西，那就是凌驾于一切成败福祸之上的豁达胸怀。在终极的意义上，人世间的成功和失败，幸福和灾难，都只是过眼烟云，彼此并无实质的区别。当我们这样想时，我们和我们的身外遭遇保持了一个距离，反而和我们的真实人生贴得更紧了，这真实人生就是一种既包容又超越身外遭遇的丰富的人生阅历和体验。

我们不妨眷恋生命，执着人生，但同时也要像蒙田说的那样，收拾好行装，随时准备和人生告别。入世再深，也不忘它的限度。这样一种执着有悲观垫底，就不会走向贪婪。有悲观垫底的执着，实际上是一种超脱。

五

我相信一切深刻的灵魂都蕴藏着悲观。换句话说，悲观自有其深刻之处。死是多么重大的人生事件，竟然不去想它，这只能用怯懦或糊涂来解释。用贝多芬的话说："不知道死的人真是可怜虫！"

当然，我们可以补充一句："只知道死的人也是可怜虫！"

真正深刻的灵魂绝不会沉溺于悲观。悲观本源于爱，为了爱又竭力与悲观抗争，反倒有了超乎常人的创造，贝多芬自己就是最好的例子。不过，深刻更在于，无论获得多大成功，也消除不了内心蕴藏的悲观，因而终能以超脱的眼光看待成功。如果一种悲观可以轻易被外在的成功打消，我敢断定那不是悲观，而只是肤浅的烦恼。

超脱是悲观和执着两者激烈冲突的结果，又是两者的和解。前面提到金圣叹因批"西厢"而引发了一段人生悲叹，但他没有止于此，否则我们今天就不会读到他批的"西厢"了。他太爱"西厢"，非批不可，欲罢不能。所以，他接着笔锋一转，写道：既然天地只是偶然生我，那么，"未生已前非我也。既去已后又非我也。然则今虽犹尚暂在，实非我也"。于是，"以非我者之日月，误而任我之唐突可也；以非我者之才情，误而供我之挥霍可也"。总之，我可以让那个非我者去批"西厢"而供我做消遣了。他的这个思路，巧妙地显示了悲观和执着在超脱中达成的和解。我心中有悲观，也有执着。我越执着，就越悲观，越悲观，就越无法执着，陷入了二律背反。我干脆把自己分裂为二，看透那个执着的我是非我，任他去执着。执着没有悲观牵肘，便可放手执着。悲观扬弃执着，也就成了超脱。不仅把财产、权力、名声之类看作身外之物，而且把这个终有一死的"我"也看作身外之物，如此才有真正的超脱。

由于只有一个人生，颓废者因此把它看作零，堕入悲观的深渊。执迷者又因此把它看作全,激起占有的热望。两者均未得智慧的真髓。智慧是在两者之间,确切地说,是包容了两者又超乎两者之上。人生既是零,又是全,是零和全的统一。用全否定零,以反抗虚无,又用零否定全,以约束贪欲,智慧仿走着这螺旋形的路。不过,这只是一种简化的描述。事实上,在一个热爱人生而又洞察人生的真相的人心中,悲观、执着、超脱三种因素始终都存在着,没有一种会完全消失,智慧就存在于它们此消彼长的动态平衡之中。我不相信世上有一劳永逸彻悟人生的"无上觉者",如果有,他也业已涅槃成佛,不再属于这个活人的世界了。

智慧的诞生

一

许多年里,我的藏书屡经更新,有一本很普通的书却一直保留了下来。这是一册古希腊哲学著作的选辑。从学生时代起,它就跟随着我,差不多被我翻破了。每次翻开它,毋须阅读,我就会进入一种心境,仿佛回到了人类智慧的源头,沐浴着初生哲学的朝晖。

古希腊是哲学的失去了的童年。人在童年最具纯正的天性,哲学也是如此。使我明白何谓哲学的,不是教科书里的定义,而是希腊哲人的懿言嘉行。雪莱曾说,古希腊史是哲学家、诗人、立法者的历史,后来的历史则变成了国王、教士、政治家、金融家的历史。我相信他不只是在缅怀昔日精神的荣耀,而且是在叹息后世人性的改变。最早的哲学家是一些爱智慧而不爱王国、权力和金钱的人,自从人类进入成年,并且像成年人那样讲求实利,这样的灵魂是愈来愈难以产生和存在了。

一个研究者也许要详析希腊各个哲学家之间的差异和冲突,把他们划分为不同的营垒。然而,我只是一个欣赏者。当我用欣赏的眼光观看公元前五世纪前后希腊的哲学舞台时,首先感受到的是哲学家们一种共同的精神素质,那就是对智慧的热爱,从智慧本身获得快乐的能力,当然,还有承受智慧的痛苦和代价的勇气。

二

在世人眼里,哲学家是一种可笑的人物,每因其所想的事无用、有用的事不想而加以嘲笑。有趣的是,当历史上出现第一个哲学家时,这样的嘲笑即随之发生。柏拉图记载:"据说泰勒斯仰起头来观看星象,却不慎跌落井内,一个美丽温顺的色雷斯侍女嘲笑说,他急于知道天上的东西,却忽视了身旁的一切。"

我很喜欢这个故事。由一个美丽温顺的女子来嘲笑哲学家的不切实际,倒是合情合理的。这个故事必定十分生动,以致被若干传记作家借去安在别的哲学家头上,成了一则关于哲学家形象的普遍性寓言。

不过,泰勒斯可不是一个对于世俗事务无能的人,请看亚里士多德记录的另一则故事:"人们因为泰勒斯贫穷而讥笑哲学无用,他听后小露一手,通过观察星象预见橄榄将获丰收,便低价租入当地全部橄榄榨油作坊,到油坊紧张时再高价租出,结果发了大财。"他以此表明，哲学家要富起来是极为容易的，如果他们想富的话。然而这不是他们的兴趣所在。

哲学家经商肯定是凶多吉少的冒险，泰勒斯成功靠的是某种知识，而非哲学。但他总算替哲学家争了一口气，证明哲学家不爱财并非嫌葡萄酸。事实上，早期哲学家几乎个个出身望族，却蔑视权势财产。赫拉克利特、恩培多克勒拒绝王位，阿那克萨哥拉散尽遗产，此类事不胜枚举。德谟克利特的父亲是波斯王的密友，而他竟说，哪怕只找到一个原因的解释，也比做波斯王好。

据说"哲学"（philosophia）一词是毕达哥拉斯的创造，他嫌"智慧"（sophia）之称自负，便加上一个表示"爱"的词头（philo），成了"爱智慧"。不管希腊哲人对于何为智慧有什么不同的看法，爱智慧胜于爱世上一切却是他们相同的精神取向。在此意义上，柏拉图把哲学家称作"一心一意思考事物本质的人"，亚里士多德指出，哲学是一门以求知而非实用为目的的自由的学问。遥想当年泰勒斯因为在一个圆内画出直角三角形而宰牛欢庆，毕达哥拉斯因为发现勾股定理而举行百牛大祭，我们便可约略体会希腊人对于求知本身怀有多么天真的热忱了。这是人类理性带着新奇的喜悦庆祝它自己的觉醒。直到公元前三世纪，希腊人的爱智精神仍有辉煌的表现。当罗马军队攻入叙拉古城的时候，他们发现一个老人正蹲在沙地上潜心研究一个图形。他就是赫赫有名的阿基米德。军人要带他去见罗马统帅，他请求稍候片刻，等他解出答案，军人不耐烦，把他杀了。剑劈来时，他只来得及说出一句话:"不要踩坏我的圆!"

三

　　凡是少年时代迷恋过几何解题的人,对阿基米德大约都会有一种同情的理解。刚刚觉醒的求知欲的自我享受实在是莫大的快乐,令人对其余一切视而无睹。当时的希腊,才告别天人浑然不分的童稚的神话时代,正如同一个少年人一样惊奇地发现了头上的星空和周遭的万物,试图凭借自己的头脑对世界作出解释。不过,思维力的运用至多是智慧的一义,且是较不重要的一义。神话的衰落不仅使宇宙成了一个陌生的需要重新解释的对象,而且使人生成了一个未知的有待独立思考的难题。至少从苏格拉底开始,希腊哲人们更多地把智慧视作一种人生觉悟,并且相信这种觉悟乃是幸福的唯一源泉。

　　苏格拉底,这个被雅典美少年崇拜的偶像,自己长得像个丑陋的脚夫,秃顶、宽脸、扁阔的鼻子,整年光着脚,裹一条褴褛的长袍,在街头游说。走过市场,看了琳琅满目的货物,他吃惊地说:"这里有多少东西是我用不着的!"

　　是的,他用不着,因为他有智慧,而智慧是自足的。若问何为智慧,我发现希腊哲人们往往反过来断定自足即智慧。在他们看来,人生的智慧就在于自觉限制对于外物的需要,过一种简朴的生活,以便不为物役,保持精神的自由。人已被神遗弃,全能和不朽均成梦想,唯在无待外物而获自由这一点上尚可与神比攀。苏格拉底说得简明扼要："一无所需最像神。"柏拉图理想中的哲学王既无恒产，又无妻室，全身心沉浸在对哲理的探究中。亚里士多德则反复论证哲学思辨乃唯一的无所待之乐，因其自足性而是人唯一可能过上的"神圣的生活"。

但万事不可过头，自足也不例外。犬儒派哲学家偏把自足推至极端，把不待外物变成了拒斥外物，简朴变成了苦行。最著名的是第欧根尼，他不要居室食具，学动物睡在街面，从地上捡取食物，乃至在众目睽睽下排泄和做爱。自足失去向神看齐的本意，沦为与兽认同，哲学的智慧被勾画成了一幅漫画。当第欧根尼声称从蔑视快乐中所得到的乐趣比从快乐本身中所得到的还要多时，再粗糙的耳朵也该听得出一种造作的意味。难怪苏格拉底忍不住要挖苦他那位创立了犬儒学派的学生安提斯泰："我从你外衣的破洞可以看穿你的虚荣心。"

学者们把希腊伦理思想划分为两条线索，一是从赫拉克利特、苏格拉底、犬儒派到斯多葛派的苦行主义，另一是从德谟克利特、昔勒尼派到伊壁鸠鲁派的享乐主义。其实，两者的差距并不如想象的那么大。德谟克利特和伊壁鸠鲁都把灵魂看作幸福的居所，主张物质生活上的节制和淡泊，只是他们并不反对享受来之容易的自然的快乐罢了。至于号称享乐学派的昔勒尼派，其首领亚里斯提卜[1]同样承认智慧在大多数情况下能带来快乐，而财

---

[1] 亚里斯提卜（Aristippos，约前435年—前360年），古希腊哲学家，昔勒尼学派的创始人。

富本身并不值得追求。当一个富翁把他带到家里炫耀住宅的华丽时,他把唾沫吐在富翁脸上,轻蔑地说道,在铺满大理石的地板上实在找不到一个更适合于吐痰的地方。垂暮之年,他告诉他的女儿兼学生阿莱特,他留下的最宝贵的遗产乃是"不要重视非必需的东西"。

对于希腊人来说,哲学不是一门学问,而是一种以寻求智慧为目的的生存方式,质言之,乃是一种精神生活。我相信这个道理千古不易。一个人倘若不能从心灵中汲取大部分的快乐,他算什么哲学家呢?

四

当然,哲学给人带来的不只是快乐,更有痛苦。这是智慧与生俱来的痛苦,从一开始就纠缠着哲学,永远不会平息。

想一想普罗米修斯窃火的传说或者亚当偷食智慧之果的故事吧,几乎在一切民族的神话中,智慧都是神的特权,人获得智慧都是要受惩罚的。在神话时代,神替人解释一切,安排一切。神话衰落,哲学兴起,人要自己来解释和安排一切了,他几乎在踌躇满志的同时就发现了自己力不从心。面对动物或动物般生活着的芸芸众生,觉醒的智慧感觉到一种神性的快乐。面对宇宙大全,它却意识到了自己的局限,不得不承受由神性不足造成的痛苦。人失去了神,自己却并不能成为一个神,或者,用爱默生的话说,只是一个破败中的神。

人之为人，就在于他身上既有动物性又有神性，人身上的神性不是灭绝了动物性而产生的，而是由动物性升华而来的。

《夜窗》

爱德华·霍珀，1928 年

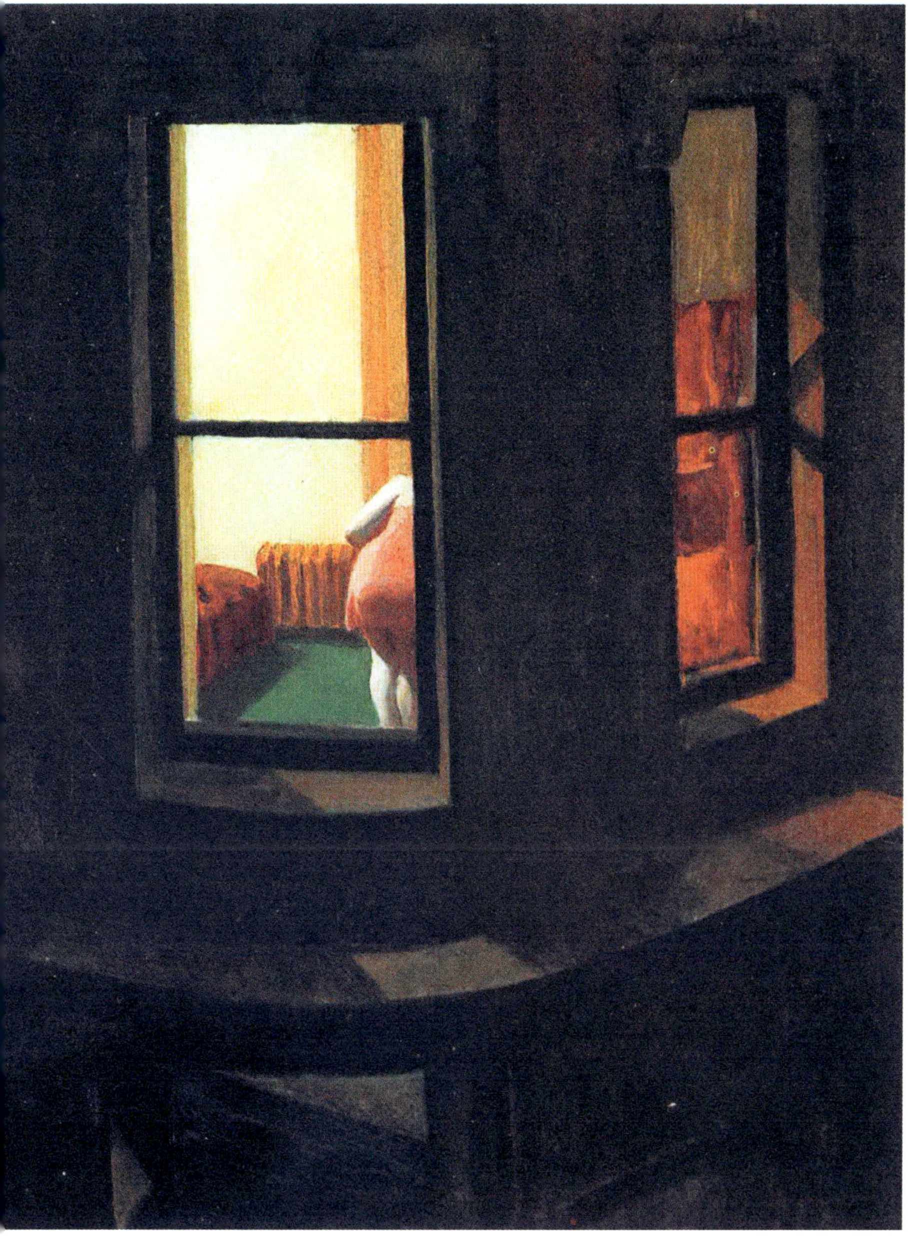

世界的精神本质是神秘的,我们不能认识它,只能怀着敬畏之心爱它、相信它。一切生命都源自它,"敬畏生命"的命题因此而成立。

所谓智慧的痛苦，主要不是指智慧面对无知所感觉到的孤独或所遭受到的迫害。在此种情形下，智慧毋宁说更多地感到一种属于快乐性质的充实和骄傲。智慧的痛苦来自内在于它自身的矛盾。希腊哲人一再强调，智慧不是知识，不是博学。再博学的人，他所拥有的也只是对于有限和暂时事物的知识。智慧却是要把握无限和永恒，由于人本身的局限，这个目标永远不可能真正达到。

大多数早期哲学家对于人认识世界的能力都持不信任态度。例如，恩培多克勒说，人"当然无法越过人的感觉和精神"，而哲学所追问的那个"全体是很难看见、听见或者用精神掌握的"。德谟克利特说："实际上我们丝毫不知道什么，因为真理隐藏在深渊中。"请注意，这两位哲学家历来被说成是坚定的唯物论者和可知论者。

说到人对自己的认识，情形就更糟。有人问泰勒斯，世上什么事最难，他答："认识你自己。"苏格拉底把哲学的使命限定为"认识你自己"，而他认识的结果却是发现自己一无所知，于是得出结论，"人的智慧微乎其微，没有价值"，而认识到自己的智慧没有价值，也就是人的最高智慧之所在了。

当苏格拉底承认自己"一无所知"时，他所承认无知的并非政治、文学、技术等专门领域，而恰恰是他的本行——哲学，即对世界和人生的底蕴的认识。其实，在这方面，人皆无知。但是，一般人无知而不自知其无知。对于他们，当然就不存在所谓智慧的痛苦。一个人要在哲学方面自知其无知，前提是他已经有了寻求世界和人生之根底的热望。而他之所以有这寻根究底的热望，必定已经对于人生之缺乏根底感到了强烈的不安。仔细分析起来，他又必定是在意识到人生缺陷的同时即已意识到此缺陷乃是不可克服的根本性质的缺陷，否则他就不至于如此不安了。所以，智慧从觉醒之日起就包含着绝望。

以爱智慧为其本义的哲学，结果却是否定智慧的价值，这真是哲学的莫大悲哀。然而，这个结果命中注定，在劫难逃。哲学所追问的那个一和全，绝对，终极，永恒，原是神的同义语，只可从信仰中得到，不可凭人的思维能力求得。除了神学，形而上学如何可能？走在寻求本体之路上的哲学家，到头来不是陷入怀疑主义，就是倒向神秘主义。在精神史上，苏格拉底似乎只是荷马与基督之间的一个过渡人物。神话的直观式信仰崩溃以后，迟早要建立宗教的理智式信仰，以求给人类生存提供一个整体的背景。智慧曾经在襁褓中沉睡而不知痛苦，觉醒之后又不得不靠催眠来麻痹痛苦，重新沉入漫漫长夜。到了近代，基督教信仰崩溃，智慧再度觉醒并发出痛苦的呼叫，可是人类还能造出什么新式的信仰呢？

不过，尽管人的智慧有其局限，爱智慧并不因此就属于徒劳。其实，智慧正是人超越自身局限的努力，唯凭此努力，局限才显现了出来。一个人的灵魂不安于有生有灭的肉身生活的限制，寻求超越的途径，不管他的寻求有无结果，寻求本身已经使他和肉身生活保持了一个距离。这个距离便是他的自由，他的收获。智慧的果实似乎是否定性的：理论上——"我知道我一无所知"；实践上——"我需要我一无所需"。然而，达到了这个境界，在谦虚和淡泊的哲人胸怀中，智慧的痛苦和快乐业已消融为一种和谐的宁静了。

五

人们常说：希腊人尊敬智慧，正如印度人尊敬神圣，意大利人尊敬艺术，美国人尊敬商业一样；希腊的英雄不是圣者、艺术家、商人，而是哲学家。这话仅在一定程度上是对的。例如，泰勒斯被尊为七贤之首，名望重于立法者梭伦，德谟克利特高龄寿终，城邦为他举行国葬。但是，我们还可找到更多相反的例子，证明希腊人迫害起哲学家来，其凶狠绝不在别的民族之下。雅典人不仅处死了本邦仅有的两位哲学家之一——伟大的苏格拉底，而且先后判处来自外邦的阿那克萨哥拉和亚里士多德死刑，迫使他们逃亡，又将普罗塔戈拉驱逐出境，焚毁其全部著作。毕达哥拉斯和他的四十余名弟子，除二人侥幸逃脱外，全部被克罗托内城的市民捕杀。赫拉克利特则差不多是饿死在爱非斯郊外的荒山中的。

希腊人真正崇拜的并非精神上的智者，而是肉体上的强者——运动员。四年一届的奥林匹克运动会上的优胜者不但可获许多奖金，而且名满全希腊，乃至当时希腊历史纪年也以他们的名字命名。克塞诺芬尼目睹此情此景，不禁提出抗议："这当然是一种毫无根据的习俗，重视体力过于重视可贵的智慧，乃是一件不公道的事情。"这位哲学家平生遭母邦放逐,身世对照,自然感慨系之。仅次于运动员,出尽风头的是戏剧演员,人们给竞赛获奖者戴上象牙冠冕,甚至为之建造纪念碑。希腊人实在是一个爱娱乐远胜于爱智慧的民族。然而,就人口大多数言,哪个民族不是如此?古今中外,老百姓崇拜的都是球星、歌星、影星之类,哲学家则难免要坐冷板凳。对此不可评其对错,只能说人类天性如此,从生命本能的立场看,这也许倒是正常的。

令人深思的是,希腊哲学家之受迫害,往往发生在民主派执政期间,通过投票作出判决,且罪名一律是不敬神。哲人之为哲人,就在于他们对形而上学问题有独立的思考,而他们思考的结果却要让从不思考这类问题的民众来表决,其命运就可想而知了。民主的原则是少数服从多数,哲学家却总是少数,确切地说,总是天地间独此一人,所需要的恰恰是不服从多数也无需多数来服从他的独立思考的权利,这是一种超越于民主和专制之政治范畴的精神自由。对于哲学家来说,不存在最好的制度,只存在最好的机遇,即一种权力对他的哲学活动不加干预,至于这权力是王权还是民权,好像并不重要。

在古希腊,至少有两位执政者是很尊重哲学家的。一位是雅典民主制的缔造者伯里克利,据说他对阿那克萨哥拉怀有"不寻常的崇敬和仰慕",执弟子礼甚勤。另一位是威震欧亚的亚历山大大帝,他少年时师事亚里士多德,登基后仍尽力支持其学术研究,并写信表示:"我宁愿在优美的学问方面胜过他人,而不愿在权力统治方面胜过他人。"当然，事实是他在权力方面空前地胜过了他人。不过，他的确是一个爱智慧的君主。更为脍炙人口的是他在科林斯与第欧根尼邂逅的故事。当时第欧根尼正躺着晒太阳，大帝说："朕即亚历山大。"哲人答："我是狗崽子第欧根尼。"问："我能为你效什么劳？"答："不要挡住我的太阳。"大帝当即叹道："如果我不是亚历山大，我便愿意我是第欧根尼。"

如果说阿那克萨哥拉和亚里士多德有幸成为王者师，那么，还有若干哲学家则颇得女人的青睐。首创女校和沙龙的阿斯帕西娅是西方自由女性的先驱，极有口才，据说她曾与苏格拉底同居并授以雄辩术，后来则成了伯里克利的伴侣。一代名妓拉依斯，各城邦如争荷马一样争为其出生地，身价极高，但她却甘愿无偿惠顾第欧根尼。另一位名妓弗里妮，平时隐居在家，出门遮上面纱，轻易不让人睹其非凡美貌，却因倾心于柏拉图派哲学家克塞诺克拉特之清名，竟主动到他家求宿。伊壁鸠鲁的情妇兼学生李昂馨，也是一位多才多艺的妓女。在当时的雅典，这些风尘女子是妇女中最有文化和情趣的佼佼者，见识远在一般市民之上，遂能慧眼识哲人。

如此看来，希腊哲学家的境遇倒是值得羡慕的了。试问今日有哪个亚历山大会师事亚里士多德，有哪个拉依斯会宠爱第欧根尼？当然，你一定会问：今日的亚里士多德和第欧根尼又在哪里？那么，应该说，与后世相比，希腊人的确称得上尊敬智慧，希腊不愧是哲学和哲学家的黄金时代。

自我二重奏

一、有与无

日子川流不息。我起床,写作,吃饭,散步,睡觉。在日常的起居中,我不怀疑有一个我存在着。这个我有名有姓,有过去的生活经历,现在的生活圈子。我忆起一些往事,知道那是我的往事。我怀着一些期待,相信那是我的期待。尽管我对我的出生毫无印象,对我的死亡无法预知,但我明白这个我在时间上有始有终,轮廓是清楚的。

然而,有时候,日常生活的外壳仿佛突然破裂了,熟悉的环境变得陌生,我的存在失去了参照系,恍兮惚兮,不知身在何处,我是谁,世上究竟有没有一个我。

庄周梦蝶,醒来自问:"不知周之梦为蝴蝶与,蝴蝶之梦为周与?"这一问成为千古迷惑。问题在于,你如何知道你现在不是在做梦?你又如何知道你的一生不是一个漫长而短促的梦?也许，流逝着的世间万物，一切世代，一切个人，都只是造物主的梦中景象？

我的存在不是一个自明的事实，而是需要加以证明的，于是有笛卡儿的命题："我思故我在。"

但我听见佛教导说：诸法无我，一切众生都只是随缘而起的幻象。

正当我为我存在与否苦思的时候，电话铃响了，听筒里叫着我的名字，我不假思索地应道：

"是我。"

二、轻与重

我活在世上，爱着，感受着，思考着。我心中有一个世界，那里珍藏着许多往事，有欢乐的，也有悲伤的。它们虽已逝去，却将永远活在我心中，与我终身相伴。

一个声音对我说：在无限宇宙的永恒岁月中，你不过是一个顷刻便化为乌有的微粒，这个微粒的悲欢甚至连一丝微风、一缕轻烟都算不上，刹那间就会无影无踪。你如此珍惜的那个小小的心灵世界，究竟有何价值？

我用法国作家辛涅科尔的话回答："是的，对于宇宙，我微不足道；可是，对于我自己，我就是一切。"

我何尝不知道，在宇宙的生成变化中，我只是一个极其偶然的存在，我存在与否完全无足轻重。面对无穷，我确实等于零。

然而，我可以用同样的道理回敬这个傲慢的宇宙：倘若我不存在，你对我来说岂不也等于零？倘若没有人类及其众多自我的存在，宇宙的永恒存在究竟有何意义？而每一个自我一旦存在，便不能不从自身出发估量一切，正是这估量的总和使本无意义的宇宙获得了意义。

我何尝不知道，在人类的悲欢离合中，我的故事极其普通。然而，我不能不对自己的故事倾注更多的悲欢。对于我来说，我的爱情波折要比罗密欧更加惊心动魄，我的苦难要比俄狄浦斯更加催人泪下。原因很简单，因为我不是罗密欧，不是俄狄浦斯，而是我自己。事实上，如果人人看轻一己的悲欢，世上就不会有罗密欧和俄狄浦斯了。

我终归是我自己。当我自以为跳出了我自己时，仍然是这个我在跳。我无法不成为我的一切行为的主体，我对世界的一切关系的中心。当然，同时我也知道每个人都有他的自我，我不会狂妄到要充当世界和他人的中心。

三、灵与肉

我站在镜子前，盯视着我的面孔和身体，不禁惶惑起来。我不知道究竟盯视者是我，还是被盯视者是我。灵魂和肉体如此不同，一旦相遇，彼此都觉陌生。我的耳边响起帕斯卡的话语：肉体不可思议，灵魂更不可思议，最不可思议的是肉体居然能和灵魂结合在一起。

人有一个肉体似乎是一件尴尬事。那个丧子的母亲终于停止哭泣,端起饭碗,因为她饿了。那个含情脉脉的姑娘不得不离开情人一小会儿,她需要上厕所。那个哲学家刚才还在谈论面对苦难的神明般的宁静,现在却因为牙痛而呻吟不止。当我们的灵魂在天堂享受幸福或在地狱体味悲剧时,肉体往往不合时宜地把它拉回到尘世。

马雅可夫斯基在列车里构思一首长诗,眼睛心不在焉地盯着对面的姑娘。那姑娘惊慌了。马雅可夫斯基赶紧声明:"我不是男人,我是穿裤子的云。"为了避嫌,他必须否认肉体的存在。

我们一生中不得不花费许多精力来伺候肉体:喂它,洗它,替它穿衣,给它铺床。博尔赫斯屈辱地写道:"我是他的老护士,他逼我为他洗脚。"还有更屈辱的事:肉体会背叛灵魂。一个心灵美好的女人可能其貌不扬,一个灵魂高贵的男人可能终身残疾。荷马是瞎子,贝多芬是聋子,拜伦是跛子。而对一切人相同的是,不管我们如何精心调理,肉体仍不可避免地要走向衰老和死亡,拖着不屈的灵魂同归于尽。

那么,不要肉体如何呢?不,那更可怕,我们将不再能看风景,听音乐,呼吸新鲜空气,读书,散步,运动,宴饮,尤其是——世上不再有男人和女人,不再有爱情这件无比美妙的事儿。原来,灵魂的种种愉悦根本就离不开肉体,没有肉体的灵魂不过是幽灵,不复有任何生命的激情和欢乐,比死好不了多少。

所以,我要修改帕斯卡的话:肉体是奇妙的,灵魂更奇妙,最奇妙的是肉体居然能和灵魂结合在一起。

四、动与静

喧哗的白昼过去了，世界重归于宁静。我坐在灯下，感到一种独处的满足。

我承认，我需要到世界上去活动，我喜欢旅行、冒险、恋爱、奋斗、成功、失败。日子过得平平淡淡，我会无聊，过得冷冷清清，我会寂寞。但是，我更需要宁静的独处，更喜欢过一种沉思的生活。总是活得轰轰烈烈热热闹闹，没有时间和自己待一会儿，我就会非常不安，好像丢了魂一样。

我身上必定有两个自我。一个好动，什么都要尝试，什么都想经历。另一个喜静，对一切加以审视和消化。这另一个自我，如同罗曼·罗兰所说，是"一颗清明宁静而非常关切的灵魂"。仿佛是它把我派遣到人世间活动，鼓励我拼命感受生命的一切欢乐和苦难，同时又始终关切地把我置于它的视野之内，随时准备把我召回它的身边。即使我在世上遭受最悲惨的灾难和失败，只要我识得返回它的途径，我就不会全军覆没。它是我的守护神，为我守护着一个任何风雨都侵袭不到也损坏不了的家园，使我在最风雨飘摇的日子里也不致无家可归。

耶稣说："一个人赚得了整个世界，却丧失了自我，又有何益？"他在向其门徒透露自己的基督身份后说这话，可谓意味深长。真正的救世主就在我们每个人身上，便是那个清明宁静的自我。这个自我即是我们身上的神性，只要我们能守住它，就差不多可以说上帝和我们同在了。守不住它，一味沉沦于世界，我们便会浑浑噩噩，随波逐流，世界也将沸沸扬扬，永无得救的希望。

五、真与伪

我走在街上，一路朝熟人点头微笑；我举起酒杯，听着应酬话，用笑容答谢；我坐在一群妙语连珠的朋友中，自己也说着俏皮话，赞赏或得意地大笑……

在所有这些时候，我心中会突然响起一个声音："这不是我！"于是，笑容冻结了。莫非笑是社会性的，真实的我永远悲苦，从来不笑？

多数时候，我是独处的，我曾庆幸自己借此避免了许多虚伪。可是，当我关起门来写作时，我怎能担保已经把公众的趣味和我的虚荣心也关在了门外，因而这个正在写作的人必定是真实的我呢？

"成为你自己！"——这句话如同一切道德格言一样知易行难。我甚至无法判断，我究竟是否已经成为我自己。角色在何处结束，真实的我在何处开始，这界限是模糊的。有些角色仅是服饰，有些角色却已经和我们的躯体生长在一起，如果把它们一层层剥去，其结果比剥葱头好不了多少。

演员尚有卸妆的时候，我们却生生死死都离不开社会的舞台。在他人目光的注视下,甚至隐居和自杀都可以是在扮演一种角色。也许,只有当我们扮演某个角色露出破绽时,我们才得以一窥自己的真实面目。

卢梭说:"大自然塑造了我,然后把模子打碎了。"这话听起来自负,其实适用于每一个人。可惜的是,多数人忍受不了这个失去了模子的自己,于是又用公共的模子把自己重新塑造一遍,结果彼此变得如此相似。

我知道,一个人不可能也不应该脱离社会而生活。然而,有必要节省社会的交往。我不妨和他人交谈,但要更多地直接向上帝和自己说话。我无法一劳永逸地成为真实的自己,但是,倘若我的生活中充满着仅仅属于我的不可言说的特殊事物,我也就在过一种非常真实的生活了。

六、逃避与寻找

我是喜欢独处的,不觉得寂寞。我有许多事可做:读书,写作,回忆,遐想,沉思,等等。做着这些事的时候,我相当投入,乐在其中,内心很充实。

但是,独处并不意味着和自己在一起。在我潜心读书或写作时,我很可能是和想象中的作者或读者在一起。

直接面对自己似乎是一件令人难以忍受的事,所以人们往往要设法逃避。逃避自我有二法,一是事务,二是消遣。我们忙于职业上和生活上的种种事务,一旦闲下来,又用聊天、娱乐和其他种种消遣打发时光。对于文人来说，读书和写作也不外是一种事务或一种消遣，比起斗鸡走狗之辈，诚然有雅俗之别，但逃避自我的实质则为一。

然而，有这样一种时候，我翻开书，又合上，拿起笔，又放下，不知道自己究竟要什么，找不到一件自己真正想做的事，只觉得心中弥漫着一种空虚怅惘之感。这是无聊袭来的时候。

当一个人无所事事而直接面对自己时，便会感到无聊。在通常情况下，我们仍会找些事做，尽快逃脱这种境遇。但是，也有无可逃脱的时候，我就是百事无心，不想见任何人，不想做任何事。

自我似乎喜欢捉迷藏，如同蒙田所说："我找我的时候找不着；我找着我由于偶然的邂逅比由于有意的搜寻多。"无聊正是与自我邂逅的一个契机。这个自我，摆脱了一切社会的身份和关系，来自虚无，归于虚无。难怪我们和它相遇时，不能直面相视太久，便要匆匆逃离。可是，让我多坚持一会儿吧，我相信这个可怕的自我一定会教给我许多人生的真理。

自古以来，哲人们一直叮咛我们："认识你自己！"卡莱尔却主张代之以一个"最新的教义"："认识你要做和能做的工作！"因为一个人永远不可能认识自己，而通过工作则可以使自己成为完人。我承认认识自己也许是徒劳之举，但同时我也相信，一个人倘若从来不想认识自己，从来不肯从事一切无望的精神追求，那么，工作绝不会使他成为完人，而只会使他成为庸人。

七、爱与孤独

凡人群聚集之处，必有孤独。我怀着我的孤独，离开人群，来到郊外。我的孤独带着如此浓烈的爱意，爱着田野里的花朵、小草、树木和河流。

原来，孤独也是一种爱。

爱和孤独是人生最美丽的两支曲子，两者缺一不可。无爱的心灵不会孤独，未曾体味过孤独的人也不可能懂得爱。

由于怀着爱的希望，孤独才是可以忍受的，甚至是甜蜜的。当我独自在田野里徘徊时，那些花朵、小草、树木、河流之所以能给我以慰藉，正是因为我隐约预感到，我可能会和另一颗同样爱它们的灵魂相遇。

不止一位先贤指出，一个人无论看到怎样的美景奇观，如果他没有机会向人讲述，他就绝不会感到快乐。人终究是离不开同类的。一个无人分享的快乐绝非真正的快乐，而一个无人分担的痛苦则是最可怕的痛苦。所谓分享和分担，未必要有人在场。但至少要有人知道。永远没有人知道，绝对的孤独、痛苦便会成为绝望，而快乐——同样也会变成绝望！

交往为人性所必需，它的分寸却不好掌握。帕斯卡说："我们由于交往而形成了精神和感情，但我们也由于交往而败坏着精神和感情。"我相信，前一种交往是两个人之间的心灵沟通，它是马丁·布伯所说的那种"我与你"的相遇,既充满爱,又尊重孤独;相反,后一种交往则是熙熙攘攘的利害交易,它如同尼采所形容的"市场",既亵渎了爱,又羞辱了孤独。相遇是人生莫大的幸运,在此时刻。两颗灵魂仿佛同时认出了对方,惊喜地喊出:"是你!"人一生中只要有过这个时刻,爱和孤独便都有了着落。

点与面

一

那家豪华餐馆里正在举办一个婚礼,这个婚礼与你有某种关系。你并没有参加这个婚礼,你甚至不知道婚礼会举办和已经举办。你的不知道本身就具有一种意义,这意义是每个受到邀请的客人心里都明白又讳莫若深的,于是他们频频举杯向新郎新娘庆贺。

岁末的这个夜晚,你独自坐在远离市区的一间屋子里,清醒地意识到你的生活出现了空前的断裂。你并不孤寂,新的爱情花朵在你的秋天里温柔地开放。然而,无论花朵多么美丽,断裂依然存在。人们可以清除瓦砾,在废墟上建造新的乐园,却无法使死者复活,也无法禁止死者在地下歌哭。

是死去的往事在地下歌哭。真正孤寂的是往事,那些曾经共有的往事,而现在它们被无可挽回地遗弃了。它们的存在原本就缘于共同享有，一旦无人共享，它们甚至不再属于你。你当然可以对你以后的爱人谈论它们，而在最好的情形下，她也许会宽容地倾听并且表示理解，却抹不去嘴角的一丝嘲讽。谁都知道，不管它们过去多么活泼可爱，今天终归已成一群没人要的弃儿，因为曾有的辉煌而更加忍辱含垢，只配躲在人迹不至的荒野里自生自灭。

你太缺少随遇而安的天赋，所以你就成了一个没有家园的人。你在漂流中逐渐明白，所谓共享往事只是你的一种幻觉。人们也许可以共享当下的日子和幻想中的未来，却无法共享往事。如果你确实有过往事，那么，它们仅仅属于你，是你的生命的作品。当你这么想时，你觉得你重获了对自己的完整历史的信心。

二

一个男人抱着一个婴儿坐在街沿上，身前身后是飞驰的车轮和行人匆忙的脚步。没有人知道那个婴儿患有绝症，而那个父亲正在为此悲伤。即使有人知道，最多也只会在他们身旁停留片刻，投去怜悯的一瞥，然后又匆匆地赶路，很快忘记了这一幕小小的悲剧。如果你是行人，你也会这样的。有什么办法呢？生活太琐碎了，我们甚至不能在自己的一个不幸上长久集中注意力，更何况是陌生人的一个不幸。

可是，你偏偏不是行人，而就是那个父亲。

即使如此，你又能怎样呢？你用柔和的目光抚爱着孩子的脸庞,悄声对她说话。孩子很聪明,开始应答,用小手抓摸你,喊你爸爸,并且出声地笑了。尽管你没有忘记那个必然到来的结局,你也笑了。有一天孩子会发病,会哭,会经受临终的折磨,那时候你也会与她同哭。然后,孩子死了,而你仍然活着。你无法知道孩子死后你还能活多久,活着时还会遭遇什么,但你知道你也会死去。如果这就是生活,你又能怎样呢?

在这个世界上,幸福和苦难都是平凡的,它们本身不是奇迹,也创造不出奇迹。是的,甚至苦难也不能创造出奇迹。后来那个可怜的孩子死了,她只活了一岁半,你相信她在你的心中已经永恒,你的确常常想起她和梦见她,但更多的时候你好像从来没有过她那样地生活着。随着岁月流逝,她的小小的身影越来越淡薄,有时你真的怀疑起你是否有过她了。事实上你完全可能没有过她,没有过那一段充满幸福和苦难的日子,而你现在的生活并不会因此就有什么不同。也许正是类似的体验使年轻的加缪写下了这样的句子:"每当我似乎感受到世界的深刻意义时,正是它的简单令我震惊。"

三

那个时候,你还不曾结婚,当然也不曾离婚,不曾有过做父亲然后又不做父亲的经历。你甚至没有谈过恋爱,没有看见过女人的裸体。尽管你已经大学毕业,你却单纯得令我吃惊。走出校门,你到了南方深山的一个小县,成为县里的一个小干部。和县里其他小干部一样，你也常常下乡，跋涉在崎岖的山路上。

有一天，你正独自走在山路上，天下着大雨，路滑溜溜的，你深一脚浅一脚地走着。远远看去，你头戴斗笠、身披塑料薄膜（就是罩在水稻秧田上的那种塑料薄膜）的身影很像一个农民。你刚从公社开会回来，要回到你蹲点的那个生产队去。在公社办公室里，你一边听着县和公社的头头们布置工作，一边随手翻看近些天的报纸。你的目光在一幅照片上停住了。那是当时报纸上常见的那种党和国家领导人接见外宾的照片，而你竟在上面发现了一个熟悉的面影，相应的文字说明证实了你的发现。她是你的一个昔日的朋友，不过你们之间已经久无联系了。当你满身泥水地跋涉在滂沱山雨中时，你鲜明地感觉到你离北京已经多么遥远，离一切成功和名声从来并且将永远多么遥远。

许多年后，你回到了北京。你常常从北京出发，应邀到各地去参加你的作品的售书签名，在各地的大学讲台上发表学术讲演。在忙碌的间隙，你会突然想起那次雨中的跋涉，可是丝毫没有感受到所谓成功的喜悦。无论你今天得到了什么，以后还会得到什么，你都不能使那个在雨中跋涉的青年感到慰藉，为此你心中弥漫开一种无奈的悲伤。回过头看，你无法否认时代发生了沧桑之变，这种变化似乎也改变了你的命运。但你立刻意识到在这里用"命运"这个词未免夸张，变换的只是场景和角色，那内在的命运却不会改变。你终于发现，你是属于深山的，在仅仅属于你的绵亘无际的空寂的深山中，你始终是那个踽踽独行的身影。

四

　　一辆大卡车把你们运到北京站，你们将从这里出发奔赴一个遥远的农场。列车尚未启动，几个女孩子站在窗外，正在和你的同伴话别。她们充满激情，她们的话别听起来像一种宣誓。你独自坐在列车的一个角落里，李贺的一句诗在你心中反复回响："我有迷魂招不得。"

　　你的行李极简单，几乎是空着手离开北京的。你的心也空了。不多天前，你烧毁了你最珍爱的东西——你的全部日记和文稿。在以后漫长的岁月里，你注定要为你生命之书不可复原的破损而不断痛哭。这是一个秘密的祭礼，祭你的那位屈死的好友。你进大学时几乎还是个孩子呢，瘦小的身体，腼腆的模样。其实他比你也大不了几岁，但当时在你眼里他完全是个大人了。这个热情的大孩子，他把你带到了世界文化宝库的门前，指引你结识了托尔斯泰、陀思妥耶夫斯基、易卜生、休谟等大师。夜深人静之时，他久久地站在昏暗的路灯下，用低沉的嗓音向你倾吐他对人生的思考，他的困惑和苦恼。从他办的一份手抄刊物中，你第一次对于自由写作有了概念。你逐渐形成了一个信念，相信人生最重要的事情不是学问和地位，而是真诚地生活和思考。可是，他为此付出的是生命的代价。

　　在等待列车启动的那个时刻，你的书包里只藏着几首悼念他的小诗。后来你越来越明白，一个人一生只能有一次这样的友谊，因为一个人只能有一次青春，一次精神上的启蒙。三十年过去了，他仍然常常在你的梦中复活和死去，令你一次次重新感到绝望。但是，这深切的怀念也使你懂得了男人之间友谊的宝贵。在以后的岁月里，你最庆幸的事情之一就是结识了若干志趣相投的朋友。尽管来自朋友的伤害使你猝不及防，惶惑和痛苦使你又退入荒野之中，你依然相信世上有纯正的友谊。

五

你放学回家，发现家里发生了某种异常事情。邻居们走进走出，低声议论。妈妈躺在床上，面容憔悴。弟弟悄悄告诉你，妈妈生了个死婴，是个女孩。你听见妈妈在对企图安慰她的一个邻居说，活着也是负担，还是死了好。你无法把你的悲伤告诉任何人。你还有一个比你小一岁的弟弟也夭折了，没有人知道这件事给你造成的创伤，你想象他就是你而你的确完全可能就像他一样死于襁褓，于是你坚信自己失去了一个最知己的同伴。

自从那次生产后，妈妈患了严重贫血，常常突然昏倒。你是怎样地为她担惊受怕呵，小小的年纪就神经衰弱，经常通宵失眠。你躺在黑暗中颤抖不止，看见墙上伸出长满绿毛的手，看见许多戴尖帽的小矮人在你的被褥上狞笑狂舞。你拉亮电灯，大声哭喊，妈妈说你又神经错乱了。

妈妈站在炉子前做饭，你站在她身边，仰起小脸蛋久久地望着她。你想用你的眼神告诉她，你是多么爱她，她绝不能死。妈妈好像被你看得不好意思了，温和地呵斥你一声，你委屈地走开了。

　　一根铁丝割破了手指,看到溢出的血,你觉得你要死了,立即晕了过去。你满怀恐惧地走向一个同学的家,去参加课外小组的活动,预感到又将遭受欺负。一个女生奉命来教手工,同组的男生们恶作剧地把门锁上,不让她进来。听着一遍遍的敲门声,你心中不忍,胆怯地把门打开了,于是响起一阵哄笑,接着是霸凌,他们把你按倒在地上,逼你说出她是你的什么人。你倔强地保持沉默,但在回家的路上,你流了一路眼泪。

　　我简直替自己害羞。这个敏感而脆弱的孩子是我吗?谁还能在我的身上辨认出他来呢?现在我的母亲已是八旬老人,远在家乡。我想起我们不多的几次相聚,她也只是默默地看着我忙碌。面对已经长大的儿子,她是否还会记起那张深情仰望着她的小脸蛋,而我又怎样向她叙说我后来的坎坷和坚忍呢?不,我多半只是说些眼前的琐事,仿佛它们是我们之间最重要的事情,而离别和死亡好像完全不存在似的。原本非常亲近的人后来天各一方,时间使他们可悲地疏远,一旦相见,语言便迫不及待地丈量这疏远的距离。人们对此似乎已经习以为常,生活的无情莫过于此了。

六

　　在我的词典里,没有"世纪末"这个词。编年和日历不过是人类自造的计算工具,我看不出其中某个数字比其余数字更具特别意义。所以，对于人们津津乐道的所谓"世纪末"，我没有任何感想。

当然，即将结束的二十世纪对于我是重要的，其理由不说自明。我是在这个世纪出生的，并且迄今为止一直在其中生活。没有二十世纪，就没有我。不过，这纯粹是一句废话。世上每一个人都出生在某一个世纪，他也许长寿，也许短命，也许幸福，也许不幸，这取决于别的因素，与他是否亲眼看见世纪之交完全无关。

我知道一些负有大使命感的人是很重视"世纪末"的，因为他们相信自己在旧的世纪有不可忽略的影响，对新的世纪有不可推卸的责任，总之新旧世纪都不能缺少他们，因此他们理应在世纪之交高瞻远瞩，点拨苍生。可是，我深知自己的渺小，对任何一个世纪都是可有可无的。所以，当别人站在世纪的高峰俯视历史之时，我只能对自己的平凡生涯怀有些琐碎的回忆。而且，这回忆绝非由"世纪末"触发。天道无情，人生易老，世纪的尺度对于个人未免大而无当了罢。

人生的三个觉醒

人在世上生活,必须作选择和决定,也会遭遇疑惑、困难、挫折,皆需要力量的支持。在一切力量中,最不可缺少一种内在的力量,就是觉醒。觉醒是人人可以开发和拥有的力量,也是人生最根本和最重要的力量。那些外在的力量,例如来自社会和朋友的帮助,若没有内在力量的配合,最多只能发生暂时的表面的作用。那些外在的力量,例如你已经获得的权力、金钱、名声、地位,也许可以使你活得风光,但唯有内在的力量才能使你活得有意义。

那么,让什么东西觉醒呢?当然是你身上那些最本质的东西,它们很可能沉睡着,所以要觉醒。我认为,人身上有三个最本质的东西。首先,你是一个生命,你因此才会在这个世界上生活,才会有你的种种人生经历。第二,你不但是一个生命,而且是一个独特的生命个体,并且能够明确地意识到这一点,也就是说,你是一个自我。第三,和宇宙万物不同,人是精神性的存在,你还是一个灵魂。这三者概括了你之为你的本质。因此,人生有三个基本的觉醒:生命的觉醒,自我的觉醒,灵魂的觉醒。

一、生命的觉醒

每个人来到这个世界上,首先是一个生命,也终归是一个生命。这是一个多么简单的道理,却很容易被我们忘记。我们在社会上生活,为获取财富、权力、地位、名声等而奋斗,久而久之,往往把这些东西看得比生命更重要了,甚至当成了人生主要的乃至唯一的目标,为之耗尽了全部精力。

生命原本是单纯的,财富、权力、地位、名声等是后来添加到生命中去的社会堆积物。既然在社会上生活,有这些堆积物就不可避免,也无可非议,但我们要警惕,不可本末倒置。生命的觉醒,就是要透过这些社会堆积物去发现你的自然的生命,牢记你是一个生命,对你的生命保持一种敏感,经常去倾听它的声音,时时去满足它的需要。

生命的需要由自然规定,包括与自然和谐相处、健康、安全等等,也包括爱情、亲情、家庭等自然情感的满足。这些需要平凡而永恒,但它们的满足是人生最甘美的享受之一,带给人的是生命本身的单纯的快乐。你诚然可以去追求其他种种复杂的快乐,可是,倘若这种追求损害了这些单纯的快乐,其价值便是可疑的。

二、自我的觉醒

你不但是一个生命，而且是一个独特的生命个体，一个自我。首先，这个自我是独一无二的，世上只有一个你。其次，这个自我是不可重复的，你只有一个人生。因此，对你的人生负责，实现你之为你的价值，是你的根本责任。自我的觉醒，就是要负起这个根本责任，做你自己人生的主人，真正成为你自己。

成为你自己，这可不是容易的事。人们往往受环境、舆论、习俗、职业、身份支配，作为他人眼中的一个角色活着，很少作为自己活着。为什么会这样？一是因为懒惰，随大流是最省力的，独特却必须付出艰苦的努力。二是因为怯懦，随大流是最安全的，独特却会遭受舆论的压力、庸人的妒恨和失败的风险。可是，如果你想到，世上只有一个你，你死了，没有任何人能代替你活；你只有一个人生，如果虚度了，没有任何人能够真正安慰你。那么，你还有必要在乎他人的眼光吗？

一个人怎样才算成为自己，做了自己人生的主人呢？我认为有两个可靠的标志。一是在人生的态度上自己做主，有明确坚定的价值观，有自己处世做人的原则，在俗世中不随波逐流。二是在事业的选择上自己做主，有自己真正喜欢做的事，能够全身心地投入其中，感到内在的愉快和充实。人生中有真信念，事业上有真兴趣，这二者证明了你有一个真自我。

三、灵魂的觉醒

世间一切生命中，唯有人有自我意识，能够知道自己作为生命个体的独特性和一次性，知道自己是一个"我"。但是，无论你多么看重这个"我"，它终有一死，在人世间的存在是有限而短暂的。这就产生了一个问题：人生究竟有没有更高的具有恒久价值的意义，此种意义不会因为这个"我"的死亡而丢失？其实答案已经隐藏在问题之中了，我们即使从逻辑上也可推断：要找到这种意义，唯有超越小我，把它和某种意义上的大我相沟通。那么，透过肉身自我去发现你身上的更高的自我，那个和大我相沟通的精神性自我，认清它才是你的本质，这便是灵魂的觉醒。

灵魂的觉醒有两个途径，一是信仰，二是智慧。

灵魂是基督教用语，用来指称人的精神性自我。汉语中"灵魂"这个词很有意思，可以拆分为"灵"和"魂"。和别的生命不同，人有自我意识，也就是有一个"魂"。在基督教看来，这个"魂"应该有一个神圣的来源，就是上帝。《圣经》里说，上帝是按照自己的形象造人的。其实上帝是没有形象的，完全是"灵"。所以，"魂"是从"灵"来的。可是，在进入肉体之后，"魂"忘记了自己的来源，因此必须和"灵"重建联系，这就是信仰。通过信仰，"灵"把"魂"照亮，人才真正有了"灵魂"。

哲学（包括佛教）不讲灵魂，讲智慧。汉语中"智慧"这个词也很有意思，可以拆分为"智"和"慧"。和别的生命不同，人有认识能力，就是"智"，因此能够把自己认作"我"，与作为

"物"(包括他人)的周围世界区别开来。但是,"智"的运用应该上升到一个更高的认识,就是超越物我的区别,用佛教的话说是"离分别相",用庄子的话说是"万物与我为一"。这种与宇宙生命本体合一的境界,就是"慧"。"智"上升到"慧",人才真正有了"智慧"。

在我看来,信仰和智慧是在用不同的方式说同一件事,二者殊途而同归,就是要摆脱肉身的限制,超越小我,让我们身上的那个精神性自我觉醒。人人身上都有这样一个更高的自我,它和宇宙大我的关系也许不可证明,但让它觉醒对于现实人生却是意义重大。第一,人生的重心会向内转化,从外部世界转向内心世界,重视精神生活。你仍然可以在社会上做大事,但境界不同了,你会把做事当作灵魂修炼的手段,通过做事而做人,每一步都走在通往你的精神目标的道路上。第二,你会和你的身外遭遇保持距离,具有超脱的心态,在精神上尽量不受无常的人间祸福得失的支配。在相反的情况下,精神性自我不觉醒,人第一会沉湎在肉身生活中,境界低俗,第二会受这个肉身遭遇的支配,苦海无边。人生在世,必须有一个超越的立足点,这个立足点正是信仰和智慧给你的。

人的高贵在于灵魂

法国思想家帕斯卡有一句名言:"人是一支有思想的芦苇。"他的意思是说,人的生命像芦苇一样脆弱,宇宙间任何东西都能置人于死地。可是,即使如此,人依然比宇宙间任何东西高贵得多,因为人有一个能思想的灵魂。我们当然不能也不该否认肉身生活的必要,但是,人的高贵却在于他有灵魂生活。作为肉身的人,并无高低贵贱之分。唯有作为灵魂的人,由于内心世界的巨大差异,才分出了高贵和平庸,乃至高贵和卑鄙。

两千多年前,罗马军队攻进了希腊的一座城市,他们发现一个老人正蹲在沙地上专心研究一个图形。他就是古代最著名的物理学家阿基米德。他很快便死在了罗马军人的剑下,当剑朝他劈来时,他只说了一句话:"不要踩坏我的圆!"在他看来,他画在地上的那个图形是比他的生命更加宝贵的。更早的时候,征服了欧亚大陆的亚历山大大帝视察希腊的另一座城市,遇到正躺在地上晒太阳的哲学家第欧根尼，便问他："我能为你做些什么？"得到的回答是："不要挡住我的阳光！"在第欧根尼看来，面对他在阳光下的沉思，亚历山大大帝的赫赫战功显得无足轻重。这两则传为千古美谈的小故事，表明了古希腊优秀人物对于灵魂生活的珍爱，他们爱思想胜于爱一切，包括自己的生命，把灵魂生活看得比任何外在的事物更加高贵，哪怕是显赫的权势。

珍惜内在的精神财富甚于外在的物质财富，这是古往今来一切贤哲的共同特点。英国作家王尔德到美国旅行，入境时，海关官员问他有什么东西要报关，他回答："除了我的才华，什么也没有。"使他引以为豪的是，他没有什么值钱的东西，但他拥有不能用钱来衡量的艺术才华。正是这位骄傲的作家在他的一部作品中告诉我们："世间再没有比人的灵魂更宝贵的东西，任何东西都不能跟它相比。"

其实，无须举这些名人的事例，我们不妨稍微留心观察周围的现象。我常常发现，在平庸的背景下，哪怕是一点不起眼的灵魂生活的迹象，也会闪放出一种很动人的光彩。

有一回，我乘车旅行。列车飞驰，车厢里闹哄哄的，旅客们在聊天、打牌、吃零食。一个少女躲在车厢的一角，全神贯注地读着一本书。她读得那么专心，还不时地往随身携带的一个小本子上记些什么，好像完全没听见周围嘈杂的人声。望着她仿佛沐浴在一片光辉中的安静的侧影，我心中充满感动，想起了自己的少年时代。那时候我也和她一样，不管置身于多么混乱的环境，只要拿起一本好书，就会忘记一切。如今我自己已经是一个作家，出过好几本书了，可是我却羡慕这个埋头读书的少女，无限缅怀已经渐渐远逝的有着同样纯正追求的我的青春岁月。

每当北京举办世界名画展览时，便有许多默默无闻的青年画家节衣缩食，自筹旅费，从全国各地风尘仆仆来到首都，在名画前流连忘返。我站在展厅里，望着这一张张热忱仰望的年轻的面孔，心中也会充满感动。我对自己说：有着纯正追求的青春岁月的确是人生最美好的岁月。

若干年过去了，我还会常常不由自主地想起列车上的那个少女和展厅里的那些青年，揣摩他们现在不知怎样了。据我观察，人在年轻时多半是富于理想的，随着年龄增长就容易变得越来越实际。由于生存斗争的压力和物质利益的诱惑，大家都把眼光和精力投向外部世界，不再关注自己的内心世界。其结果是灵魂日益萎缩和空虚，只剩下了一个在世界上忙碌不止的躯体。对于一个人来说，没有比这更可悲的事情了。我暗暗祝愿他们仍然保持着纯正的追求，没有走上这条可悲的路。

人所能及的神圣

自古以来对于那些渴望超凡脱俗的人来说，肉体似乎始终是一个麻烦，这个肉体活着时要受欲望的折磨，而最后的结局又必是死亡。神是没有肉体的，所以神不会痛苦也不会死亡。肉体似乎是人的动物性的根源，它决定了人不能摆脱动物的地位，达于神的境界。为了达于神的境界，人好像必须战胜这个肉体，在某种意义上把它消灭掉。正是出于这样的考虑，世界各种宗教里都有人主张和实行苦行主义，用许多烦琐的戒律来限制和禁绝肉体的欲望，摧毁肉体固有的动物性本能。

由这个途径能否达于神圣呢？据说有极少数人成功了．例如基督教中的圣徒和佛教中的高僧。我是俗界中人，难以揣摩其中的奥秘。依我俗人之见，灭绝肉体的欲望无异于扼杀生命的乐趣，代价未免太大。而且，如此求得的那个状态究竟真个是超凡入圣的仙境，抑或只是因为肉体衰竭而造成的一种幻觉，实在也灵魂是人的精神生活的真正所在地,在这里,每个人最内在深邃的"自我"直接面对永恒,追问有限生命的不朽意义。

《海边的房间》

爱德华·霍珀，1951 年

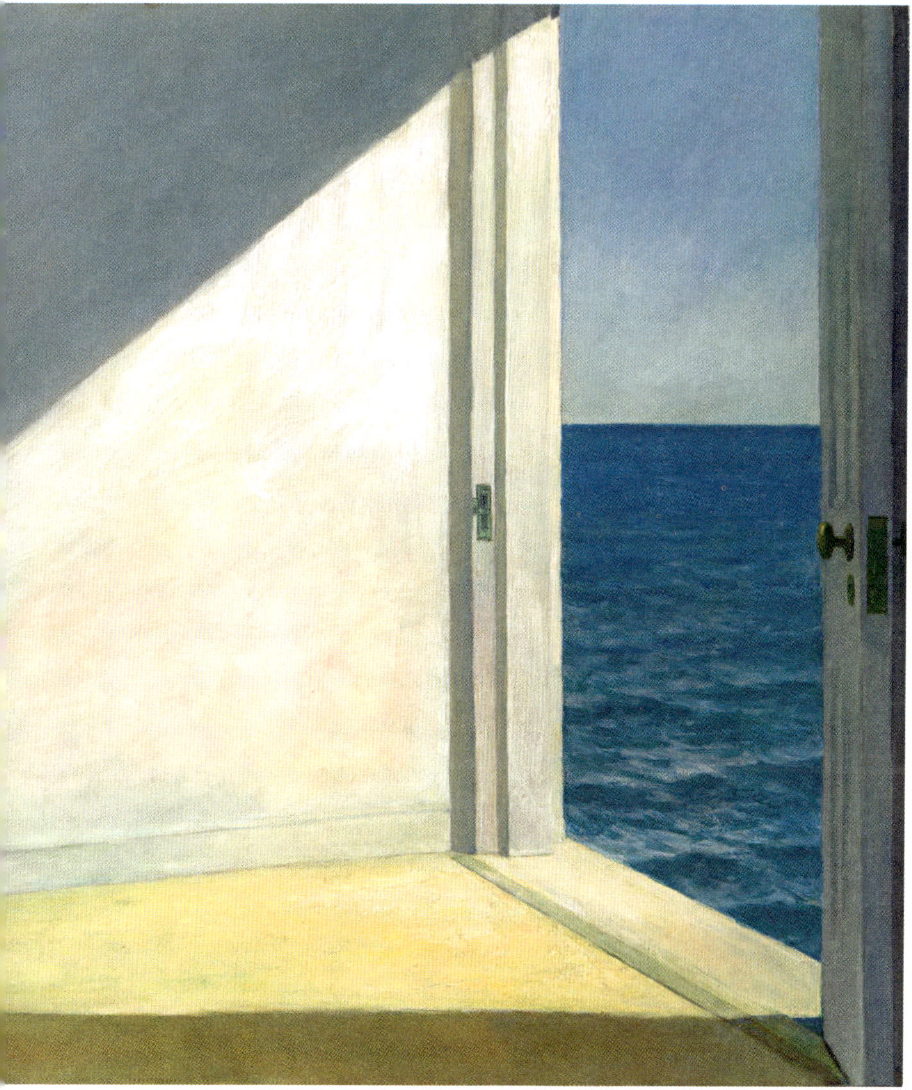

自我是一个中心点,一个人有了坚实的自我,他在这个世界上便有了精神的坐标,无论走多远都能够找到回家的路。

不好说。人生而有个肉体，这个肉体生而有七情六欲，这本是大自然的安排，在我看来任何逆自然之道而行的做法总是有些不对头的。

所以，我更赞成另一种途径，即肯定肉体及其欲望的合理性，不是甩掉肉体，而是带着肉体走向神圣。这就是通常所说的实现本能的升华。为了实现本能的升华，前提是必须对欲望进行某种限制。一方面有健全的生命欲望，另一方面既非加以禁绝，又非任其泛滥，而是使之沿着一定的轨道宣泄，迸发为精神追求和创造的原动力。譬如说，凡正常人皆有性欲，它是种纯粹动物性的本能，如果对它毫不加以限制，滥交纵欲，人便与禽兽无异。但是。性欲又是许多美好的情感，包括爱情、美感、创造欲的原动力，而为了使它升华为这些美好的情感，限制是绝对必要的。尤其在少年时候，性的觉醒和某种程度的压抑会形成一种奇妙的张力，成为滋生这些美好情感的沃土。相反，肉欲泛滥之处，爱情和美感便荡然无存。

人之为人，就在于他身上既有动物性又有神性，人身上的神性不是灭绝了动物性而产生的，而是由动物性升华而来的。这是人所能及的神圣和超越。所谓人性，也就是动物性向神性的升华。我不相信世上有毫无动物性的神人。但是，遗憾的是，世上倒的确有几乎没有一丝一毫神性、唯剩动物性的兽人。这种人心目中没有任何神圣的价值，百无禁忌，为了满足自己的欲望，可以做出任何伤天害理的事情，甚至残杀无辜。在当今社会上，这类人似在增多，这实在令人担忧。造成这种情形的原因很复杂，因而要改变也就必须做多方面的努力。从精神的层面看，一个重要原因便是对神圣价值的信仰的普遍丧失，对此我只能说无论个人还是民族，都要有所敬畏，相信世上仍有不可亵渎的神圣价值，否则必遭可怕的惩罚。

与世界建立精神关系

对于各种不杀生、动物保护、素食主义的理论和实践,过去我都不甚看重,不承认它们具有真正的伦理意义,只承认有生态的意义。在我眼里,凡是把这些东西当作一种道德信念遵奉的人都未免小题大做,不适当地扩大了伦理的范围。我认为伦理仅仅与人类有关,在人类对自然界其他物种的态度上不存在精神性的伦理问题,只存在利益问题,生态保护也无非是要为人类的长远利益考虑罢了。我还认为若把这类理论伦理学化,在实践上是完全行不通的,彻底不杀生只会导致人类灭绝。可是,在了解了施韦泽[1]所创立的"敬畏生命"伦理学的基本内容之后,我的看法有了很大改变。

---

[1] 阿尔贝特·施韦泽(Albert Schweitzer,1875年—1965年),二十世纪人道精神划时代伟人、哲学家和社会活动家。他具备哲学、医学、神学、音乐四种不同领域的才华,提出了"敬畏生命"的伦理学思想。

施韦泽是二十世纪最伟大的人道主义者之一，也是动物保护运动的早期倡导者。他明确地提出："只有当人认为所有生命，包括人的生命和一切生物的生命都是神圣的时候，他才是伦理的。"他的出发点不是简单的恻隐之心，而是由生命的神圣性所唤起的敬畏之心。何以一切生命都是神圣的呢？对此他并未加以论证，事实上也是无法论证的。他承认敬畏生命的世界观是一种"伦理神秘主义"，也就是说，它基于我们的内心体验，而非对世界过程的完整认识。世界的精神本质是神秘的，我们不能认识它，只能怀着敬畏之心爱它、相信它。一切生命都源自它，"敬畏生命"的命题因此而成立。这是一个基本的信念，也许可以从道教、印度教、基督教中寻求其思想资源，对于施韦泽来说，重要的是通过这个基本的信念，人就可以与世界建立一种精神关系。

与世界建立精神关系——这是一个很好的提法，它简洁地说明了信仰的实质。任何人活在世上，总是和世界建立了某种关系。但是，认真说来，人的物质活动、认知活动和社会活动仅是与周围环境的关系，而非与世界整体的关系。在每一个人身上，随着肉体以及作为肉体之一部分的大脑死亡，这类活动都将彻底终止。唯有人的信仰生活是指向世界整体的。所谓信仰生活，未必要皈依某一种宗教，或信奉某一位神灵。一个人不甘心被世俗生活的浪潮推着走，而总是想为自己的生命确定一个具有恒久价值的目标，他便是一个有信仰生活的人。因为当他这样做时，他实际上对世界整体有所关切，相信它具有一种超越的精神本质，并且努力与这种本质建立联系。施韦泽非常欣赏罗马的斯多葛学派和中国的老子，因为他们都使人通过一种简单的思想而与世界建立了精神关系。的确，作为信仰生活的支点的那一个基本信念无须复杂，相反往往是简单的，但必须是真诚的。人活一世，有没有这样的支点，人生内涵便大不一样。当然，信仰生活也不能使人逃脱肉体的死亡，但它本身具有超越死亡的品格，因为世界整体的精神本质藉由它而得到了显现。在这个意义上，施韦泽宣称，甚至将来必定会到来的人类毁灭也不能损害它的价值。

我的印象是，施韦泽是在为失去信仰的现代人重新寻找一种精神生活的支点。他的确说：真诚是精神生活的基础，而现代人已经失去了对真诚的信念，应该帮助他们重新走上思想之路。他之所以创立敬畏生命的伦理学，用意盖在于此。可以想象，一个敬畏一切生命的人对于人类的生命是会更珍惜，对于自己的生命是会更负责的。施韦泽本人就是怀着这一信念，几乎毕生圣徒般地在非洲一个小地方行医。相反，那种见死不救、草菅人命的医生，其冷酷的行径恰恰暴露了内心的毫无信仰。我相信人们可由不同的途径与世界建立精神关系，敬畏生命的世界观并非现代人唯一可能的选择。但是，一切简单而伟大的精神都是相通的，在那道路的尽头，它们殊途而同归。说到底，人们只是用不同的名称称呼同一个光源罢了，受此光源照耀的人都走在同一条道路上。

孩子和哲人——忆念铁生

一

二〇一〇年十二月三十一日凌晨，何东发来短信："史铁生于十二月三十一日 3 时 46 分离开我们去往天国。"

我正在洗漱，郭红看到了短信，在门外惊喊："铁生走了！"我把自己关在卫生间里，失声恸哭。

铁生走了？这个最坚强、最善良的人，这个永远笑对苦难的人，这个轮椅上的哲人，就这样突然走了？不可能，绝不可能！

一直相信，虽然铁生身患残疾，双肾衰竭，但是，以他强健的禀赋和达观的心性，一定能够渡过一个又一个难关，活很长的时间。一直相信，只要我活着，我总能在水碓子那套住宅里看见他，一次又一次听他的爽朗的笑声和智慧的谈话。

我祈祷，我拒绝。可是，在这一瞬间，我已清楚地知道，我的世界荒凉了，我失去了人世间最好的兄弟。

二

婴儿的笑容 智者的目光

周而复始的鸽群在你的天空盘翔

人生没有忌日 只有节日

众神在你的生日歌唱

四天后，二〇一一年一月四日，铁生的六十岁生日，朋友们在798时态空间为他举行了一个特别的生日聚会。空旷的大厅里站满了人，有人在演讲，我站在人群的外围。铁生透过墙上的大幅照片望着人们，望着我，那笑容和目光都是我熟悉的，我在心中对他说了上面的话。

三

孩子和哲人——这是我心目中的铁生。

铁生是孩子。凡是认识他的人都一定有同感，他的笑是那么天真而纯净，只有一个孩子才会那样笑，而且必须是年龄很小的孩子，比如婴儿。他不谙世故，对人毫无戒心，像孩子一样单纯。不管你是谁，只要来到他面前，他就不由自主地对你露出了这孩子似的笑。

铁生是孩子。和他聊过天的人都知道，他对世界怀着孩子般的好奇心，总是兴致勃勃地和你谈论各种话题，包括哲学和戏剧，物理学和心灵学，足球和围棋。他感兴趣的东西可真多，不过,像孩子一样,他的兴趣是纯粹的,你不要想从他口中听到东家长西家短的议论。

铁生是哲人,这好像是谁都承认的。然而人们困惑地推测道:他残疾了,除了思考做不了别的,所以成了哲人。我当然知道,他的哲学慧根深植在他的天性之中,和残疾无关。一个保持了孩子的纯真和好奇的人,因为纯真而有极好的直觉,因为好奇而要探究世界和人生的谜底,这二者正构成了哲人的智慧。

那天生日聚会上,一位朋友悄悄对我说:最应该得诺贝尔和平奖的是铁生。我一愣,诧异他说的是和平奖,不是文学奖,但随即会心地点头。世界之所以充满争斗和堕落,是因为人的心灵缺了纯真和智慧,变得污浊而愚昧了。孩子的纯真,哲人的智慧,正是使世界净化的伟大力量,因而是世界和平的最可靠保障。当然,斯德哥尔摩可能根本不知道有史铁生这个人,这一点儿也不重要,铁生的价值是超越于诺贝尔奖和一切奖的。

四

铁生是一个爱朋友的人,他念旧、随和,有许多几十年的老友,常来常往。我只能算他不老不新的朋友,关系似乎也不近不远,结识十六年,见面并不多,平均下来也就一年一次吧。我自己是个怯于交往的人,他又身体不好,在我结识他的第三年,他就因双肾衰竭开始做透析,每次去访他,在我都是一个隆重的决定。铁生喜欢有朋友来,每次谈兴颇健,可是我知道,我能享受与他谈话的快乐,却无法和他分担兴奋之后必然会到来的疲惫。

刚认识他时,我和郭红正恋爱,我还记得我俩第一次一起去访他的情景。郭红那天买了一本《收获》,刊有《务虚笔记》后半部分,看过几页,向铁生谈印象:"真好,一个东西,你变换着角度去说它。"他说:"就这两句,我听了就很高兴。话不在多,对心思就行。"他表示,书出之后,不但送我,也要送她。他的三卷本作品集,当即送了我们一人一套。我心中惭愧,如果是我,就会合送一套。我感觉到的不只是他的慷慨,更是他对个体的尊重。

和铁生结识时,我还没有孩子,后来,有了啾啾,再后来,有了叩叩。我相信,孩子对身处的气场之好坏有最灵敏的直觉。面对坐在轮椅上的铁生,孩子不但不畏怯,反而非常放松,玩得自由自在。当时三岁的啾啾,守在铁生叔叔身边,以推他的轮椅为乐。当时两岁的叩叩,合影时用小手摸铁生叔叔的头顶,告别时把额头贴在希米阿姨的额头上。他们当然不知道,这个坐在轮椅上的叔叔是当代中国最伟大的作家,但以后会知道的。

我珍惜见面的机会,要省着用,最好是和合适的人分享,因此偶尔会带我的好友去看他,但一共就两回。我带去的人,必须是我有把握和他彼此能谈得来的。第一回,是铸久和乃伟夫妇。气氛果然非常好,铁生对围棋界的情形相当熟悉,饶有兴趣地谈着这个话题,而可以看出来,他只是借着这个话题在传达他的愉快心情。第二回,是雯娟。她因为喜欢,自己配乐朗诵了铁生和我的作品,那天把刻录的《合欢树》给铁生,他听了录音很高兴,说挺受感动的。此后某一天,雯娟接铁生夫妇到我家,然后我们一同到雯丽家晚餐。在雯丽家,他心情很好,谈正在写的一个长篇,后来我知道是《我的丁一之旅》。他说,他在思考灵魂的问题,不给灵魂一个交代,意义就中断了。他的结论是,灵魂是一种牵系,肉体作为工具会损毁,但牵系永远存在。又说,上帝给你的是一个死局,就看你能不能做活。我觉得都很精辟。

五

两年前,《知音》杂志同一期刊登两篇长文,分别是对铁生和我的"访谈",而所谓的"访谈"根本没有进行过,完全是胡编乱造。我在博客上发表了澄清事实的声明,铁生没有开博客,他的声明也发表在我的博客上。

在此之前,铁生那篇"访谈"的编造者一再向他求情,他毫不动摇。但是,声明发表后,要不要起诉和索赔?他的态度异常明确,对我说:我们的声明搁在那里了,已经备案,到此为止,以免被媒体炒作。我同意。其实我本来是有些犹豫的,觉得不起诉便宜了侵权者。另一位也是被《知音》侵权的作家,通过起诉获赔十万元。铁生的家境不宽裕,医疗开支又大,如果能获赔,是不小的补贴,可是他压根儿没有这方面的考虑。我并非反对用法律手段追究侵权者的责任,只是想通过这个事例说明,铁生是一个多么正直又憨厚的人。

铁生待人平和宽容,然而,在这个喧嚣的传媒时代,他也有诸多的不喜欢和不适应。他未必拍案而起,但一定好恶分明。记得有一次,他送我书,对着腰封直摇头,而希米干脆生气地把腰封扯了。这夫妇俩的朴实真是骨子里的。

六

人与人之间一定是有精神上的亲缘关系的。读铁生的作品,和铁生聊天,我的感觉永远是天然默契。

去年春天,郭红想为一家杂志做铁生的访谈,打去电话,他和希米立即同意了。希米说,必须支持"下岗女工"。郭红因故辞去了原来的工作,所以希米如此说。我陪郭红前往,先后谈了两回。

这次见面,距上一次已九个月,我们看到的铁生,脸色发黑,脸容消瘦,健康大不如以前。希米告诉我们,他因为真菌性肺炎住院一个月,出院才几天,受了许多罪,签了病危通知书,曾觉得这回真扛不住了。我心中既感动又内疚,夫妇俩对媒体的采访从来是基本拒绝的,却痛快地接受了这个时机非常不对的造访。虽然病后虚弱,铁生谈兴仍很浓,谈文学,谈写作,谈人生,谈信仰,话语质朴而直入本质。采访过程中,我也常加入谈话。郭红已把访谈整理发在杂志上,我在这里仅摘取若干片段,连缀起来,以观大概。

铁生：文学是写印象，不是写记忆。记忆太清晰了，能清晰到数字上去，不好玩，印象有一种气氛。记忆是一个牢笼，印象是牢笼外无限的天空。

我：这与你说的活着和生活的区别是一回事。记忆和印象就是过去时的活着和生活。

铁生：深入生活这个理论应该彻底推翻。好多人问我同一个问题：你的生活从哪儿来？我说：你看我死了吗？这个理论特别深入人心，而且是包含在中国文化里面的，认为内心的东西不重要。

我：我们在文学上也是唯物主义者，只相信自己看得见摸得着的东西，看不见摸不着的就不是生活。其实，没有内在的生活，外在的生活就没有意义，更不是生活。

铁生：写作是要解决自己的问题。开始写作时往往带有模仿的意思，等你写到一定程度了，你就是在解决自己的问题。

我：这时候一个真正的作家才诞生了，在那以前他还是一个习作者。大多数作家是没有问题的，一辈子是一个习作者。

铁生：有个很有名的人说，一天要写一篇散文。我觉得这是每日大便一次的感觉。每日大便一次还是正常的，这简直就是跑肚。

我：关键是有没有灵魂，没有灵魂就没有问题。

铁生：那就只剩下有没有房子和车子的问题了，实在太无趣了。糟心就糟心在这里，灵魂太拘泥于社会、现实、肉体，很丰富的东西只能在这些面上游走,甚至不能跳出来看看。

我:灵魂强大的人受不了这个束缚,就会跳出来。

铁生:灵魂可能是互相联着网的,人只是一个小小的终端。现在我们的这个网是在作乱,它都是终端在各显其能,造成一个分裂状态。

我:谁也不信上帝,都自以为是服务器。

铁生:因为不关心灵魂,中国人感受出来的全是惨剧,不叫悲剧。包括现在咱们的文学,写的也都是社会矛盾,生命本身的悲哀他感受不到。要我推荐,我就推荐中国人民得诺贝尔民族主义奖。

七

谈话自然会涉及我们两人都关注的那个问题——死亡。

他告诉我们,他正在写一个比较长点的东西,第一部分叫《死,或死的不可能性》。他说:"我想证明死是不可能的。"我注意倾听他的论证,很欣赏其中的一个思路。

尼采说,我们虚设了一个永恒,拿它当意义,结果落空了。铁生说,正相反,恰恰是意义使一个东西可以成为永恒。甚至瞬间也是用意义来界定的,它是一个意义所形成的最短过程。因为意义,所以你能记住,如果没有,千年也是空无。

说得非常好。那么,意义的载体应该是灵魂了。他说:对,如果是一个独特的灵魂,你能认出来,如果是一个平庸的灵魂,你可能就认不出来。于是我们讨论灵魂的转世。他说：你转世的时候，灵魂带的能量应该是你此生思考的最有意思、最有悬念的事情，那样你被下一世认出的可能性就最大。他还说："我写的那个东西可能叫《备忘来生》，我希望到死的时候我能镇静，使灵魂能够尽量扼要地带上此生的信息。"我提出异议："如果记忆——或者准确地说，自我意识——不能延续，转世有意义吗？"他回答："我说死是不可能的，但我没有说转世以后的我一定是上一世的我。"我说："这里你已经退一步了。"他承认："对，退一步了，这一步必须退。"我也退了一步，说："有一点在今世就得到了证明，就是灵魂和灵魂之间的差别太大了，而要解释其原因，轮回好像最说得通。"

这次谈话半年后，铁生溘然长逝。不是久患的肾病，而是突发的脑出血，把他带走了。和死不期而遇，他会不会惊诧，会不会委屈？一定不会的。他早已无数次地与死洽谈，对死质疑，我相信，在不期而遇的那个瞬间，他的灵魂一定是镇静的，能够带着此生的主要财宝上路。当然，死是不可能的，他的高贵的灵魂就是证明。灵魂一定有去处，有传承，我们尚不知其方式，而他已经知道了。

八

那次谈话，铁生和我都感到意犹未尽，相约以后要多谈。相识这么久，这是我们第一次认真地展开讨论，我自己大有收获，铁生也很高兴。我觉得我发现了一个好的方式，以后可以经常用。我和郭红拟订了计划，想待他身体状况较好时，做一个他和我的系列对话。因为血液的污染和频繁的透析，他有精力写作的时间极其有限，但他的头脑从未停止思考，如果能用一本对话录的形式留住他头脑中的珍宝，也推进我的思考，岂不两全其美？

然而，再也不可能了。我恨自己，没有任何理由可以原谅自己。上天给了我机会，我本来可以做一件也许是我此生最有价值的文字工作，可是，我竟忙于俗务，辜负了这个机会。

有所敬畏

在这个世界上,有的人信神,有的人不信,由此而区分为有神论者和无神论者,宗教徒和俗人。不过,这个区分并非很重要。还有一个比这重要得多的区分,便是有的人相信神圣,有的人不相信,人由此而分出了高尚和卑鄙。

一个人可以不信神,但不可以不相信神圣。是否相信上帝、佛、真主或别的什么主宰宇宙的神秘力量,往往取决于个人所隶属的民族传统、文化背景和个人的特殊经历,甚至取决于个人的某种神秘体验,这是勉强不得的。一个没有这些宗教信仰的人,仍然可能是一个善良的人。然而,倘若不相信人世间有任何神圣价值,百无禁忌,为所欲为,这样的人就与禽兽无异了。

相信神圣的人有所敬畏。在他心目中,总有一些东西属于做人的根本,是亵渎不得的。他并不是害怕受到惩罚,而是不肯丧失基本的人格。不论他对人生怎样充满着欲求,他始终明白,一旦人格扫地，他在自己面前也就失去了做人的自信和尊严，那么，一切欲求的满足都不能挽救他的人生的彻底失败。

相反，对于那些毫无敬畏之心的人来说，是不存在人格上的自我反省的。如果说"知耻近乎勇"，那么，这种人因为不知耻便显出一种卑怯的无赖相和残忍相。只要能够不受惩罚，他们可以在光天化日下干任何恶事，欺负、迫害乃至残杀无辜的弱者。盗匪之中，多这种愚昧兼无所敬畏之徒。一种消极的表现则是对他人生命的极端冷漠，见死不救，如今这类事既频频发生在众多路人旁观歹徒行凶的现场，也频频发生在号称治病救人实则视人命为草芥的某些医院里。类似行为每每使善良的人们不解，因为善良的人们无法相信，世上竟然真的会有这样丧失起码人性的人。在一个正常社会里，这种人总是极少数，并且会受到法律或正义力量的制裁。可是，当一个民族普遍丧失对神圣价值的信念时，这种人便可能相当多地滋生出来，成为触目惊心的颓败征兆。

赤裸裸的凶蛮和冷漠只是不知耻的粗糙形式，不知耻还有稍微精致一些的形式。有的人有很高的文化程度，仍然可能毫无敬畏之心。他可以玩弄真心爱他的女人，背叛诚恳待他的朋友，然后装出一副无辜的面孔。他的足迹所到之处，再神圣的东西也敢践踏，再美好的东西也敢毁坏，而且内心没有丝毫不安。不论他的头脑里有多少知识，他的心是蒙昧的，真理之光到不了那里。这样的人有再多的艳遇，也没有能力真正爱一回，交再多的哥们，也体味不了友谊的纯正，获取再多的名声，也不知什么是光荣。我对此深信不疑：不相信神圣的人，必被世上一切神圣的事物所抛弃。

婚姻的悖论与现代的困境

《中国妇女》杂志举办的"富裕的日子怎么过"的讨论已进入尾声,主持人林亚男女士向我索稿,希望我也加入这场讨论。引发这场讨论的刘花然的故事本身并不复杂,如果不考虑相当偶然地出了人命案的结局,无非是一个始乱终弃、婚姻破裂的老故事。它之所以引起关注,是因为在中国当前的社会环境中,这类事的发生越来越频繁了。从讨论的情况看,人们对此的态度大致有三种:一是为爱情的权利辩护,视此类现象为一种进步;另一是为妇女的权益辩护,对此类现象作道德的谴责并且呼吁法律的干预;还有一些人则感到困惑,在支持和反对之间无所适从。我好像属于第三种,在两个极端之间颇费思量,不过也许出于不太相同的原因。

一、婚姻与性爱的冲突

在我的概念中,婚姻一直是人类生存所面临的重大悖论之一,它不只是一个社会难题,更是一个永恒的人类难题。其困难在于,婚姻是一种社会组织,在本性上是要求稳定的,可是,作为其自然基础的性爱却天然地倾向于变易,这种内在的矛盾是任何社会策略都消除不了的。面对这种矛盾,传统的社会策略是限制乃至扼杀性爱自由,以维护婚姻和社会的稳定,中国的儒家社会和西方的天主教社会都是这种做法。这样做的代价是牺牲了个人幸福,曾在历史上——在较弱的程度上仍包括今天——造成无数有形或无形的悲剧。然而,如果把性爱自由推至极端,完全无视婚姻稳定的要求,只怕普天下剩不下多少幸存的家庭了,而这种极度的动荡既不利于社会安定,也不会使个人真正幸福。

这么说并非危言耸听。问题在于,性爱在本质上是一种很不确定的感情。一方面,它具有一种浪漫倾向,所谓"人情固重难而轻易,喜新而厌旧",这种心理在性爱中尤为突出。人们往往把未知的东西和难以得到的东西美化、理想化,于是邂逅的新鲜感和犯禁的自由感成了性爱快感的主要源泉。正因为此,最令人难忘的爱情经历倘若不是初涉爱河的未婚恋,便多半是红杏出墙的婚外恋了。这种情形不能只归结为道德缺陷,而是有心理学上的原因的。另一方面,性爱又是一种纯粹的个人体验,并无客观标准可言。自己是否堕入情网,两情是否真正相悦,好感和爱情的界限在哪里,不但旁人难以判断,有时连当事人也把握不了。

如果以这样一种既不稳定又不明确的感情为婚姻的唯一纽带,任何婚姻之岌岌可危就可想而知了。

二、出路:亲情式的爱情?

婚姻以爱情为基础是现代文明人的共识,我无意反对。为了在婚姻的悖论中寻找一条出路,我的想法是:我们也许应当改变一下思路,把作为婚姻之基础的爱情同上述那种浪漫式的爱情区分开来。那种浪漫式的爱情可能导致婚姻的缔结,但不能作为婚姻的持久基础。能够作为基础的是一种由爱情发展来的亲情,与那种浪漫式的爱情相区别,我称之为亲情式的爱情。在这种爱情中,浪漫因素也许仍然存在,但已降至次要地位,基本的成分乃是在长久共同生活中形成的彼此的信任感和相知相惜之情。西方一位社会学家把信任感视为好婚姻的第一要素,我觉得是有道理的。这种信任感不单凭借良好愿望,而是悠悠岁月培养起来的在重要的行为方式上互相尊重和赞成的能力,它随婚龄俱增,给人一种踏实感,会使婚姻放散出一种肃穆祥和的气氛。事实上,许多家庭之所以没有解体,并不是因为从未遭遇浪漫式爱情的诱惑,而恰恰是因为当事人看重含有这种来之不易的信任感的亲情式爱情,从而自觉地规避那种诱惑,或者在陷入诱惑之后仍能作出理智的选择,而受委屈的一方也乐意予以原谅。在我看来,凡是建立在这种亲情式爱情的基础上的婚姻不仅稳固,而且仍是高质量的。我不否认一次新的浪漫式爱情带来更佳婚姻的可能性,但是，第一，这终究是未知的，因而是一个冒险，第二，即便真的如此，在结婚之后，新的浪漫式爱情迟早仍要转变为亲情式爱情。我相信，认清了婚姻以亲情式爱情为基础的必然性和必要性，人们对于自身婚姻现状的评价就会客观一些，一旦面临去留的抉择，也就会慎重得多。

三、现代人的婚姻困境

现在可以谈一谈我对讨论主题的看法了。我们今天所遇到的婚姻难题，有些源于人性和婚姻的共性，有些来自中国当代社会的特殊境况，所谓"富裕的日子怎么过"涉及的是后一方面的问题。我的看法是，当今中国的现代化过程对于人们婚爱实践和观念的影响是双重的，有正有负，不可一概而论。

一方面，金钱势力的增长削弱乃至冲垮了过去曾经威力巨大的对个人婚爱行为的行政干预，市场所造成的人口流动又普遍增加了两性接触的机会，两者综合，人们在两性关系上的自由度明显地提高了。在就业自由、挣到钱就能在社会上立足的条件下，两性关系日益成为个人的私事，只要不触犯法律，行政权力对之无可奈何。反映到观念上，整个社会对之也日益持宽容和开放的态度。通奸罪的取消，离婚以感情破裂为唯一尺度，不过是法律对实践上和观念上的变化的事后追认。在这种情形下，一些原本没有任何爱情基础的劣质婚姻呈土崩瓦解之势，是不足怪也不足惜的。

但是，另一方面，金钱势力的增长也导致了人们物欲的膨胀和精神品格的下降，这种下降在两性关系上同样有所表现。且不说以性为商品的卖淫活动有猖獗之势，即使在一般的性交往中，灵肉的分离也是日甚一日。当两性之间的肉体接触变得十分随便之时，这种接触必然越来越失去情感的内涵。有的人认为，人一旦富裕了，对于性爱就会产生更高的精神需要。我觉得不能教条地搬用这种需求金字塔的理论，事实上，在那些精神素质差的人身上，金钱所起的使人堕落的作用远超过教化作用，他们因为肉欲的容易满足而更加蔑视爱情的价值。结果我们看到，人们虽然在两性关系上有了更多的自由，真正的爱情反而稀少了。许多婚姻之所以破裂，并不是由于浪漫式爱情的威力，而只是追求婚外性刺激的结果，一些有良好的亲情式爱情之基础的婚姻竟也在时髦的露水风流中倾覆了。

所以，在我看来，现代人的婚姻困境不是一个孤立现象，而是现代化进程中整体性精神危机的一个表征，是精神平庸化在两性关系上的表现。

四、性爱的自律

凡是在现代化进程中产生的弊病，唯有通过现代化进程本身才能解决，婚爱上的问题也是如此。有些人主张重新运用法律武器来惩办婚外恋，严格限制离婚自由。我认为走回头路是行不通的，即使行得通也是不可取的。我们应该看到，婚姻是性爱的社会形式，而性爱必须是一种自由行为才成其为性爱。法律在这方面的作用有其限度，它不能强迫一个人同自己不愿意的对象从事性行为，而倘若禁止感情已经破裂的婚姻解体，它实际上就是试图做这种蠢事。一个社会是否尊重和保护其成员在性爱上的自由，是这个社会的文明程度的标志。

当然，社会的文明程度还有另一方面的标志，便是其成员在性爱上能否自律。其实，自由本身即包含了自律之义，一个不能支配自己的欲望反而被欲望支配的人，你不能说他是一个自由人。人在两性关系中袒露的不但是自己的肉体，而且是自己的灵魂——灵魂的美丽或丑陋，丰富或空虚。一个人对待异性的态度最能表明他的精神品级，他在从兽向人上升的阶梯上处在怎样的高度。在性爱上能够自律的人，他在两性关系上有一种根本的严肃性，看重性关系中的情感价值，尊重其性伴侣的人格和心灵，珍惜爱情以及由爱情发展来的亲情。在我看来，这实际上也就是爱的能力，一个人是否具有这种能力，是比他的婚爱经历是否顺利更重要的事情。能否做到自律，取决于一个人的整体精神素质。在解除他律之后无能自律，正暴露了一个人整体精神素质的低劣。就整个社会看，这方面要有大改观将是一个漫长的过程，有待于整个民族素质的提高。西方人在放任式的性流浪之后重新走上了归家的路，这个先例或许可以给我们一种启发，使我们明白在一定时期内弯路的不可避免，同时也给我们一种希望，使我们对在现代文明水准上重获古老婚爱价值的前景抱有信心。

被废黜的国王

帕斯卡说：人是一个被废黜的国王，否则就不会因为自己失了王位而悲哀了。所以，从人的悲哀也可证明人的伟大。借用帕斯卡的这个说法，我们可以把人类的精神史看作为恢复失去的王位而奋斗的历史。当然，人曾经拥有王位并非一个历史事实，而只是一个譬喻，其含义是：人的高贵的灵魂必须拥有配得上它的精神生活。

我不相信上帝，但我相信世上必定有神圣。如果没有神圣，就无法解释人的灵魂何以会有如此执拗的精神追求。用感觉、思维、情绪、意志之类的心理现象完全不能概括人的灵魂生活，它们显然属于不同的层次。灵魂是人的精神生活的真正所在地，在这里，每个人最内在深邃的"自我"直接面对永恒，追问有限生命的不朽意义。灵魂的追问总是具有形而上的性质，不管现代哲学家们如何试图证明形而上学问题的虚假性，也永远不能平息人类灵魂的这种形而上追问。

我们当然可以用不同的尺度来衡量历史的进步,例如物质财富的富裕,但精神圣洁肯定也是必不可少的一维。正如黑格尔所说:"一个没有形而上学的民族就像一座没有祭坛的神庙。"没有祭坛,也就是没有信仰,没有神圣的价值,没有敬畏之心,没有道德的约束,人生唯剩纵欲和消费,人与人之间只有利益的交易和争斗。它甚至不再是一座神庙,而成了一个吵吵闹闹的市场。事实上,不仅在比喻的意义上,而且按照字面的意思理解,在今日中国,这种沦落为乌烟瘴气的市场的所谓神庙,我们见得还少吗?

在一个功利至上、精神贬值的社会里,适应取代创造成了才能的标志,消费取代享受成了生活的目标。在许多人心目中,"理想""信仰""灵魂生活"都是过时的空洞词眼。可是,我始终相信,人的灵魂生活比外在的肉身生活和社会生活更为本质,每个人的人生质量首先取决于他的灵魂生活的质量。一个经常在阅读和沉思中与古今哲人文豪倾心交谈的人,和一个沉湎在歌厅、肥皂剧以及庸俗小报中的人,他们肯定生活在两个绝对不同的世界上。

人是一个被废黜的国王,被废黜的是人的灵魂。由于被废黜,精神有了一个多灾多难的命运。然而,不论怎样被废黜,精神终归有着高贵的王室血统。在任何时代,总会有一些人默记和继承着精神的这个高贵血统,并且为有朝一日恢复它的王位而努力着。我愿把他们恰如其分地称作"精神贵族"。"精神贵族"曾经是一个大批判词语,可是真正的"精神贵族"何其稀少!尤其在一个精神遭到空前贬值的时代,倘若一个人仍然坚持做"精神贵族",以精神的富有而坦然于物质的清贫,我相信他就必定不是为了虚荣,而是真正出于精神上的高贵和诚实。

丰富的安静

我发现，世界越来越喧闹，而我的日子越来越安静了。我喜欢过安静的日子。

当然，安静不是静止，不是封闭，如井中的死水。曾经有一个时代，广大的世界对于我们只是一个无法证实的传说，我们每一个人都被锁定在一个狭小的角落里，如同螺丝钉被拧在一个不变的位置上。那时候，我刚离开学校，被分配到一个边远山区，生活平静而又单调。日子仿佛停止了，不像是一条河，更像是一口井。

后来，时代突然改变，人们的日子如同解冻的江河，又在阳光下的大地上纵横交错了。我也像是一条积压了太多能量的河，生命的浪潮在我的河床里奔腾起伏，把我的成年岁月变成了一道动荡不宁的急流。

而现在，我又重归于平静了。不过，这是跌宕之后的平静。

在经历了许多冲撞和曲折之后，我的生命之河仿佛终于来到一处开阔的谷地，汇蓄成了一片浩渺的湖泊。我曾经流连于阿尔卑斯山麓的湖畔，看雪山、白云和森林的倒影伸展在蔚蓝的神秘之中。我知道，湖中的水仍在流转，是湖的深邃才使得湖面寂静如镜。

我的日子真的很安静。每天，我在家里读书和写作，外面各种热闹的圈子和聚会都和我无关。我和妻子女儿一起品尝着普通的人间亲情，外面各种寻欢作乐的场所和玩意儿也都和我无关。我对这样过日子很满意，因为我的心境也是安静的。

也许，每一个人在生命中的某个阶段是需要某种热闹的。那时候，饱胀的生命力需要向外奔突，去为自己寻找一条河道，确定一个流向。但是，一个人不能永远停留在这个阶段。托尔斯泰如此自述："随着年岁增长，我的生命越来越精神化了。"人们或许会把这解释为衰老的征兆，但是，我清楚地知道，即使在老年时，托尔斯泰也比所有的同龄人，甚至比许多年轻人更充满生命力。毋宁说，唯有强大的生命才能逐步朝精神化的方向发展。

现在我觉得，人生最好的境界是丰富的安静。安静，是因为摆脱了外界虚名浮利的诱惑。丰富，是因为拥有了内在精神世界的宝藏。泰戈尔曾说：外在世界的运动无穷无尽，证明了其中没有我们可以达到的目标，目标只能在别处，即在精神的内在世界里。"在那里，我们最为深切地渴望的，乃是在成就之上的安宁。在那里，我们遇见我们的上帝。"他接着说明，"上帝就是灵魂里永远在休息的情爱。"他所说的情爱应是广义的，指创造的成就、精神的富有、博大的爱心，而这一切都超越于俗世的争斗，处在永久和平之中。这种境界，正是丰富的安静之极致。我并不完全排斥热闹，热闹也可以是有内容的。但是，热闹总归是外部活动的特征，而任何外部活动倘若没有一种精神追求为其动力，没有一种精神价值为其目标，那么，不管表面上多么轰轰烈烈，有声有色，本质上必定是贫乏和空虚的。我对一切太喧嚣的事业和一切太张扬的感情都心存怀疑，它们总是使我想起莎士比亚对生命的嘲讽："充满了声音和狂热，里面空无一物。"

记住回家的路

生活在今日的世界上，心灵的宁静不易得。这个世界既充满着机会，也充满着压力。机会诱惑人去尝试，压力逼迫人去奋斗，都使人静不下心来。我不主张年轻人拒绝任何机会，逃避一切压力，以闭关自守的姿态面对世界。年轻的心灵本不该静如止水，波澜不起。世界是属于年轻人的，趁着年轻到广阔的世界上去闯荡一番，原是人生必要的经历。所须防止的只是，把自己完全交给了机会和压力去支配，在世界上风风火火或浑浑噩噩，迷失了回家的路途。

每到一个陌生的城市，我的习惯是随便走走，好奇心驱使我去探寻这里的热闹的街巷和冷僻的角落。在这途中，难免暂时地迷路，但心中一定要有把握，自信能记起回住处的路线，否则便会感觉不踏实。我想，人生也是如此。你不妨在世界上闯荡，去建功创业，去探险猎奇，去觅情求爱，可是，你一定不要忘记了回家的路。这个家,就是你的自我,你自己的心灵世界。

寻求心灵的宁静,前提是首先要有一个心灵。在理论上,人人都有一个心灵,但事实上却不尽然。有一些人,他们永远被外界的力量左右着,永远生活在喧闹的外部世界里,未尝有真正的内心生活。对于这样的人,心灵的宁静就无从谈起。一个人唯有关注心灵,才会因为心灵被扰乱而不安,才会有寻求心灵的宁静之需要。所以,具有过内心生活的禀赋,或者养成这样的习惯,这是最重要的。有此禀赋或习惯的人都知道,其实内心生活与外部生活并非互相排斥的,同一个人完全可能在两方面都十分丰富。区别在于,注重内心生活的人善于把外部生活的收获变成心灵的财富,缺乏此种禀赋或习惯的人则往往会迷失在外部生活中,人整个儿是散的。自我是一个中心点,一个人有了坚实的自我,他在这个世界上便有了精神的坐标,无论走多远都能够找到回家的路。换一个比方,我们不妨说,一个有着坚实的自我的人便仿佛有了一个精神的密友,他无论走到哪里都带着这个密友,这个密友将忠实地分享他的一切遭遇,倾听他的一切心语。

如果一个人有自己的心灵追求,又在世界上闯荡了一番,有了相当的人生阅历,那么,他就会逐渐认识到自己在这个世界上的位置。世界无限广阔,诱惑永无止境,然而,属于每一个人的现实可能性终究是有限的。你不妨对一切可能性保持着开放的心态,因为那是人生魅力的源泉,但同时你也要早一些在世界之海上抛下自己的锚,找到最适合自己的领域。一个人不论伟大还是平凡，只要他顺应自己的天性，找到了自己真正喜欢做的事，并且一心把自己喜欢做的事做得尽善尽美，他在这世界上就有了牢不可破的家园。于是，他不但会有足够的勇气去承受外界的压力，而且会有足够的清醒来面对形形色色的机会的诱惑。我们当然没有理由怀疑，这样的一个人必能获得生活的充实和心灵的宁静。

为自己写，给朋友读

——写在《尼采：在世纪的转折点上》出版之际

一

捧着散发出新鲜油墨味的样书，真有点儿感慨万千。仅仅五个月前，它还是一堆手稿，漂泊在好几家出版社之间，纸张渐渐破损了。

为了这本书，我和我的朋友们度过了多少个不眠之夜。

去年二三月间，我把自己关在我的那间地下室里，埋头写这本书。地下室本来光线昏惨，加之当时确乎有一股如痴如醉的劲儿，愈发不知昼夜了。两个月里，写出了这十六万字。接下来，轮到我一位在出版社工作的朋友方鸣失眠了。他一直在催促我写，稿成之日，他读了十分喜欢，兴奋得彻夜不眠。作为一名编辑，他盼望亲手出这本书。然而，事与愿违。与我打交道大约是有点儿晦气的。几年前，我写了一部研究人性的稿子，一位热心的朋友张罗着要替我出版，气候一变，只好冻结。现在，又写尼采，就更犯忌了，人家不敢接受，也难怪。

今年三月，上海人民出版社的青年编辑邵敏到北京出差，以前我们只见过一面，但他自告奋勇要把稿子带回上海碰碰运气。奇迹发生了：半个月，三审通过；两个月，看校样；五个月，出版发行。他喜欢这部稿子，并且得到了社、室领导的支持。我清楚地记得，我到上海看校样时，他也在看，而他已经看过好几遍原稿了，依然十分激动，见了我就嚷道："你害得我好苦呵，昨天看你的校样，又是一夜没睡着！"

我知道，我的书写得没有这样好，但我很感动。当他要我在他自留的样书上题词时，我只是轻描淡写地写下了这句话："我寻找一位编辑，却找到了一位朋友。"

二

有人问我的治学态度是什么，我回答："为自己写，给朋友读。"我并非清高得从来不写应时交差的东西，但我自己不重视它们，

编辑愿删愿改，悉听尊便，读者评头论足，置若罔闻。倒是平时有感而发、不求发表、只是写给自己或二三知己看的东西，最令我喜爱，改我一字，删我一句，都心痛得要命，颇有敝帚自珍之慨。偶尔发表了，也比较能拨动读者的心弦。

作文贵在有真情实感，写哲学论著何尝不是如此。还在读硕士生时，有一回，某大学几位女生，学的专业分别是中文、历史

和教育，邀我们去郊游，又担心我们没有兴致。我回信说："正像文学家不是标点符号、历史学家不是出土文物、教育家不是粉笔头一样，哲学家也不是一团概念。我们都是人。"既是活生生的人，就不会没有喜怒哀乐。何况哲学关乎人生的根本，在哲学家身上，寻求的痛苦和发现的欢乐更要超过常人。可是，长期以来，形成了一种偏见，似乎只有艺术才需要情感，哲学纯属理智的事情，非把情感滤净，把个人的真实感受统统兑换成抽象概念的纸币，才能合法流通。许多所谓的哲学论著，不但不能引起人们心灵上的战栗，反而令人生厌，使外行误以为哲学真是这样干瘪枯燥的东西，望而却步，不屑一顾。

且慢！哲学真是这样一具丑陋的"概念木乃伊"吗？请直接读一读大师们的作品吧。凡大哲学家，包括马克思在内，他们的著作无不洋溢着感人的激情。我敢断言，哲学中每一个重大创见，都绝非纯粹逻辑推演的结果，而是真情实感的结晶。哲学家必长久为某个问题苦苦纠缠，不得安宁，宛如一块心病，而后才会有独到心得。无论哪位著作家，其得意之作，必定是为自己写的，如同孕妇分娩、母鸡下蛋，实在是欲罢不能的事情。

三

哲学名著如同伟大的艺术作品一样，有着永恒的魅力。人类的知识不断更新，但是，凝结在哲学名著中的人生智慧永远不会过时。无法按照历史的顺序来分出哲学家的高低，谁能说黑格尔一定比柏拉图伟大呢？这是一片群星灿烂的夜空，每个幻想家都有他自己喜爱的星宿。我发现，真正热爱哲学的人对于哲学史上的大师往往有所偏爱，如同觅得三五知己，与之发生一种超越时空的心灵共鸣和沟通。对于我，尼采就是这样一位超越时空的朋友。

常常有人对我说，你的气质很适于搞尼采。我不知道，气质相近对于学术研究是利是弊，也许两者兼而有之吧，就看自己如何掌握。学术研究毕竟不同于文学创作，对想象力必须有所约束。即使是"六经注我"，也得熟悉六经，言之有据。但是，倘若对于所研究的对象没有某种程度的心领神会，恐怕也难于把握对象的本来面目。尤其是尼采这样一位个性色彩极浓的哲学家，他的思想原是一部"热情的灵魂史"，如果自己的灵魂中从来不曾刮起过类似的风暴，就更不可能揣摩出他的思想的精神实质了。

我之接触尼采，一开始是作为爱好者，而不是作为研究者。我只是喜欢，从来不曾想到要写什么专著。读他的书，我为他探讨人生问题的那种真诚态度感动，为字里行间透出的那种孤愤心境震颤，同时又陶醉于他的优美文采。直至感受积累到相当程度了，我才想写，非写不可。我要写出我所理解的尼采，向世人的误解画一个大大的问号和惊叹号。

有种种"哲学家"：政客型的"哲学家"把哲学当进身之阶，

庸人型的"哲学家"把哲学当饭碗,学者型的"哲学家"把哲学当作与人生漠然无关的纯学术。尼采不同,他是一位把哲学当作生命的哲学家,视哲学问题如同性命攸关,向之倾注了自己的全部热情和心血。他一生苦苦探索的问题——生命的意义问题,他在探索中的痛苦和欢乐,都是我所熟悉的。从很小的时候起,当我好像突然地悟到了死的严酷事实时,这同一个问题就开始折磨我了。孔子曰:"未知生,焉知死?"其实应该倒过来:未知死,焉知生?西方哲人是不讳言死的,柏拉图甚至把哲学看作学会死亡的活动。只有正视死的背景,才能从哲学高度提出和思考生命的意义问题。当然,我并不完全赞同尼采的答案。真正的哲学家只是伟大的提问者和真诚的探索者,他在人生根本问题被遗忘的时代发人深省地重提这些问题,至于答案则只能靠每人自己去寻求。有谁能够一劳永逸地发现人生的终极意义呢?这是一个万古常新的问题,人类的每个时代,个人一生中的每个阶段,都会重新遭遇和思考这个问题。不过,当我凭借切身感受领悟到尼采思考的主题是生命的意义之后,我觉得自己对于他的一些主要哲学范畴的含义,诸如酒神精神、日神精神、强力意志、超人,有了豁然开朗之感,它们其实都是尼采为个人和人类的生存寻求意义的尝试。

人生问题曾经引起我那样痛苦的思考,所以,在写这本书时,我不能不交织进我自己的体验和感受。一位素不相识的朋友在看了校样以后对我说:"读了这本书,我觉得自己不但了解了尼采，也了解了你。"我真心感谢这样的读者。

四

我在书的扉页上题了一句献辞："本书献给不愿意根据名声和舆论去评判一位重要思想家的人们。"在我的心目中，我是把这些人看作自己的朋友的，我的书就是为他们写的。

对于尼采的误解由来已久，流传甚广，几成定论。三十几年来，国内从未翻译出版过尼采的著作，从前的译本也不曾再版。这使得人们无法用自己的眼睛去观察尼采，只能道听途说，人云亦云。然而，即使在这样的情况下，我仍然发现，各地都有一些爱好哲学和艺术的青年人，他们通过偶然到手的尼采作品，甚至通过手抄本或片段的摘录，成了尼采的爱好者。有一位哈尔滨青年，不远千里来北京，只是为了到北京图书馆复印一本《查拉图斯特拉如是说》。与他们交谈，他们对尼采作品的渴求和领悟总使我十分感动。这几乎是一个规律了：凡是痛骂尼采的人，包括某些专家学者，其实并没有真正读过尼采的书；而真正读过尼采作品的，往往喜欢尼采（当然不一定赞同他的思想）。为了使更多的人了解真相，我想，唯一的办法是翻译出版或校订重版尼采的原著。鉴于尼采对于二十世纪西方文化的重大影响，我希望有关方面能够重视这项工作。至于我的书，我在前言中已经表明："愿你从本书中得以一窥尼采思想的真实风貌，当然也请你记住，这真相是透过作者眼睛的折射的，也许会走样。"我只是写出了我所理解的尼采,一个与我们教科书中描绘的形象很不相同的尼采。如果我的书能够激起读者去读尼采原著的兴趣,我的目的就算达到了。

归根到底,我的书是写给朋友们读的。有相识的朋友,也有不相识的朋友。我期待热烈的共鸣,也欢迎严肃的批评。在朋友的鼓励下写书,书又为我寻得新的朋友,这是多么愉快的事情啊。

我判决自己诚实

——《岁月与性情》序

明年我六十岁了。尼采四十四岁写了《瞧，这个人》，卢梭五十八岁完成《忏悔录》。我丝毫没有以尼采和卢梭自比的意思，只是想说明，我现在来写自传并不算太早。

我常常意识不到我的年龄。我想起我的年龄，往往是在别人问起我的时候，这时候别人会露出惊讶不信的神情，而我只好为事实如此感到抱歉。几乎所有人都觉得我不像这个年龄的人，包括我自己。我相信我显得年轻主要不是得益于外貌，而是得益于心态，心态又会表现为神态，一定是我的神态蒙蔽了人们，否则人们就会看到一张比较苍老的脸了。一位朋友针对我揶揄说，男人保持年轻的诀窍是娶一个年轻的太太，对此我无意反驳。年轻的妻子和年幼的女儿组成了我的最经常的生活环境，如同一面无时无刻不在照的镜子，我从这面镜子里看自己，产生了自己也年轻的错觉，而只要天长日久，错觉就会仿佛成真。不过，反过来说，我同样是我的妻子的这样一面镜子，她天天照而仍觉得自己年轻，多少也说明了镜子的品质吧。

然而，我清楚地知道，心态年轻也罢，长相年轻也罢，与实际上年轻是两回事。正如好心人对我劝告的，我正处在需要当心的年龄。我大约不会太当心，一则不习惯，二则不相信有什么大用。虽然没有根据，但我确信每个人的寿命是一个定数，太不当心也许会把它缩短，太当心却不能把它延长。我无法预知自己的寿命，即使能，我也不想，我不愿意替我自己不能支配的事情操心。不过，好心人的提醒在我身上还是产生了一个作用，便是促使我正视我的年龄。无论我多么向往长寿，我不能装作自己不会死，不知道自己会死，一切似乎突然实则必然的结束只会光顾别人不会光顾我。我是一个多虑的人，喜欢为必将到来的事情预做准备。即使我能够长寿，譬如说活到八九十岁，对于死亡这样一件大事来说，二三十年的准备时间也不算太长。现在我拿起笔来记述自己迄今为止的生活，就属于准备的一部分，是蒙田所说的收拾行装的行为。做完了这件事，我的确感到了一种放心。

因此，在一定的意义上，这本书可以称作一个终有一死的人的心灵自传。夏多布里昂把他的自传取名为《墓中回忆录》，对此我十分理解。一个人预先置身于墓中，从死出发来回顾自己的一生，他就会具备一种根本的诚实，因为这时他面对的是自己和上帝。人只有在面对他人时才需要掩饰或撒谎，自欺者所面对的也不是真正的自己，而是自己在他人面前扮演的角色。在写这本书时，我始终设想自己是站在全知全能的上帝面前，对于我的所作所为乃至最隐秘的心思，上帝全都知道，也全都能够理解，所以隐瞒既不可能也没有必要。我对人性的了解已经足以使我在一定程度上跳出小我来看自己，坦然面对我的全部经历，甚至不羞于说出一般人眼中的隐私。我的目的是给我自己以及我心目中的上帝一个坦诚的交代，我相信，唯其如此，我写下的东西才会对世人也有一些价值，人们无论褒我还是贬我，都有了一份值得认真对待的参考。

当然，我毕竟还活在这个世界上，与这个世界有着千丝万缕的联系。因此，事实上我不可能说出全部真话，只能说出部分真话。我对自己的要求是，凡可说的一定要说真话，绝不说假话，对不可说的则保持沉默。所谓不可说的，其中一部分是因为牵涉到他人说出来可能对他人造成伤害。我在这个世界上没有私敌，我不愿意伤害任何人。仅在与私生活无关的场合，当我认为事关重要事实和原则之时，我才会做某些批评性的叙述或评论，但所针对的也不是任何个人。然而，有一点是我要请求原谅的，人生中最难忘的经历实际上都是由与某些特殊他人的关系组成的，有若干人——包括男人和女人——在我的生活中曾经起过重要的作用，如果不写他们，我就无法叙述自己的经历。譬如说，在叙述我的情感经历时，我就不可能避而不写与我有过亲密关系的女人。如果她们因此感到不快，我只能向她们致歉。不过，读者将会看到，当我回顾我的生命历程时，如果说我的心中充满感激之情，我首先感激的正是曾经或正在陪伴我的女人。

在这本书中，我试图站在一种既关切又超脱的立场上来看自己，看我是怎样一步步从童年走到今天，成为现在的这个我的。我想要着重描述的是我的心灵历程，即构成我的心灵品质的那些主要因素在何时初步成形，在何时基本定型，在生命的各个阶段上以何种方式显现。我的人生观若要用一句话概括就是真性情。我从来不把成功看作人生的主要目标，觉得只有活出真性情才是没有虚度了人生。所谓真性情，一面是对个性和内在精神价值的看重，另一面是对外在功利的看轻。我在回顾中发现，我的这种人生观其实早已植根于我的早年性格中了，是那种性格在后来环境中历练的产物。小时候，我是一个敏感到有些病态的孩子，这种性格使我一方面极为关注自己内心的感受，另一方面又拙于应对外部世界，对之心存畏怯和戒备。前一方面引导我日益沉浸于以读书和写作为主的智性生活和以性爱和亲子之爱为主的情感生活，并从中获得了人生最主要的乐趣；后一方面也就自然而然地发展成了对外在功利的淡泊态度。不妨说，我的清高源于我的无能，只不过我安于自己在这方面的无能罢了。说到底，人的精力是有限的，有所为就必有所不为，而人与人之间的巨大区别就在于所为所不为的不同取向。敏感和淡泊——或者说执着和超脱——构成了我的性情的两极，这本书描述的便是二者共生并长的过程，亦即我的性情之旅。

任何一部自传都是作者对自我形象的描绘，要这种描绘完全排除自我美化的成分,几乎是不可能的,我知道我绝不会是一个例外。即使坦率如卢梭,当他在《忏悔录》中自陈其劣迹时,不也是一边自陈一边为此自豪,因而实际上是在用另一种方式显示其人性的丰富和优秀吗?我唯一可以自许的是,我的态度是认真的,我的确在认真地要求自己做到诚实。我至少敢说,在这个名人作秀成风的时代,我没有作秀。因此,我劝那些喜欢看名人秀的读者不要买这本书,免得失望。我也要告诫媒体,切勿抽取书中的片段材料,用来制造花边新闻,那将是对这本书的严重亵渎。我只希望那样的读者翻开这本书,他们相信作者是怀着严肃的心情写它的,因而愿意怀着同样的心情来读其中的每一个字。

图书在版编目（CIP）数据

哲学开始于仰望天穹：周国平散文精选 / 周国平著. -- 北京：北京联合出版公司, 2023.4
ISBN 978-7-5596-6771-7

Ⅰ.①哲… Ⅱ.①周… Ⅲ.①散文集-中国-当代 Ⅳ.①I267

中国国家版本馆CIP数据核字（2023）第044987号

哲学开始于仰望天穹：周国平散文精选

作　　者：周国平
出 品 人：赵红仕
责任编辑：周　杨
选题策划：大愚文化
产品总监：孙淑慧
特约编辑：董子鹤
装帧设计：宋祥瑜
封面插画：宋祥瑜

北京联合出版公司出版
（北京市西城区德外大街83号楼9层 100088）
北京华联印刷有限公司印刷　　新华书店经销
字数 234 千字　880×1230 毫米　1/32　11.5 印张
2023 年 4 月第 1 版　2023 年 4 月第 1 次印刷
ISBN 978-7-5596-6771-7
定价：59.80 元

版权所有，侵权必究。
未经许可，不得以任何方式复制或抄袭本书部分或全部内容
本书若有质量问题，请与本公司图书销售中心联系调换。电话：（010）64258472-800